ULLSTEIN

Das Buch

Mariechen, 104 Jahre alt, war einst eine erfolgreiche Geschäftsfrau. Sie hat den größten deutschen Scherzartikel-Konzern aufgebaut, hält immer noch Anteile, und ihre Enkel – selbst schon im Rentenalter – werden langsam nervös. Auf Norderney soll sie von Roberta zur Überschreibung bewegt werden. Für die beiden Frauen ist es Haß auf den ersten Blick. Doch was mit Berechnung begann, endet mit Freundschaft. Denn als ein riesiger, uralter Hummer aus dem Meer gefischt wird, kommen die Dinge in Schwung. Ein Hummer spielte nämlich eine tragende Rolle in der Liebe zwischen Mariechen und Mr Kawusabu, die sich 1940 in Shanghai kennengelernt hatten. Auf einmal gibt es Krieg auf Norderney: Krieg um den Hummer, Krieg um die Frage, ob jemand jung sein muß oder sehr alt, um die besten Karten zu haben. Hilke Rosenbooms origineller und herzerfrischender Roman weckt pure Lebenslust und schenkt außergewöhnliches Lesevergnügen.

Die Autorin

Hilke Rosenboom, Jahrgang 1957, hat ihre Kindheit auf der Insel Juist verbracht. Nach dem Studium der Linguistik in Kiel und dem Besuch der Journalistenschule in Hamburg war sie viele Jahre lang Reporterin beim *Stern,* bevor sie begann, sich ausschließlich dem Bücherschreiben zu widmen. Sowohl mit ihren Romanen als auch mit Kinderbüchern hat sie sich seitdem einen Namen gemacht. Hilke Rosenboom lebt in Hamburg und Ostfriesland.

Hilke Rosenboom

Wirf mich ins Meer zurück

Roman

Ullstein

Der Ullstein Taschenbuchverlag ist ein Unternehmen
der Econ Ullstein List Verlag GmbH & Co. KG, München
1. Auflage 2001

Umschlagkonzept: Lohmüller Werbeagentur GmbH & Co. KG, München
Umschlaggestaltung: ZERO Werbeagentur, München
Gesetzt aus der Sabon
Satz: Franzis print & media GmbH, München
Druck und Bindearbeiten: Elsnerdruck, Berlin
Printed in Germany
ISBN 3-548-25132-3

Dem Hubschrauberpiloten

So etwas wie Wasser gibt es gar nicht.
Das ist bloß geschmolzenes Eis.

ROBERT ANTON WILSON, *Schrödingers Katze*

Mariechen Rosenzweig und ihren japanischen Liebhaber hat es niemals gegeben. Und auch die Pluto AG ist frei erfunden, wie alle anderen Menschen und Dinge in diesem Roman. Dennoch aber könnte es sie geben, in Shanghai, auf Norderney und anderswo auf der Welt, wo das Meer die Menschen berührt und manchmal droht, sie zu verschlingen.

Prolog

Norderney
20. Dezember 1999
nachmittags

Es war vor langer Zeit, als all die Menschen lebten, die mich nicht liebten, mich selber eingeschlossen. An einem frühen Sonntagmorgen vor mehr als siebenundsiebzig Jahren lag ich im Bett, wie heute auch, aber an diesem Tag war ich noch eine junge Frau, ich mußte aufstehen, und es war schwül. Wir waren bei der angeheirateten Familie in Bayern zu einem Bettelbesuch erschienen. Es war der Morgen des zweiten September 1922, an dem wir mit der ganzen Sippe zu einem Picknick aufbrechen sollten, der Tag, an dem mein Ehemann Karl Käfer mit aufgeknöpfter Hose unter einem Fliederbusch sterben würde, der Tag, an dem ich mich von einem Fremden lieben ließ.

Letztlich habe ich jeden einzelnen Menschen überlebt, der bei dieser Landpartie anwesend war. Obwohl es natürlich schöner gewesen wäre, wenn man das damals schon gewußt hätte. Es hätte mich getröstet, während ich unter der Hitze litt wie ein altes Weib und mir von meiner Schwägerin Meta anhören mußte, daß ich morgens Tau treten und an meinen unreinen Tagen von verdünntem Essig leben solle. Ich war überzeugt davon, daß ich von allen hier die schwächste war. In meinem Leben war das dicke Ende vorn, nicht hinten.

»Mariechen, schau voran, du mußt keine Angst haben.« Schade, daß man sich das nicht selbst aus der Zukunft zurufen kann.

»Ich habe keine Angst«, sagt die junge Frau, die ich einmal war, und bekommt schon wieder diesen seltsam strengen Zug um den Mund, den in diesem Leben nur ein einziger Mann lieben wird, aber das ist leider noch fast zwanzig Jahre hin.

»Stimmt, Mariechen, du hast keine Angst, aber du bist immer so ernst. Du tust, als ob du demnächst stirbst.«

»Wie soll ich denn sonst sein? Und gesund fühle ich mich auch nicht.« Schließlich konnte damals kein vernünftiger Mensch ahnen, daß ich einmal einhundertvier Jahre alt werden würde.

»Genieße dein Leben. Und hab Vertrauen. Lieg nicht immer so lange im Bett herum. Und lach mal.«

Bei solchen Ratschlägen kann die jüngere Version meiner Existenz nur den Mund verziehen. An diesem Sommertag bin ich unter meiner klebrigen Bettdecke immer und immer wieder eingeschlafen. Der Ehemann an der Waschschüssel war mir bereits am frühen Morgen so fremd, daß ich es kaum ertragen konnte, zu ihm hinüber zu schauen. Er streckte den Hals seinem Spiegelbild entgegen wie ein Söldner, der bei seinesgleichen um einen gnädigen Tod bittet und fuhr mit dem Rasiermesser über die Endmoräne seines Kinns. Ich hörte seinen Atem. Er hatte Angst vor diesem Tag. Angst vor seiner Schwester, die ihn mit ihren durchdringenden Augen mustern würde und uns doch keinen Pfennig leihen würde. Angst vor dem Wasser, denn er war Nichtschwimmer. Oder ob vielleicht an diesem Tag gar nicht geschwommen werden sollte? Mit Hoffnung marmorierte Angst ist manchmal schlimmer als die reine Form.

Als er meine Schultern packte und mich schüttelte, damit ich endlich aufstehen, das Picknick vorbereiten, das

Kind anziehen und mich für seine Schwester und deren Pack hübsch machen konnte, muß ich was von »fahr zur Hölle« gemurmelt haben. Jedenfalls kommt mir das heute so vor. Irgendwie, denke ich, wäre es doch tapfer gewesen, wenn ich am Verlauf meines Schicksals wenigstens ein ganz kleines bißchen mitgewirkt hätte.

Aber so war es nicht. Am Morgen des 2. September 1922 war ich siebenundzwanzig Jahre alt, mager, ernst und bereits ältlich, bei der geringsten Anstrengung standen mir die Schweißtröpfchen auf der Stirn. Mein rotes Haar war stumpf wie ein staubiger Fuchs. Beim Beischlaf mußte ich husten. Ich hatte einen achtjährigen Sohn, der seinem Vater immer ähnlicher wurde und dadurch meiner Liebe zu entgleiten drohte. Mein Mann hingegen schätzte mich nicht einmal mehr. Er schien mich dafür verantwortlich zu machen, daß unsere Spielzeugfirma nahezu bankrott war, daß seine Schwester zögerte, als Geldgeberin mit einzusteigen, daß wir keine Köchin hatten und unsere Villa in Hamburg hatten verkaufen müssen. Aber ich hielt die Fahne hoch, wie man damals sagte, und ich glaubte, das sei es gewesen. Ich konnte nicht ahnen, daß dies eine Kurve war. Steile Lebenskurve. Danach ging es ganz anders weiter.

*

Mein erster Mann stakste in seinem riesigen Sommeranzug vor mir her, aber eigentlich sah ich nur auf seine schartigen gelben Fersen in den Sandalen, die er strumpflos trug, das war für einen Mann ein Novum. Er rollte Fuß für Fuß sehr sorgfältig ab, für mich das Zeichen, daß er bereits wieder getrunken hatte, nicht viel, aber genug, um jetzt ins Schwitzen zu kommen, vielleicht ins Taumeln, und in eine bittere Grundstimmung, die er jedoch zu verbergen suchte. Der Korb, aus dem oben die beiden gekochten Hummer herausschauten, schlug beim Gehen gegen seine Waden. Die Hummer nickten.

»Was für ein göttlicher Tag«, rief er seiner Schwester zu, aber die furzte nur und trottete ausdruckslos wie ein Kamel vor uns her, breitspurig und schwer bepackt. Meta stand neuerdings der Bewegung der Lebensreformer nahe. Sie war wohlhabend, oder es zumindest einmal gewesen. Eine stolze Fregatte, mit einem betagten Ehemann, der taub war wie eine alte Ziege. Sie hatten drei dicke Töchter, sämtlich mit Staatsbeamten verheiratet. Aber seltsamerweise war aus all diesen makellosen Ehen nur ein einziger Sproß hervorgegangen, eine gewisse Lydia, die in diesem Sommer die Zwanzig bereits überschritten hatte, also eher in meinem Alter war, und die jetzt dringend unter die Haube sollte.

In der Nähe schwappte das Wasser des Sees gegen die Böschung. Das Geräusch klang, als wenn das Wasser schwarz wäre, oder zumindest graubraun, aber als wir auf die Lichtung hinaustraten, sah ich, daß es in unschuldigem Grün schimmerte, mit Goldreflexen an den Stellen, an denen die Paddel der Bootsfahrer eintauchten. Einer der jungen Männer schien zu uns herüberzuwinken. Ich blinzelte und stellte meinen Picknickkorb ins Gras, hatte aber sofort Lydias enormen Busen im Rücken. Brust, sagten wir früher. Oder eben nicht. »Bitte nicht stehenbleiben«, jammerte sie. »Das ist doch Artur!« Wir bewegten uns parallel zur Uferlinie auf einem Pfad neben dem Schilfgürtel, ein wahrer Lindwurm von einer Familie, mit meiner Schwägerin als Drachenkopf und einem nutzlosen Schwanz aus lauter bleichen Schwiegersöhnen.

Aus heutiger Sicht macht es natürlich Spaß, die ganze Bagage wenigstens einmal aufzuzählen, auch wenn kaum einer von diesen Leuten in meinem restlichen Leben, das in diesem Augenblick begann, noch eine Rolle spielen sollte. Meinen Schwager, Metas Mann, der vom Alter her mein Großvater hätte sein können, erwischte es noch im gleichen Sommer. Eine Tatsache, die ihn im nachhinein viel unschuldiger erscheinen läßt als er war. Schwägerin Meta wurde letztlich an die achtzig Jahre alt, der Beweis, daß Alter kein Verdienst ist.

Ihre drei Töchter und sämtliche Schwiegersöhne, die es geschafft hatten, alle in der gleichen Straße in Dresden zu wohnen, starben im Zweiten Weltkrieg, der siebzehn Jahre später begann, und gute zweiundzwanzig Jahre später zu ihrem Flammentod führte. Sie hatten also alle noch ein Weilchen vor sich. Jahre, in denen sie sich abends zum Bridge treffen konnten. Nachmittage, die die Frauen mit der Erörterung ihrer Frauenleiden verbrachten, nicht ahnend, daß ihnen in diesem Dasein ausgerechnet das Klimakterium erspart bleiben würde. Auch das Silvesterwochenende lag noch vor ihnen, an dem sich Konrad, der Mann von Metas jüngster Tochter an seiner korpulenten Schwägerin Augusta vergriff, und zwar im Badezimmer der mittleren Tochter, die versehentlich Zeugin des Vorganges wurde. Danach muß auf ewig alles durcheinander gewesen sein. Die pralle Lydia, die an diesem Tag eigentlich verbandelt werden sollte, hatte noch drei Jahre auf ihrer Uhr. Sie erlag nach der offiziellen Version einem Frauenleiden, in Wirklichkeit verblutete sie im Behandlungskeller eines Engelmachers in Berlin.

Herr und Frau Rosenzweig, die beide großen Wert darauf legten, daß es sich bei ihnen lediglich um Nennonkel und Nenntante von Lydia handelte, Onkel Simon und Tante Rosa also, wurden 1941 deportiert. Ihre Spur verliert sich in Auschwitz. Artur Rosenzweig, ihr einziger Sohn, kam am 27. Juli 1962 bei einem Autounfall ums Leben, er wurde also auf den Tag genau einundsechzig Jahre alt. Mein kleines Karlchen, mein Sohn, der gleich zu Beginn des Picknicks ins Wasser des Chiemsees rutschte und den Rest des Vormittages im Halbschatten auf einer karierten Decke trocknete und mißmutig Grashalme ausriß, starb knappe sieben Jahrzehnte später, am Weihnachtsabend des Jahres 1991. Er wurde bei Bewußtsein etwa dreiundsiebzig Jahre alt, dämmerte aber noch fast vier Jahre lang in einer Spezialeinrichtung für Alzheimerkranke in Hamburg dahin. Karl Käfer, mein erster Ehemann, hatte noch etwa zwei Stunden zu leben.

»Sind wir bald da?« fragte Lydia mit einer Piepsstimme, die eher zu einem kleinen Mädchen als zu einer üppigen jungen Dame gepaßt hätte. »Mein Fuß«, jammerte sie. »Hier sind Fliegen.« Onkel Heinrich machte ein Geräusch, das wie ein Grunzen klang. »Nimm bitte das Taschentuch, Hasenzahn«, brüllte Schwägerin Meta, während sie weiter durch das hohe Gras pflügte. Aber Onkel Heinrich war ja taub und außerdem machte er wohl lieber einen Charlottenburger. Ein Nasenloch zuhalten, aus dem anderen rausschnauben. Auch ausgestorben.

Als wir auf die Lichtung traten, saßen die Rosenzweigs schon da, jedenfalls die beiden Eltern, und Meta begann sofort mit einer umständlichen Vorstellung von Karl und von mir. Vielleicht lag es daran, daß Karl so erfolglos war, daß man so viele Worte um ihn machen mußte. Atemlos von dem langen Marsch und von der Hitze stieß Meta die Worte einzeln hervor, und als sie ihren letzten Satz gebildet hatte, wartete sie das allgemeine Händeschütteln gar nicht erst ab, sondern ließ sich einfach auf die Picknickdecke von Simon Rosenzweig fallen, der einen entsetzten kleinen Hüpfer machte und aus dicken Brillengläsern seine Frau anblickte. Wir breiteten unsere Körbe, die weißen Damastdecken, die Schalen mit dem Obst und die irdenen Pastetenformen um uns aus, rammten die Stangen der Sonnenschirme in den Waldboden und ließen uns in einem riesigen Halbkreis nieder wie zu einer religiösen Kundgebung. »Vielleicht sollten wir Lydia eine Zitrone in den Mund stecken und sie in die Mitte legen«, murmelte Onkel Heinrich. Alle hörten es und blickten pikiert in ihre Körbe.

»Schaut mal, was ich hier habe«, rief Frau Rosenzweig nun. »Echten englischen Lemon Pie. Der macht frisch und lustig.« Sie lachte mich an. »Stimmt es wirklich, daß Sie in einer Spielzeugfabrik aufgewachsen sind? Das muß ja herrlich gewesen sein.« Ich nickte und kämpfte mit dem Gefühl von Übelkeit, das sich vom Bauch aus langsam in meinem ganzen Körper ausbreitete, als liefe ich mit Tinte voll.

»Die Zeiten ändern sich«, verlautete Karl bitter und nahm einen Hummer aus dem Korb. Er hielt ihn einen Moment lang in die Höhe und betrachtete ihn. Die Wiese drehte sich vor meinen Augen.

»Ja, leider.« Simon Rosenzweig hatte von seiner Frau anscheinend den Tagesbefehl erhalten, sich nicht in Gespräche über Politik verstricken zu lassen. Er seufzte und stand schwerfällig auf. »Mal sehen, ob sich hier eine Stelle zum Boulespielen findet.« Er wippte auf den Zehen. »Untergrund ist gut. Kommt jemand mit?« Zwei der bleichen Schwiegersöhne rappelten sich hoch. »Und du, Heinrich, was ist mit dir?« Er spähte zum Wasser hinüber. »Ich frage mich wirklich, wo Artur bleibt.«

Beim Aufstehen mußte ich mich an den herabhängenden Zweigen einer Weide festhalten, der Boden unter meinen Füßen wurde weicher und weicher. Weg hier, bloß weg. »Das ist eine gute Idee, Kind, wenn Sie zum Ufer gehen und nach ihm Ausschau halten.« Frau Rosenzweig nickte mir zu. Ich hingegen hätte mich bei der kleinsten Kopfbewegung übergeben. Ihre Stimme war ohne jedes Mitgefühl. »Er wird beim Bootsanleger sein.«

Aber das war er nicht. Artur Rosenzweig hatte in der vergangenen halben Stunde hinter einem Busch gestanden, eine Zigarette geraucht und uns beobachtet.

»Meine Güte, haben Sie mich erschreckt!« Ich mußte den Rest meiner Kraft zusammennehmen, um diesen Satz hervorzustoßen. Ich kannte ihn nicht und wußte doch sofort, daß er es war. Ich zeigte in Richtung Picknick, aber er übersah es.

»Psst«, machte er, »nicht so laut. Wo wollen Sie hin? Abhauen?« Er hatte ein schmales Gesicht und blonde Haare, die er glatt zurückgekämmt trug. Er sah gut aus. »Abhauen ist eine wunderbare Idee. Die ganze Mischpoke ist einfach unerträglich.«

Ich stellte fest, daß meine Übelkeit wich, aber zum Reden war mir trotzdem noch nicht zumute. Also lächelte ich nur und blickte auf die Spitzen meiner cremefarbenen Lackschuhe.

»Hoffentlich sind Sie nicht mit denen verwandt. Aber ich glaube, das sind Sie nicht. Sie haben die ganze Zeit im Abseits gesessen. Außerdem ähneln Sie auch keinem von denen.« Artur sah mich kurz von der Seite an und hakte mich dann unter. Er war so jung, daß ich es einfach geschehen ließ. Es waren zwar nur ein paar Jahre Altersunterschied, aber ich fühlte mich wie seine Mutter, mindestens. »Unten am See ist eine kleine Lichtung, die nur vom Wasser aus zu erreichen ist. Soll ich sie Ihnen zeigen? Ich rudere Sie hin.«

»Aber Sie müssen zu Ihrer Familie. Ich meine, Ihre Mutter wartet auf Sie.« Bei jemandem in seinem Alter konnte man ruhig eine Bemerkung über seine Mutter machen, dachte ich mir.

»Ja, ich weiß. Sie will mich mit diesem verschwitzten kleinen Ungeheuer verkuppeln. Sie versucht schon den ganzen Sommer lang, mich irgendwo unterzubringen. Es macht sie nervös, daß ich noch nicht geheiratet habe. Mit einundzwanzig.« Er lachte laut auf, und seine Stimme klang weich und lustig. »Wenn ich schon das Wort Picknick höre, wird mir schlecht. Die jüdischen Familien in der Gegend haben wir in diesem Sommer sozusagen abgegrast. Jetzt versucht sie es mit den Gois. Weiß auch nicht, womit ich das verdient habe.«

»Die Gois?« Ich hörte das Wort zum ersten Mal.

Er wechselte das Thema. »Da unten liegt das Boot. Halten Sie noch so lange durch?«

Ich blieb stehen und sah mich um, so als könne man noch irgend etwas anderes erkennen als dichtes, dunkles Grün. »Mein Mann wartet auf mich.«

»Tut er nicht.«

»Mein Sohn ist vorhin in den See gefallen. Ich muß zu ihm.«

»Er sitzt auf der Decke und macht eine dicke Lippe. Und alle seine Tanten füttern ihn mit Kuchen.«

»Ich kenne Sie doch gar nicht.«

»Stimmt.« Wir waren beim Boot angekommen. »Wollen Sie jetzt sofort einen Kurzvortrag über meine Person hören oder riskieren Sie es?«

»Was?«

»Mit mir wegzupaddeln, bevor wir geortet und zur Truppe zurück befohlen werden.«

Ich blieb einen Moment lang stehen und überlegte. Von den Verwandten würde mich niemand vermissen. Karl war innerhalb der ersten halben Stunde schon beim zweiten Krug Bier angelangt, angeblich, weil es sonst zum Trinken zu warm würde. Die Frauen tuschelten miteinander. »Gut. Ich mache es.«

»Das klingt tapfer.« Er lachte schon wieder.

Ich hatte gar nicht gewußt, daß ich so amüsant war. »Das können Sie nicht verstehen.«

Artur sprang auf den Bootsanleger, löste den Knoten des Taus und zog das Boot ein wenig zu uns heran, so daß ich einsteigen konnte. Er reichte mir eine Hand.

»Vielleicht sollten Sie wenigstens meinen Namen kennen, wenn wir schon zusammen auf die Flucht gehen. Ich bin Mariechen Käfer.« Ich blickte ihn aufmerksam an. Gleich würde er in schallendes Gelächter ausbrechen.

Aber er schaute mich nur an. Seine weiße Hemdbrust blitzte in der Sonne.

»Wie ist Ihr Mädchenname?«

»Kohl.«

»Haben Sie noch andere Vornamen?«

Ich schüttelte den Kopf.

»Dann gibt es für Sie nur noch eine Rettung. Warten Sie, bis Ihr Mann stirbt, und heiraten Sie mich. ›Mariechen Rosenzweig‹ klingt wunderbar. Es ist der perfekte Name für Sie. Damit schlagen wir zwei Fliegen mit einer Klappe. Nein, drei. Ich bin endlich in festen Händen, und meine Mutter kann wieder ruhig schlafen. Sie werden Ihren merkwürdigen Namen los. Und drittens habe ich die Chance, für den Rest meiner Tage in diese unglaublichen Augen zu blicken.«

Ich war so schockiert, daß ich mich einfach auf die kleine Bank des Bootes plumpsen ließ. Sofort fing es an, gefährlich zu schaukeln. Was sagt man zu so einem Bengel? Was erlauben Sie sich? Oder: Wie können Sie nur wagen zu behaupten, daß mein Mann demnächst stirbt? Aber das hatte Artur ja gar nicht behauptet. »Was soll denn schlimm daran sein, Mariechen Käfer zu heißen?« Aber es war schlimm. Es war unerträglich. Denn seit meiner Heirat fühlte ich mich wirklich genau wie ein Käfer. Ein behäbiges und zudem nutzloses kleines Wesen, das im Staub umherkriecht und nicht einmal schreien kann, wenn man ihm die Flügel ausreißt.

Artur stand auf dem Bootssteg, die Hände in den Hosentaschen und betrachtete mich. Von diesem Moment an, würde ich immer wieder das Gefühl haben, daß er Gedanken lesen könne. Daß er einen sechsten Sinn hatte für das, was in der Zukunft passieren würde. Er fühlte die Dinge, bevor sie geschahen. Und er fühlte, daß ich das wußte.

Also passierte es. Vielleicht war es auch nur die schwere Sommerluft, die mir plötzlich süß erschien. Vielleicht war es die Kühle des nahen Wassers unter meinem Körper. Ich stellte fest, daß ich Artur Rosenzweig anlächelte. Er lächelte zurück und sprang ins Boot. Wir legten schweigend ab, das Wasserdreieck der Heckwelle wurde größer und größer, wie eine silberne Schleppe.

Er kennt sich hier aus, dachte ich. Wahrscheinlich war das überhaupt mein letzter vernünftiger Gedanke an diesem Vormittag. Artur steuerte das kleine Boot ins Schilf hinein, das sich sofort hinter uns schloß. Dann legte er die beiden Paddel ins Boot und zog mich zu sich heran. Das Boot war genau lang genug, um auf seinem Boden liegen zu können wie in einer Wiege.

Heute scheinen alle Leute zu glauben, daß wir damals an solche Dinge nicht gedacht haben. Aber das ist falsch. Wir haben sie lediglich seltener getan. Dabei war früher alles ganz einfach, denn alle Frauen trugen Strumpfhalter. Man mußte eigentlich noch nicht einmal die Unterhose ausziehen, denn alles, was wir unter den Kleidern trugen, war leicht und sehr weit. Es genügte schon, den Schlüpfer am Beinausschnitt ein wenig zur Seite zu schieben. Ich spürte sofort, daß Artur ein erfahrener Liebhaber war. Vielleicht daher die Sorge seiner Mutter, daß er endlich heiraten sollte.

Es war herrlich. Zum ersten Mal in meinem Leben hielt ich die Augen dabei geöffnet. Über mir schienen die Wolken dahinzufliegen. Aber auch das Boot machte tüchtige Fahrt. Mit jedem seiner Stöße brachte Artur uns ein Stückchen weiter voran. So drängten wir durchs Schilf. Ich hätte schreien mögen vor Freude. Aber das traute ich mich damals noch nicht. Also klammerte ich mich an Arturs Rücken, schlang die Beine um seinen Leib, legte den Kopf in den Nacken und ließ alles geschehen. »Wie ein Käfer«, flüsterte ich irgendwann.

»Aber deswegen mußt du noch lange nicht so heißen«, sagte Artur. »Wir werden es bald ändern.« Es war uns beiden klar, daß dies nur der Anfang war.

*

Artur ruderte schweigend zurück, während ich mich bemühte, mit den Händen durch meine Haare zu fahren, die ich zum Glück immer noch nicht abgeschnitten hatte. Lange Haare lassen sich viel leichter ordnen. Man muß sie nur straff am Kopf zurücknehmen und feststecken.

Er ließ mich am Bootssteg aussteigen. »Es ist besser, wenn ich noch eine Runde auf dem See drehe. Ich komme dann in einer halben Stunde nach und lasse mich dir vorstellen.« Wir kicherten wie die Backfische. Als ich wieder festen Boden unter den Füßen hatte, mußte ich mich richtig anstrengen, nicht zu laufen oder gar zu hüpfen. Von einem schlechten Gewissen konnte gar keine Rede sein. Im Gegenteil. Ich triumphierte. Am liebsten hätte ich mich in den Kreis meiner Familie gesetzt und alles haarklein erzählt. Ich war erhitzt und übermütig. Die Sonne, die jetzt steil vom Himmel herabbrannte, störte mich nicht mehr. Ich wollte sie umarmen. Stellt euch vor, ihr Lieben, was ich grade getan habe. Ich habe mich lieben lassen wie noch nie zuvor. Nein, nicht von einem Mann. Männer sind bedrohlich und böse. Artur hat mich geliebt. Er ist nicht bedrohlich. Er ist wie ich. Er mußte mich nicht lange bitten. Seelenverwandte sind einander näher, als ich es euch je sein könnte. Wir teilen sogar unsere Lust. Das ist nicht verboten.

Meine Lippen waren taub. Ich hätte einen See austrinken können. Aber damit wollte ich noch warten, bis Artur bei der Gesellschaft ankam. Er sollte sehen, wie gierig ich war. Wie das schäumende Bier an meinen Mundwinkeln herunterlief bis hinunter in den Halsausschnitt. Ich bog die Zweige zur Seite, um mir einen neuen Weg zurück zu suchen und spürte, wie ich lächelte. Es war ein wundervoller Tag. An meinem Kleid waren die oberen beiden Knöpfe abgerissen wie bei einem Landmädchen. Brombeerranken zogen Fäden aus meinen heruntergerollten Strümpfen. Ich würde erzählen, daß ich spazierengegangen wäre und mich verlaufen hätte. Aus dem Unterholz stieg ein seltsamer süßlicher Geruch auf.

Ich spürte Karls mächtigen Körper mit der Spitze meines rechten Schuhs, bevor ich ihn sah. Kein morscher Baumstumpf. Ein Leib wie ein Erbsensack, schwer und weich zugleich. Er lag auf dem Rücken unter einem Fliederbusch, das biegsame hohe Gras umkränzte seinen Leichnam. Dem Tod hatte er das konzentrierte Gesicht geschenkt, das Männer beim Wasserlassen aufsetzen. Die Knöpfe seiner Hose waren geöffnet, das männliche Glied schien den letzten Wunsch gehabt zu haben, vom Ort des Geschehens wegzukriechen und war einen Pulsschlag später kalt erwischt worden. Jetzt ruhte es auf der Knopfleiste. Ich kniete mich nieder und berührte es vorsichtig. Es war naß und kalt. Mir fiel ein, wie Karl mich einmal gezwungen hatte, diese bläuliche Schnecke in den Mund zu nehmen. Karl? Seine Lippen waren fest geschlossen, die Mundwinkel leicht herabgezogen. Er fand es ungerecht, daß er gestorben war.

»Karl?« Es raschelte im Gras. Schritte kamen näher. Ohne nachzudenken bedeckte ich Karls Gemächte mit den Händen. Das war damals in uns allen drin. Fast hätte ich ihn ganz unter meinem Körper verborgen. Zum Weglaufen war es ohnehin zu spät. »Karl?« Zwei Hosenbeine nahmen neben mir Aufstellung und rührten sich nicht mehr von der Stelle. »O mein Gott, Karl! Mariechen, ich bitte dich! Wie konntet ihr nur!« Ich schlug die Hände vors Gesicht, blieb sitzen, wo ich war, und versuchte, möglichst flach zu atmen. Schwager Heinrich hatte offenbar nicht den geringsten Zweifel, was hier vorgefallen war. Junge rothaarige Ehefrau stürzt sich bei sengender Sommerhitze auf erheblich älteren Gatten, um von ihm den Beischlaf zu erzwingen. Gatte stirbt. »Bitte bleibt, wo ihr seid«, rief er nun zu den anderen hin, »dies hier ist nichts für eure Augen.« In einiger Entfernung hörte man Gelächter. Heinrich stapfte davon. Einen Augenblick später heulte Meta auf. Stimmengewirr. Jetzt wußten sie es. Oder dachten zumindest, daß sie es wußten. Jemand nahm mich bei den Schultern und führte mich zu unserem Picknickplatz zurück. Mein kleines Karlchen stand an einen Baum gelehnt und saugte an einem Spazierstocklutscher. Jemand klopfte ihm auf die Finger, dann heulte er. Alles Gepäck war bereits in den Körben verstaut, die Rosenzweigs waren gegangen, von Artur keine Spur.

Es sollte zwei Monate dauern, bis ich ihn wiedertraf. Von heute aus betrachtet ist das nur ein Wimpernschlag. In dieser Zeit jedoch ging mein ganzes Leben in die Brüche. Fast hätten sie mir auch noch das Kind weggenommen. Aber ich verlor unsere Firma, die Karl lange zuvor an seine Schwester verpfändet hatte, und durch die Inflation den kleinen Rest des Vermögens, das mein Vater mir vermacht hatte. Karls Familie machte mich natürlich für seinen Tod verantwortlich und brach den Kontakt zu mir ab.

Außerdem mußte ich leider feststellen, daß das Schäferstündchen mit Artur nicht ohne Folgen geblieben war. Ich war guter Hoffnung, wie man sagte, und völlig ratlos. Ende Oktober 1922 zog ich mit Karlchen in eine kleine Hinterhofwohnung in Hamburg und überlegte mir, ob ich lieber als Haushaltshilfe arbeiten sollte oder in einem Kontor. Gelernt hatte ich beides nicht. Ich war nichts und konnte nichts, und auch, wenn man das selbst niemals so genau einschätzen kann, war mir doch klar, daß ich den tiefen Teller nicht erfunden hatte.

Du bist so dumm wie ein Furz, Marie. Es sind die kleinen Sätze, die man niemals mehr vergißt. Die plötzlich eine Bedeutung bekommen. Die sich manchmal sogar in Materie verwandeln. In diesem Fall in einen Riesenbatzen Geld. Karl hatte es natürlich als Beleidigung gemeint. Es war in jedem Streit der Gipfel. Aber auf mich hatte dieser Satz eine völlig andere Wirkung. Er belustigte mich, auf eine Weise, die ich niemandem zeigen konnte. Wenn Karl ihn mit gepreßter Stimme hervorbrachte, mußte ich mich abwenden, aus Angst, daß er mich schlüge, wenn er mein Lächeln sah. Ich sehe ihn noch vor mir. Die geballten Fäuste. Dieser lauernde Blick.

Wenn man so alt geworden ist wie ich, passiert etwas Merkwürdiges. Man stellt fest, daß man sich an einige Dinge genau erinnert, aber ihre Reihenfolge vergessen hat und um nichts in der Welt mehr hervorholen kann. Karl beleidigt mich. Er stirbt. Ich erfinde das Furzkissen. Oder war es vielleicht umgekehrt? Ich mache eine Erfindung. Danach fängt Karl an, mich damit aufzuziehen. Später stirbt er. Ich lasse das Furzkissen in großer Zahl herstellen und vertreibe es in aller Welt.

Das Leben ist die weite See, kein rasender Strom. Das erkennt man leider erst so spät. Dies ist der Tag, an dem du anfingst alt zu sein, Marie. Ein Meer von Zeit und keine Schiffe.

Eins

Norddeich Mole
20. Dezember 1999
früher Abend

Das Schiff lag über alle Toppen beleuchtet am Molenkopf. Im Eiswind bewegten sich die Ketten aus weißen Lichtern, die zwischen dem Bugspriet und dem Radarmast auf dem Steuerhaus gespannt waren und die von oben herab über die halbe Länge der Fähre bis hin zum Heck baumelten. Im Schein der kleineren Glühbirnen längs der Reling glänzten die Basaltsteine des Anlegers in Kälte und in Würde. Festland, letztes Ende. Die Nordsee schwappte gegen den Anleger. Aus dem Pferdetransporter auf dem Vorschiff erklang in unregelmäßigen Abständen ein dumpfes Stampfen. Hufeisen an Holzwand, kurz vor der Kapitulation. Menschen waren nicht zu sehen.

Die junge Frau setzte zögernd einen Fuß auf die Gangway, nahm dann beide Reisetaschen nach rechts und hielt sich mit der anderen Hand am Geländer fest. Die Holzrampe knirschte. Ein Schulterbeutel verhakte sich zwischen zwei Metallstäben, sie zerrte und zog. Ihre Füße in den hohen Stiefeln fanden kaum Halt auf der Schräge. Die Motoren brummten, das glatte grüne Deck zitterte. Eine Möwe schrie. Wie ein Mond schien gelbes Licht durch ein Bullauge in die Dunkelheit hinaus und fiel auf die Metallbeschläge eines Sarges, der von einer Plastikfolie nur locker bedeckt war.

Roberta Langbein wäre am liebsten davongerannt. Noch stand der Zug am Bahnhof und würde in wenigen Minuten wieder dahin zurückfahren, wo er hergekommen war. Sie könnte einfach wieder einsteigen, den tröstlichen Geruch von leeren Zugabteilen atmen, aus dem Fenster in die schwarze Nacht schauen und doch nur sich selber in der Scheibe spiegeln. Schulterlange braune Haare, traurige Augen. Keine besonderen Merkmale, wenig Schönes. Roberta hatte sich daran gewöhnt, von anderen Menschen wegen ihrer ruhigen Art gemocht zu werden. Bis sie Oskar traf. Der war von allem Anfang an verrückt nach ihrem Körper. Oh, die festen Schenkel. Ach, die schmale Taille. Er war ein theatralischer Mann. Und dann sagte er ihr immer und immer wieder, daß er ihren Hintern so sehr liebte. – Dieser Arsch! Jetzt saß er wahrscheinlich schon im Flieger nach Zürich, neben ihm seine langmähnige Ehefrau, die mit den vielen Goldknöpfen am Kostüm, und garantiert genehmigten sich beide schon mal den ersten Schampus.

Roberta fuhr nicht Ski. Sie war ein Sonnentyp. »Für dich ist das nichts in Sankt Moritz«, hatte Oskar gesagt. »Lauter alte Leute, alle in meinem Alter.« Und dann hatte er sie mit seinen kleinen grauen Augen angesehen und darauf gewartet, daß sie ihm in den Bauch zwicken würde, oder Schlimmeres. Alle ihre hitzigen Nachmittage begannen so. Ein weiß bezogenes Hotelbett. Meist war es kühl im Raum. Er mochte gern gebissen werden wie von einem Welpen. Und gekratzt. Roberta fand gut, daß immer alles rasend schnell vorbei war. Und daß es ohne Küssen ging. Als sie sich ein paar Monate lang getroffen hatten, begann sie sogar, den Gedanken an die schnelle Liebe mit Oskar erregend zu finden. Sie gab wenig und bekam viel. Er war kein schlechter Mann.

Er brauchte sie. Und er bezahlte sie. »Schau mich an, Kleines. In spätestens vier Wochen hast du sie soweit, daß sie unterschreibt. Es wird einfach sein. Du weißt doch sowieso nicht, wo du Weihnachten hin sollst. Meine Großmutter ist eine interessante Frau. Laß dich nur nicht von ihr ärgern.« Roberta fand es schrecklich, wenn Oskar so viel redete und wenn er sie dabei mit seinen feuchten Händen an den Oberarmen packte. Aber richtig peinlich wurde es, wenn er die Stirn in Falten legte und die Stimme erhob. »Und wer weiß? Vielleicht tun wir ihr damit sogar einen Gefallen. Bestimmt tun wir das.« Er sang es mehr, als daß er sprach.

»In vier Wochen ist alles vorbei«, murmelte Roberta und blickte zum Himmel hinauf, an dem die schwarzen Wolken jagten. Das Schiff bewegte sich leicht.

»Haben Sie was gesagt?«

Der Mann stand so nahe hinter ihr, daß sie trotz der Kälte den zimtigen Geruch wahrnahm, den Leute verströmen, die mehr mit Pferden als mit Menschen zu tun haben. Er brüllte von oben herab auf ihren Scheitel. »Wenn Sie nichts gesagt haben, dann gehen Sie wenigstens ein Stück zur Seite.« Der Mann griff über sie hinüber und riß die Tür auf.

Es war wie eine Explosion. Musik platzte aus dem hell erleuchteten Raum im Bauch des Schiffes, der Qualm Dutzender Zigaretten schoß ins Freie, Gelächter, die tiefen Stimmen einer Horde Betrunkener quollen hervor. Roberta wich zurück. Einen Augenblick später war die Tür wieder zu, und der Mann war verschwunden. Nette Menschen hier. Und so freundlich. Der Wind nahm zu. Zweiter Versuch.

Sie zog das Schott mit beiden Händen auf, schob dann eine ihrer Taschen in den Spalt und wuchtete das restliche Gepäck über eine knöchelhohe Eisenschwelle, die vermutlich übers Deck rollende Wellen fernhalten sollte.

Roberta überlegte kurz, ob sie sicherheitshalber nach den Schwimmwesten Ausschau halten sollte, entschied sich dann aber dagegen. Sie wäre ohnehin nicht weit gekommen. Die roten Kunstlederbänke an den Fenstern, die runden Sesselchen in der Mitte des Salons, sogar die Klappstühle vor den beiden Spielautomaten, alle Plätze waren voll besetzt. Vor einer Art Durchreiche zur Kombüse, die offenbar als Getränkeausschank diente, standen die Leute in einem dichten Pulk und tranken Bier aus Bügelflaschen, Kinder rasten kreischend durch die Menge, jemand schimpfte, weil ein Turm mit Reisegepäck umgefallen war. Roberta unterdrückte ein Husten. Der Raum war völlig überheizt.

Sie öffnete die rosafarbene Daunenjacke, ein Geschenk Oskars zu ihrem sechsundzwanzigsten Geburtstag, lockerte den Schal und lehnte sich mit dem Rücken gegen eine Wand. Obwohl sie nur mittelgroß war, mußte sie sich unter einem Eisenträger ducken. Zudem vibrierten die Wand und der Boden in der Frequenz der Schiffsmotoren. Es war sehr unangenehm. Fast alle Passagiere der Fähre waren in laute Gespräche verwickelt. Der Pferdemann von vorhin stand vor dem Tresen, hatte einen pummeligen jungen Burschen am Ärmel gepackt und redete eindringlich auf ihn ein. Was gesprochen wurde, konnte Roberta nicht verstehen. Zuerst dachte sie, daß viele der Leute sich stritten. Sie brüllten quer durch den Raum, schrien auf und johlten. Aber nach einer Weile stellte sie fest, daß die meisten einander offenbar kannten und daß dies ihre Art war, herumzualbern. Von ihr nahm niemand Notiz.

Was hatte Frau Möller am Telefon gesagt? Sie wolle an diesem Tag mit ihrer Tochter ein paar Einkäufe auf dem Festland machen und nehme dann die Abendfähre zurück auf die Insel. Mit Sack und Pack, wie sie sagte. »Wir sehen uns auf dem Schiff, dann können wir schon einmal alles Nötige besprechen.« Ihre Stimme hatte geklungen, als ob sie blond sei, blond gefärbt.

Roberta stellte sich immer vor, welche Haarfarbe ein Mensch hatte. Frau Möller hörte sich außerdem etwas mollig an, so wie jemand, der es nicht gewohnt ist, auf den Geschmack eines Mannes Rücksicht zu nehmen. Wahrscheinlich war sie über vierzig und geschieden. Wahrscheinlich hatte sie es immer schwer gehabt. Roberta kannte das alles. Sieben Jahre Friseursalon in einer der bürgerlichen Gegenden von Bonn sind wie ein Psychologiestudium. Sagte sie immer.

Das Telefonat war noch keine zwei Tage her. Roberta hatte in ihrem Appartement auf dem Teppich gesessen und sich die Fußnägel lackiert. »In diesem Jahr haben wir über den Jahreswechsel tote Hose«, hatte Frau Möller gesagt. »Eigentlich wollten wir den Laden schon dichtmachen. Aber die alte Frau Rosenzweig kommt ja nun schon das fünfte Weihnachten. Wenn man so alt ist wie die, kann man sich natürlich nicht mehr auf einen anderen Ort umstellen. Man vegetiert ja nur noch. Und außerdem ...« Sie machte eine Pause. Roberta wußte, daß Oskar und sein Bruder einen Batzen Geld für die Unterbringung ihrer Großmutter zahlten. Angeblich war der »Inselfriede« auch kein Pflegeheim in dem Sinne, sondern eher ein kleines Luxushotel. Hieß es jedenfalls. »Und außerdem«, fuhr Frau Möller fort, »haben wir Yolanda natürlich sowieso wieder am Hals. Das Thema wollte ich auch noch mit Ihnen besprechen. Hat aber Zeit, bis wir uns sehen. Na ja, Sie werden uns ja noch alle kennenlernen.« Damit hatte sie das Gespräch beendet. Kein Abschiedsgruß, kein gar nichts. Nur klick. Roberta hatte den Telefonhörer noch einen Moment in der Hand gehalten und ihn sogar noch leicht an ihrem Ohr geschüttelt.

Das Schiff schien endlich abzulegen. Das Vibrieren der Motoren wurde stärker, vor den Fenstern zogen dicke braune Holzpoller vorbei, die Lichter des Festlandes verschwammen hinter nassen Scheiben. Die Deckenbeleuchtung flackerte kurz auf und blieb dann auf Schummerniveau. Zum Lesen war es auf jeden Fall zu dunkel. Roberta spürte einen Anflug von Langeweile und die Lust auf ein kaltes Bier, versuchte aber, sich nicht gehenzulassen.

Wer war Frau Möller? Sie suchte mit den Augen den niedrigen Raum nach den in Frage kommenden Frauen ab. An einem Tisch in der Mitte des Salons saß ein Kränzchen etwa vierzigjähriger Insulanerinnen. Sie bemerkte es an dem fremden Dialekt, den sie sprachen. Blondiert war keine von ihnen. Die Frau, die so aussah, wie sie sich Frau Möller noch am ehesten vorstellte, hatte ein kleines Kind auf dem Arm. Das könnte sie nicht sein. Sie hatte von ihrer achtzehnjährigen Tochter gesprochen, die später einmal Medizin studieren wolle. Roberta gähnte und wollte sich schon mit dem Rücken an der Wand in die Hocke gleiten lassen, ihren Discman herausholen und ein bißchen meditieren, als sie am Ende des Raumes jemanden erspähte, der ihren Vorstellungen so nahe kam, daß sie fast ein wenig erschrak.

Die Frau war klein und rundlich, ohne wirklich dick zu sein. Roberta wußte vom Haarewaschen her, wie sich die Hälse solcher Frauen anfühlten. Massiv und muskulös, Sternzeichen Stier wahrscheinlich. Meist hatten sie Probleme mit der Rückenmuskulatur. Wenn sie versuchten abzunehmen, bekamen sie knochige Schultern. Auch aus dieser Entfernung konnte Roberta erkennen, daß bei der mutmaßlichen Frau Möller der Haaransatz dunkelgrau nachwuchs. Gefärbte Blondine war also ein Volltreffer. Neben ihr saß ein großes Mädchen, das konzentriert in einer Illustrierten blätterte und dabei ziemlich beleidigt aussah. Die künftige Medizinstudentin. Sie war in Begleitung einer Freundin, die sich anscheinend ebenfalls gerade in die Meditation flüchten wollte. Ein schönes schwarzhaariges Mädchen, das steif dasaß und mit geschlossenen Augen tief in sich hineinhorchte. Jetzt bemerkte Frau Möller, daß sie beobachtet wurde, und richtete ihren Blick quer durch den Raum auf Roberta. Die Falte über ihrer Nasenwurzel war tief.

Roberta lächelte und machte eine Bewegung mit der Hand. Frau Möller blickte zurück, sagte dann etwas zu der künftigen Medizinstudentin und beobachtete, wie ihre Tochter gemächlich aufstand und sich einen Weg durch die Menge bis hin zu Roberta bahnte.

»Mann, siehst du fertig aus. Mama hat gesagt, du bist erst sechsundzwanzig. Oder stimmte das nicht?« Das Mädchen sah sie forschend an.

»Wer weiß?« Roberta hatte nicht die Absicht, sich mit diesem Hühnchen auf ein Gespräch einzulassen. Statt dessen streckte sie ihr die Hand entgegen und lächelte. »Ich bin Roberta Langbein. Und du mußt Melanie sein. Deine Mutter hat mir erzählt, daß du Medizin studieren willst.« Hoffentlich bringen sie dir dann auch ein bißchen Höflichkeit bei. Aber Roberta sagte es nicht. Sie war es gewohnt, manche Sätze nur nach innen zu sprechen und dabei einen gelassenen Eindruck zu machen.

»Ach die.« Melanie verzog das Gesicht. »Meine Mutter sagt alle möglichen Dinge. Das meiste stimmt nicht.« Sie warf einen Blick auf die Reisetaschen neben Robertas Beinen. »Du kannst den ganzen Krempel hier stehenlassen und dich mit zu uns setzen. Vielleicht lenkt das meine Mutter ein bißchen von ihrer schlechten Laune ab.«

»Meinetwegen.« Roberta hatte nicht das Gefühl, daß sie zu Melanie besonders freundlich sein müßte. Sie folgte dem Mädchen durch den Raum und stellte dabei fest, daß sie nun von vielen neugierigen Augen gemustert wurde, so als habe erst der Kontakt zu einer Einheimischen sie sichtbar gemacht.

»Die sieht ja direkt einigermaßen normal aus«, rief ein

rotgesichtiger Bursche ihnen zu und maß Roberta mit den Augen. »Jedenfalls von hinten. Ich kann ja mal zum Pflegen vorbeikommen.« Die anderen Jungen an seinem Tisch grölten.

»Schnauze«, sagte Melanie, ohne sich umzusehen. »So, das ist meine Mutter.« Sie ließ sich auf die Bank fallen und schnappte sich sofort ihre Lektüre. Das andere Mädchen blickte gar nicht erst auf.

Roberta unterdrückte ein Seufzen.

Frau Möller nickte ihr nur kurz zu. »Das wird hier jetzt aber zu eng.« Sie rückte mißmutig ein wenig zur Seite und machte Platz für Roberta. »Ich hab Sie vorhin schon gesehen.« Sie blickte sie einen Moment lang neugierig an und hob dann abwehrend die Hand. »Sagen Sie nichts, ich weiß alles über Sie. Herr Käfer hat es mir haarklein erzählt. Sie sind eigentlich Friseuse. Und Sie haben eine Allergie gegen irgendwelchen Chemiekram. Das sagen ja alle. Aber Sie wollen vielleicht auf Altenpflegerin umschulen. Deswegen ist es vielleicht mal ein guter Test, wenn Sie ein paar Wochen lang auf Mariechen aufpassen.« Sie leierte ihre Informationen herunter wie eine Sure. »Wenn Sie das geschafft haben, sind Sie allerdings eine Heilige.« Das bittere Lachen ging in ein Husten über. »Das ist zwar unser täglich Brot in der ›Residenz Inselfriede‹, aber ich persönlich finde nicht, daß es eine Gnade ist, wenn ein Mensch so alt wird. Mariechen ist jetzt hundertvier. Und kann und kann nicht sterben. Melanie, holst du uns mal ein paar Würstchen. Vielleicht will Frau Langbein auch eines. Die sind gut hier.«

»Mariechen Rosenzweig«, sagte Roberta tonlos. »Ist Mariechen ihr richtiger Vorname?«

Frau Möller reckte den Hals, gab aber keine Antwort.

»Meine Mutter redet so viel, weil jemand gewagt hat, sie zu kritisieren«, sagte Melanie, ohne aus ihrer Zeitschrift aufzusehen. »Das staut sich dann so an. Sie war nämlich auf dem Festland beim Arzt, und der hat ihr gesagt, daß sie nicht so viel fettes Zeug fressen soll.«

Roberta mußte sich fast den Hals verrenken, um Frau Möller anzusehen, so dicht saß sie neben ihr. »Das mit der Altenpflegerin stimmt nicht«, sagte sie höflich. »Ich will mein Abitur nachmachen und dann ...«

Jetzt hob Frau Möller den Arm und fuchtelte jemandem zu, der auf der anderen Seite des Raumes stand.

Roberta nahm den Geruch ihres blumigen Deodorants wahr. »Und außerdem bin ich keine Friseuse, sondern Friseurin, das ist etwas anderes ...«

Es war klar, daß sie nicht zuhörte. Frau Möller nickte genervt und stemmte sich von ihrem Platz hoch. »Hans!« rief sie nun. »Hans!« Und aus ihrer Kehle klang es wie Sirenengeheul. »Vielleicht kann er uns heute abend noch ein paar Muscheln vorbeibringen.«

Das stille, schwarzhaarige Mädchen lachte mit geschlossenen Augen. Roberta sah, wie Melanie die Hand auf ihren Arm legte. »Das ist übrigens Yolanda«, sagte sie, aber Yolanda rührte sich nicht.

»Hans hört mich nicht. Der ist genauso taub wie seine Muscheln.« Frau Möller ließ sich beleidigt auf ihren Platz zurückfallen.

Und als ob es einen versteckten Mechanismus gäbe, der die andere Seite der Bank anhöbe, wenn man sich nur heftig genug auf die eine fallen ließe, schnellte Yolanda hoch, schoß an Melanie vorbei und drängte sich durch die Gruppen von Passagieren hinaus zur Tür. Es war eine Sache von Sekunden. Mutter und Tochter wechselten einen Blick.

»Will wahrscheinlich nur Luft schnappen«, konstatierte Melanie und blickte ihr aufmerksam nach.

»Graustein ist draußen bei dem Pferd. Der schickt sie in Null Komma nix wieder zurück.«

»Zwei Minuten geb ich ihr.«

»Hat sie ein Wollhemd drunter?«

»Lange Unterhose auch.«

Frau Möller drehte sich ein wenig zu Roberta hin und stieß sie dabei fast von der Bank. »Vielleicht ganz gut, wenn wir kurz unter vier Augen darüber sprechen können.«

Roberta sah sie verwirrt an.

»Wir glauben zwar nicht, daß sie viel mitbekommt, aber Yolandas Tante möchte, daß wir in jeder Hinsicht Rücksicht auf sie nehmen. Außerdem gehört sie ja mittlerweile fast schon zur Familie.« Frau Möller schubste Robertas Schulter ganz leicht mit ihrer Schulter an, so als müsse sie jetzt ein Versprechen abgeben oder dergleichen. »Yolanda ist nicht ganz bei sich, wissen Sie.«

»Mama, hör doch auf, so über sie zu reden.« Melanies Stimme klang wütend, aber äußerlich wirkte sie völlig ungerührt. »Sie lebt ganz in ihrer eigenen Welt. Aber manchmal taucht sie auch auf. Sie ist sehr klug. Und sie spricht nicht ...« Sie wurde immer leiser.

Roberta fand Melanies affektierte Art, die Worte quasi einzeln hervorzukauen, unerträglich, aber die Zärtlichkeit, mit der sie über das seltsame Mädchen sprach, gefiel ihr. »Kennt ihr euch schon lange?«

»Kennen ist gut«, sagte Frau Möller, griff mit einer flinken Bewegung über Robertas Kopf hinweg, und hielt im nächsten Moment einen Pappteller mit einem Spiel Würstchen in der Hand, das ihr offenbar irgend jemand gebracht hatte. Roberta zuckte zusammen.

»Ich glaube, sie ist jetzt den fünften Winter bei uns.«

Sie hatte ein so großes Wurststück abgebissen, daß man sie kaum noch verstehen konnte, und auch Melanie langte gierig zu. »Yolanda lebt eigentlich in einer Einrichtung in Frankfurt. Aber sie hat es an der Lunge und braucht jedes Jahr die Luftveränderung. Außerdem, nehme ich mal an, soll sie über Weihnachten irgendwo hin.

Ist ja nicht leicht mit so jemandem während der Festtage. Eigentlich haben wir das Haus jedes Weihnachten mit diesen Menschen voll. Aber in diesem Jahr scheinen die Leute sich so etwas nicht zu trauen. Vielleicht der verdammte Jahrtausendwechsel, was weiß ich?« Sie schien den Faden verloren zu haben und kramte eine Schachtel Zigaretten aus ihrer Handtasche hervor. »Das erste Jahr war noch Yolandas Tante mit dabei. Die kümmert sich ganz rührend um sie. Eine Tänzerin.« Frau Möller spuckte ein Stückchen Wursthaut auf den Tisch und schnippte es mit einer schnellen Bewegung auf den Fußboden. »Yolandas Eltern sind bei einem Autounfall ums Leben gekommen. Waren Geldleute.« Sie zog die Luft durch die Nase ein. »Aber was nützt einem das schon, wenn man ein krankes Kind hat.« Als stünde es damit in irgendeinem Zusammenhang, schob sie Melanie plötzlich die Schachtel mit den Zigaretten zu. »Willst du eine, Schätzchen?« Melanie griff sofort zu. Mutter und Tochter rauchten mit den gleichen gierigen Zügen. Beide hatten Herzchenlippen.

Auf einmal spürte Roberta, wie es wieder anfing. An einem Tag wie heute hätte sie am wenigsten damit gerechnet. Bloß jetzt nicht anfangen zu heulen. Das Gefühl kam von oben, direkt aus dem dunklen Himmel, der sich über dem dahinrollenden Schiff wölbte. Ein Dach bot nur ungenügenden Schutz vor dem Gefühl. Es regnete quasi auf sie herab, und wenn sie nicht aufpaßte, würde sie davon wieder ganz weich werden, so daß sie nur noch weinen könnte. Und zwar im Liegen. Sie griff in ihre Anoraktasche und holte ein Pillendöschen hervor. Frau Möller beobachtete sie interessiert. »Tablettensüchtig sind Sie aber nicht, oder? Habe ich nämlich alles schon erlebt.« Sie ließ sich erschöpft zurückfallen und zündete eine weitere Zigarette an.

Roberta schüttelte den Kopf und steckte sich eine der

kleinen lila Kapseln in den Mund. »Es ist ein Naturmedikament.«

»Und wogegen?« Frau Möller produzierte einen Rauchkringel. »Hoffentlich nicht zum Abnehmen. Wir hatten mal ein magersüchtiges Zimmermädchen. Aber Sie sind ja eigentlich nicht direkt dick.«

»Ich bin nicht krank«, sagte Roberta und schluckte. »Und ich bin auch nicht Ihr Zimmermädchen.« Ihre Stimme zitterte leicht. »Ich arbeite für die Familie Käfer. Nicht für Sie.«

»Oh, entschuldigen Sie vielmals.« Frau Möller machte eine affektierte Geste. »Ich wollte Ihnen wirklich nicht zu nahe treten. Aber man will ja wissen, mit wem man es zu tun hat.«

Roberta blickte einen Moment lang aus dem Fenster und sah nichts als tiefe, schwarze Nacht. In der Ferne blinkte ein rotes Licht. Sie war noch einmal davon gekommen. Die graue Wolke war über sie hinweggezogen. Kein Aufweichen. Ihr Rücken straffte sich. »Erzählen Sie mir doch etwas über Frau Rosenzweig, wenn Sie mögen.« Sie wunderte sich selbst, wie souverän sie auf einmal war. Oder ob die Wirkung des Medikaments bereits eingesetzt hatte?

»Sie ist eine alte Schnepfe«, ließ Melanie sich vernehmen und schnippte die Asche in ihre hohle Hand.

Frau Möller stöhnte. »Nimm bitte den Aschenbecher, Schätzchen. Ich bin wirklich nicht diejenige, die über Kurgäste herzieht«, sagte sie.

»Sie sind keine, aber wir *bemühen uns,* sie wie Kurgäste zu behandeln«, fügte Melanie hinzu.

»Das ist ja das Exklusive an unserem kleinen Haus.«

»Es ist ein hartes Geschäft.«

Ihre Mutter pflichtete ihr sofort bei. »Heutzutage will ja keiner mehr ein Pflegefall sein.« Fast war es wie ein einstudiertes Theaterstück. Sie wechselten einander ab. Immer jede einen Satz. Wer weiß, wie oft sie schon jemandem erklären mußten, womit sie ihr Geld verdienten, dachte Roberta. Sie sprachen über die vielen Probleme, die sie in ihrer sogenannten Seniorenresidenz hatten, über den Undank der alten Leute und über die hohen Kosten. Außerdem sei es unglaublich schwer, sich immer wieder umzugewöhnen. Denn die meisten Alten blieben ja nur eine oder zwei Wochen, eben so lange, wie der jüngere Teil der Familie Urlaub machte. Roberta erfuhr, daß die alte Frau Rosenzweig sehr störrisch sei. Daß sie in jedem Jahr mit einer neuen Pflegerin erschien, und daß die diesjährige schon nach zwei Tagen das Handtuch geschmissen hatte. »Wir waren wirklich sehr froh, daß Herr Käfer Sie noch aufgetrieben hat«, sagte Frau Möller.

Roberta atmete durch die Nase ein. »Ihre festen Kräfte sind bestimmt jetzt alle im Weihnachtsurlaub.«

Frau Möller schnaufte. »Jetzt reden Sie aber wirklich wie eine Friseuse. Weihnachtsurlaub. Wie das klingt. Wir haben die beiden festen Kräfte im November entlassen.« Sie schob ihre kleine Unterlippe vor. »Im Februar stellen wir die einfach wieder ein.«

Roberta schenkte ihr einen entsetzten Blick.

»Karneval«, sagte Frau Möller trocken. »Das ist bei uns zur dritten Saison geworden.« Jetzt war sie anscheinend in ihrem Element. Sie redete und redete, und Melanie machte mit ihrem spitzen Jungmädchentimbre kleine Bemerkungen dazu.

Roberta hatte Mühe, nicht einzunicken. Wie lange waren sie jetzt unterwegs? Zwanzig Minuten? Vielleicht könnte man jetzt schon die Lichter der Insel erkennen. Aber in den Fensterscheiben spiegelten sich nur die Passagiere, die jetzt tatsächlich von einer gewissen Unruhe erfaßt wurden. Einige erhoben sich von ihren Plätzen und begannen, in ihrem Gepäck zu kramen. Andere holten sich noch ein letztes Bier. Roberta beugte sich ein wenig vor und kniff die Augen zusammen. »Seltsam. Ich dachte immer, daß es auf See ganz viele Lichter gibt. Leuchttürme. Oder wenigstens Bojen, oder wie die heißen. Zur Orientierung, meine ich.«

»Und damit kommen wir zu dem Punkt, den ich gerne noch mit Ihnen besprechen wollte, Roberta.« Ihre Stimme war weit weg. »Es geht nämlich um Yolanda. Beziehungsweise, es geht darum, daß Melanie und ich natürlich auch einmal Urlaub brauchen. Und deswegen wollten wir Ihnen eine Frage stellen. Sie müssen natürlich nicht ja sagen. Sie müssen gar nichts.«

Roberta hörte die Stimme von Frau Möller und hörte, was sie sagte. Aber sie konnte ihren Blick nicht vom Fenster wenden. Sie konnte auch nicht schreien. Nicht einmal den Mund aufmachen.

»Ist Ihnen nicht gut?« Frau Möller klang nicht besorgt. Eher neugierig.

»Da!« rief Roberta. »Sehen Sie nur!« An der Außenseite der Scheibe, da wo die schwarze Nordsee den Ausblick verschluckte, hing kopfüber ein Mensch. Das Gesicht klebte fast an der Scheibe. Die Augen waren weit aufgerissen, der Mund geschlossen. Lange nasse Haare fielen zu beiden Seiten der Wangen hinunter, wie Algen. Die dünnen Arme baumelten. Das Wesen bewegte sich nicht. Es starrte nur. Aber es war lebendig. Dann hob es plötzlich eine Hand und klopfte mit zusammengekrallten Fingern an die Scheibe. Tock. Tock.

»Wer das erste Mal auf eine Insel kommt, ist immer aufgeregt. Das kennen wir schon.« Melanie gähnte.

»Aber, so sehen Sie doch!« Robertas Atem ging stoßweise. Das Gesicht vor dem Fenster sackte mit einem Ruck ein kleines Stückchen tiefer, so als könne das fremde Wesen, das dort kopfüber an der Bordwand zu hängen schien, sich nicht mehr länger halten. »Sie fällt!« schrie Roberta.

Für einen Augenblick verstummten alle Geräusche im Raum. Die Frauen hörten auf zu kichern. Die Jugendlichen grölten nicht mehr. Sogar die Luft klärte sich ein wenig.

Dann brach das Geschrei los.

Melanies Stimme war die schrillste. »Das ist Yolanda!« gellte sie. »Helft ihr! Laß mich durch! Maschinen stopp!« Obwohl der Kapitän das unmöglich gehört haben konnte, verstummten die Motorengeräusche fast sofort. Das Schiff stampfte nicht mehr. Es trieb unschuldig dahin und begann sogar ein bißchen zu schaukeln.

Frau Möller drängte sich an Roberta vorbei. Vor der Tür nach draußen hatte sich sofort ein Pulk von Menschen gebildet, die hinausstrebten. Stimmen überschlugen sich. Plötzlich wollten alle dasselbe. Und für alle war es zu eng. Oben an Deck wurden schwere Gegenstände gerückt. Vielleicht wurde jetzt ein Boot zu Wasser gelassen. Roberta hatte nur einen winzigen Moment lang nicht hinaus gesehen. Da knallte etwas vor dem Fenster. Das kleine blasse Gesicht aber war verschwunden.

Der Strom der hinausdrängenden Passagiere sog Roberta auf und schwemmte sie vom Rand der Menschenmenge in ihre Mitte. Sie versuchte die Ruhe zu bewahren und ging in kleinen Schritten mit. Von Deck her breiteten sich erste Nachrichten über das Unglück aus. Sätze wurden wiederholt und kommentiert. »Es ist die kleine Verrückte, die bei Möllers wohnt«, sagte eine ältere Frau, die dicht neben ihr dahintrippelte. Roberta fühlte sich angesprochen, sagte aber nichts.

Ein junger Mann wurde gegen ihre Schulter gedrückt. Er sah sie kurz von der Seite her an und nickte ihr zu, so als gingen sie im Trauerzug einer gemeinsamen Bekannten.

»Bei fünf Grad kaltem Wasser hat sie fünf Minuten zum Überleben«, kommentierte ein kleiner Junge. »Vier sind bestimmt schon rum.« Von solchen Rechnungen hatte Roberta auch schon mal gehört.

»Ja«, sagte sie schlicht.

»Völliger Unsinn«, ließ der junge Mann vernehmen, bevor er von einem Seitenstrom der Menge ergriffen und in Richtung eines zweiten Ausgangs gespült wurde.

Zu dritt quetschten sie sich gleichzeitig durch die Eisentür. Ein kalter Wind blähte ihre Jacken. Viele der anderen Leute waren nur im Pullover und rieben sich nun die Arme oder traten von einem Fuß auf den anderen, frierend und auf eine unheimliche Art miteinander verbunden.

Roberta versuchte sich zu orientieren. Melanie und ihre Mutter waren offenbar ein Deck höher gerannt. Und weiter in Richtung Vorschiff. Die Eisentreppen rauf und weiter gegen den Wind.

Sie sah Yolanda sofort. Der Pferdemann hielt sie in seinen Armen wie ein großes, mattes Baby und blickte in ihr Gesicht. Melanie und ihre Mutter hatten je eine Hand ergriffen. Alle schwiegen. Sie standen im Windschatten des Steuerhauses und warteten. Andere Passagiere, die mit aufs Oberdeck gekommen waren, hielten einige Meter Abstand. Vom unteren Deck her ertönten Rufe. Hier oben war alles still. Kleine Wellen platschten gegen die Bordwand.

»Ich glaube, sie ist wieder in Ordnung«, sagte der Mann nach einer Weile, und Roberta wunderte sich, wie tief seine Stimme war und wie weich. Er stellte Yolanda behutsam auf die Füße. Sie hielt sich leicht schwankend an seinem Arm fest, bevor sie ihn plötzlich los ließ.

Roberta traute sich einige Meter weiter an die Gruppe heran. »Kann ich vielleicht irgendwie helfen?«

»Laß sie«, sagte der Pferdemann. »Es macht sie nur verrückt, wenn wir sie alle anfassen.«

Er sah sie für den Bruchteil einer Sekunde an. Seine unruhigen Augen waren von tiefem Schwarz. »Sind Sie die neue Krankenschwester von Möllers?«

»Nein, nein«, riefen Melanie und ihre Mutter wie aus einem Mund.

Die Tür vom Steuerhaus öffnete sich, und jemand schaute heraus. Er trug eine blaue Uniform. Der Kapitän. Der Pferdemann machte ihm ein Zeichen.

Die Motoren wurden angelassen. Die Menge zog sich zurück und drängte wieder in den Schiffsbauch. »Noch zehn Minuten bis Norderney Anleger«, schnarrte es aus dem Lautsprecher direkt über Robertas Kopf. Yolanda sackte zusammen und wurde sofort aufgefangen.

»Das ist übrigens Graustein«, sagte Frau Möller mit ungewohnter Höflichkeit. »Er hat die Pferdefuhrwerke auf der Insel.« Sie wies mit einem ihrer kleinen Fingernägel auf Roberta. »Und das ist Roberta Langbein. Sie ist die neue Betreuerin von Frau Rosenzweig.«

Graustein hörte zu, sagte aber nichts.

»Ich finde, wir sollten wieder unter Deck gehen. Yolanda könnte sich erkälten.« Roberta fror schon jetzt so sehr, daß sie fast keinen normalen Satz mehr herausbrachte.

»Die friert nicht«, sagte Graustein kühl. »Die ist völlig abgehärtet.« Aber er hakte sie trotzdem unter und führte sie zur Treppe. Frau Möller ging voraus, um Yolanda im Notfall aufzufangen. Als sie den Salon betraten, saßen alle Passagiere wieder auf ihren angestammten Plätzen. Niemand sah sie an. Niemand stellte Fragen.

Nicht einmal Roberta. Es war ja auch alles gut gegangen. Vermutlich war Yolanda auf dem Oberdeck ausgerutscht und über die Reling gefallen. Aber baumelt man in so einem Fall kopfüber vor einer Scheibe? Die Möllers plazierten Yolanda direkt am Fenster und setzten sich beide davor. Die kommt hier nicht noch einmal vorbei. Das demonstrierten sie. Melanie sah Yolanda manchmal aus den Augenwinkeln an, machte aber keine Anstalten sie zu berühren. Anscheinend war das Mädchen wirklich nicht ins Wasser gefallen. Die nassen Haare konnten auch von der aufspritzenden Gischt herrühren.

Frau Möller seufzte. »Nachdem, was eben passiert ist, werden Sie wahrscheinlich keine große Lust haben, für ein paar Tage auf Yolanda aufzupassen, oder?«

Roberta zuckte zusammen. »Ich verstehe nicht, was Sie meinen.«

»O Gott«, sagte Frau Möller anstelle einer Antwort. »Ein ungehorsamer Teenager, eine Verrückte, eine Hexe, und jetzt auch noch eine Träumerin. Womit habe ich das verdient?«

Sie machte eine dramatische Geste, sah dabei aber nicht unglücklich aus. Und dann gab sie es auf.

Roberta überlegte, wer in diesem Spiel die Hexe war. Dann krachte das Schiff gegen den Anleger. Die hölzernen Poller knirschten an der Bordwand. Sie waren auf der Insel angekommen.

Zwei

21. Dezember 1999

An diesem Dienstagmorgen roch es auf dem Flur der »Residenz Inselfriede« wie in einem sehr alten Hotel. Der Geruch von abgelagerter Mangelwäsche vermischte sich mit dem Duft von unmodernen Pelzmänteln, und wenn man den langen Flur im ersten Stock entlangging, entwich den durablen, aber abgetretenen Teppichen ein Hauch von Staub. Die Seidentapete an der Wand hatte ihr langweiliges Antlitz jahrzehntelang schlurfenden Badegästen entgegengestreckt, jetzt dünstete sie Salzluft aus. Und von irgendwo her roch es nach hartgekochtem Ei. Roberta fröstelte.

»Sie wundern sich wahrscheinlich, warum wir Frau Rosenzweig ganz am Ende des Nordflügels untergebracht haben.« Frau Möller trabte vor ihr her. »Das ist eine Gewohnheitssache. Alte Leute sind sehr abhängig von diesen Dingen. Als sie vor vier Jahren das erste Mal über Weihnachten bei uns war, hatten wir einfach nichts anderes frei. Außerdem ist es unsere beste Suite. Eine der besten.« Sie gingen an einer langen Reihe von Türen vorbei, die alle einen Spaltbreit offen standen.

Roberta fragte sich, in welche Kategorie wohl ihr eigenes Zimmer fiele, das seltsamerweise im Stockwerk darüber lag. Eine Kammer mit einem schmalen Bett, einem winzigen Waschbecken und einer Nachttischlampe aus den fünfziger Jahren. Aber angeblich mit Aussicht aufs Meer. Melanie hatte ihr nach der Ankunft gleich das Zimmer gezeigt, und sie war zu Bett gefallen, ohne vorher barfuß auf dem rissigen Linoleumboden zu stehen und in die Nacht hinauszustarren. Roberta Langbein hatte nicht die Absicht, sich hier häuslich einzurichten. Sie wollte, daß die Zeit verging, sonst nichts.

Sie spürte den Seitenblick.

»Sie sind so seltsam abwesend«, ließ Frau Möller vernehmen. »Ich hoffe doch sehr, daß es Ihnen bei uns gefällt.« Es klang mehr wie eine Drohung als eine Frage.

Sie zuckte die Schultern. »Mal sehen. Es ist ein Job. Ich verdiene mein Geld damit. Genau wie Sie.«

Frau Möller schien kurz zu überlegen, ob sie das als Kampfansage oder als Freundschaftsangebot verstehen sollte und entschied sich dann für eine Mischung aus beidem. Sie blickte streng und sprach mit süßlicher Stimme. »Aber ja doch, meine Liebe. Wir haben es alle nicht leicht.« Dann blieb sie plötzlich stehen und legte die Hand auf einen Türgriff. »So«, sagte sie. »Da ist sie drin.«

»Ja, und?«

»Wollen Sie, daß ich mit Ihnen reingehe?«

»Vielleicht sollten Sie mich ihr vorstellen, oder so?«

Frau Möller lachte auf. »Ach Gott, na ja, ganz, wie Sie wollen.« Sie drückte die Klinke herunter ohne anzuklopfen und ließ die schwere Holztür aufschwingen. »Ich war heute morgen schon bei ihr. Sie ist ganz gut beieinander. Gehen Sie nur rein. Sie beißt nicht.« Sie zwinkerte Roberta zu und schob sie in den großen hellen Raum. Das Bett vor dem Fenster war leer.

Frau Möller stöhnte. »Das ist ja klar, nach dem Frühstück.« Sie atmete tief ein und rief mit hoher Stimme. »Frau Rosenzweig! Ich bringe Ihnen das junge Fräulein, das Ihr Enkel eingestellt hat. Ihre neue Pflegerin. Diesmal ist es eine Roberta.« Sie trällerte in einer Tonlage, die Roberta eine Gänsehaut machte. Aus dem angrenzenden Bad erklang Wasserrauschen. Sie senkte ihre Stimme wieder ein bißchen und sprach in normaler Lautstärke weiter. »Sie ist taub wie ein Stock. Hoffentlich sind Sie gut bei Stimme.«

Roberta nickte und sah sich verwundert im Zimmer um. Vielleicht war dies wirklich das schönste Zimmer des Hauses. Es war sehr groß und voller glänzender alter Möbel, der Parkettboden ausgelegt mit dicken Teppichen, die Wände dekoriert mit dunklen Gemälden, die ausnahmslos Seeschlachten zeigten. Durch die hohen Fenster kam viel Licht herein. Alle Stehlampen hatten hübsche rosa Seidenschirme, und an der Decke hing sogar ein Kronleuchter, der allerdings billig aussah, fand Roberta. Auf dem Tischchen neben dem dicken Lesesessel stand eine Spieluhr. Seltsam, eigentlich hatte sie sich die alte Frau Rosenzweig bettlägerig vorgestellt. Sie versuchte sich zu erinnern, wie Oskar von seiner Großmutter gesprochen hatte. Aber Oskar war wie weggespült. Das große hohe Bett stand schräg im Raum, die Daunendecken waren zurückgeschlagen.

Frau Möller trat unruhig von einem Fuß auf den anderen. »Ich glaube, ich geh dann mal. Sie kommen ja alleine klar.« Aber irgendwie schien sie doch unsicher zu sein, ob sie wirklich gehen könne. Sie wies auf die Badezimmertür. »Das dauert da noch ewig. Ich habe auch noch andere Sachen zu tun.« Sie bemerkte Robertas Blick und wies auf das Bett. »Wenn Sie wollen, können Sie ihr ja das Bett aufschütteln. Das freut sie sicher.« Sie erhob abermals die Stimme. »Frau Rosenzweig! Frau Rosenzweig ...« Im Badezimmer wurde offenbar der Wasserhahn angestellt. Jedenfalls pfiff und gurgelte es in den Leitungen, und dann gab es einen kleinen Knall.

Roberta trat zögernd einen Schritt auf das Bett zu. Die dicke Daunendecke war vollkommen zerwühlt, das Kissen lag auf dem Boden, das Laken kräuselte sich über einem sanften Matratzental. Und da, wo der Leib der alten Frau gelegen haben mochte, lag ein faustgroßer dunkelbrauner Kringel glänzenden Kotes. Roberta hielt sich die Hand vor den Mund und schnellte einen Schritt zurück. »Das, das, das ... igitt.« Das hatte sie nicht erwartet.

Aus der anderen Zimmerecke gluckste es. »Hat sie etwa schon wieder ... Oje, davor hätte ich Sie natürlich warnen müssen. Ihr jungen Dinger seid ja nichts mehr gewöhnt.«

Roberta spürte, wie ein Anflug von schlechtem Gewissen in ihr hochstieg. Was hatte sie denn gedacht? Daß die Pflege einer alten Frau darin bestehen würde, daß man ihr die Kissen aufschüttelte und die Zeitung vorlas? War sie so naiv gewesen zu glauben, daß Oskar ihr eine große Summe Geld dafür bezahlte, daß sie Frühstückstabletts trug und Haare kämmte? Dies war wahrscheinlich nur der Anfang von etwas, über das sie sich noch niemals zuvor Gedanken gemacht hatte.

»Die vorige hat wegen dem Scheiß gekündigt«, ließ Frau Möller sich vernehmen. »Dabei war das eine Gelernte.« Sie schob Roberta resolut zur Seite, und streckte die Hand nach dem Kothäufchen aus. Dann ergriff sie es, öffnete die Nachttischschublade und warf es mit Schwung hinein. Es schepperte. Roberta traute ihren Sinnen nicht.

»Also wirklich, hahaha«, machte Frau Möller genervt. »Selten so gelacht. Gab es schon in meiner Kindheit. Wir nannten die Dinger Gummipummel. Verstehen Sie, Gummipummel?« Sie blickte Roberta interessiert an. »Kennen Sie das Zeug etwa nicht? Das sind ganz berühmte Scherzartikel.« Sie betonte jede einzelne Silbe.

»Frau Rosenzweig hat sie selbst erfunden. Unter anderem.« Damit nickte sie Roberta zu und verließ das Zimmer.

*

Roberta stand vor dem Fenster und starrte aufs Meer, als der Riegel der Badezimmertür zurückscharrte und plötzlich leise Schritte über den Teppich tappten.

»Lassen Sie sich ja nicht einfallen, sich umzudrehen!« Ihre Stimme knarrte, und sie mußte sich mehrmals räuspern, um den Satz zu Ende zu bringen. Roberta schloß die Augen und spitzte die Ohren. Frau Rosenzweig war klein, das konnte man sogar hören. Ihre Schritte waren klein und langsam, und offenbar brauchte sie eine ganze Weile, bis sie das hohe Bett erklommen und sich unter den Decken begraben hatte. Aber genügend Kraft schien sie noch zu haben. Die Matratze gab ein jämmerliches Quieken von sich, als sie sich darauf zurechtruckelte, das hölzerne Kopfteil des Bettes rumste gegen die Zimmerwand. Jetzt ließ sie sich gegen die Kissen knallen. Es war ein Geräusch, als ob man einen Regenschirm geöffnet hätte. Draußen war Nebel. Roberta nahm es zur Kenntnis und wußte nicht, wie sie sich verhalten sollte. Ein Auto, sagte eine Stimme in ihrem Kopf. Von dem Geld kaufst du dir ein Auto. Vielleicht unterschreibt sie ja schon heute oder morgen. Dann bist du mit dem nächsten Schiff hier weg.

»Wie lange wollen Sie mir eigentlich noch Ihren fetten Arsch zuwenden? Wollen Sie mir nicht wenigstens guten Tag sagen?« Sie schlug mit der flachen Hand auf die Bettdecke.

Roberta versuchte sich etwas Saures vorzustellen, eine Zitrone oder ein eingelegtes Gürkchen, um entspannt lächeln zu können, und befeuchtete noch schnell die Lippen mit der Zunge. Das war ein Tip ihrer früheren Chefin. Dann drehte sie sich langsam um.

Frau Rosenzweig saß aufrecht in ihrem Bett und starrte sie aus Augen an, deren Farbe Roberta noch niemals zuvor in ihrem Leben gesehen hatte. Ein kräftiges, leuchtendes Kardinalslila, kalt glänzend auf der Grenze zwischen Blau und Violett. Sie stachen aus einem wimpernlosen weißen Gesicht heraus, das gerahmt war von weißen Haaren, die an den Schultern auf ein weißes Nachthemd fielen. Roberta glaubte, einen kalten Luftzug zu spüren.

»Die Vorgängerin ihrer Vorgängerin wollte als erstes wissen, ob es Kontaktlinsen sind«, schnarrte Frau Rosenzweig unvermittelt. »Nein, habe ich gesagt. Lila Augen bekommt man so: Man trinkt morgens das Blut eines Schlittenhundes und abends das eines Kojoten, drei Tage hintereinander.«

Roberta fing sich wieder und nickte freundlich. Dann erhob sie ihre Stimme, so wie Frau Möller es getan hatte, und rief: »Das klingt aber sehr interessant, Frau Rosenzweig.« Es war, als ob sie einem Schlittenhund oder einem Kojoten ein Stückchen Fleisch hingehalten hätte und er sofort gefährlich danach schnappte.

»Interessant?« kläffte Frau Rosenzweig. »Was ist denn das für ein gebildeter Ausdruck? So redet doch keine Friseuse. Warum wollen Sie mir vorspielen, jemand anderes zu sein, als Sie sind?« Sie ließ sich in ihr Kissen zurückplumpsen und streckte die Hand nach dem Glas auf dem Nachttisch aus. »Wasser!«

Das Glas war halb leer und voller schmieriger Fingerflecken, und nachdem sie es der alten Frau gereicht hatte, mußte Roberta den Impuls unterdrücken, sich die Hände am Rock abzuwischen.

»Was zahlt mein guter Oskar Ihnen denn so, mein Enkelsohn, mein kleiner Tölpel?« Sie trank und musterte sie gleichzeitig aus den Augenwinkeln. Der kleine Kehlkopf raste in ihrem faltigen Hals auf und ab. »Für die Altenpflege, meine ich. Das andere geht ja wohl mit ein paar Lippenstiften und einem gelegentlichen Dinner ab. Und mal einem Röschen für das hübsche Möschen. Häßlicher Rock, übrigens. Aber genau Oskars Geschmack. Ganz wie sein Großvater, mein verstorbener Mann Karl Käfer. Karl liebte auch diese ordinären Pflanzendrucke. Wie ein richtiger Käfer eben. Ist dann im Gras verreckt. Was mußten Sie für das Röckchen tun?« Sie unterbrach ihren Redestrom für einen Moment, um ihr Opfer genüßlich zu betrachten. »O nein, sagen Sie es bitte nicht! Dieses Ferkel!«

Die Wahrheit war, daß Oskar ihr den Rock bei einem Wochenendausflug in ein billiges Landhotel in der Nähe von Bonn auf einem Bauernmarkt gekauft hatte. Aber er hatte Roberta gefallen und nicht so sehr ihm. Was sie später im Hotel, auf dem Badezimmerboden kniend, dafür getan hatte, trieb ihr noch heute die Schamröte ins Gesicht.

»Aha, das war also ein Volltreffer.« Frau Rosenzweig lachte auf, und es klang, als würde jemand Dampf aus einem Kessel lassen. »Woher kennen Sie den kleinen Idioten eigentlich? Auf dem Galadinner zu seinem Fünfzigsten sind Sie ihm ja vermutlich nicht vorgestellt worden. Wie eine Herrenfriseuse sehen Sie allerdings auch nicht aus. Oder hat sein Bruder, das Scheusal, seine Finger mit im Spiel gehabt?«

Sie schien keine Antwort zu erwarten, und Roberta hätte ihr auch keine geben können, denn ihre Zunge war trocken. Alles Blut im Kopf zusammengeschossen. Sie brachte gerade noch die Kraft auf, den Kopf zu schütteln. Denk an das Auto, sagte die Stimme in ihrem Inneren. Versuch ich ja, dachte Roberta kleinlaut. Dann riß sie sich zusammen und atmete tief ein, um ihrer Stimme wieder das nötige Volumen zu geben. »Sie haben recht!« rief sie und beugte sich sogar ein wenig dabei nach vorn, obwohl jede Faser ihres Körpers ihr signalisierte, daß es das beste wäre, einfach davonzulaufen. Oder sich jedenfalls mit ausgestreckten Armen gegen die Wand zu drücken. Oskar hätte sie warnen müssen.

»Hey, hey, hey«, machte Frau Rosenzweig nun, und aus ihrem faltigen Mund klang das wie ein einziges Wort. »Ehrlich sind wir also. Das ist aber langweilig. Sie glauben wohl, daß Sie mich mit dieser Tour in zwei Tagen abzocken können und dann noch vor Weihnachten mit dieser verdammten Unterschrift wieder auf dem Festland sind. Aber jetzt verrate ich Ihnen was.« Sie machte eine herrische Handbewegung, und Roberta mußte ihr Ohr bis vor das Gesicht der alten Frau neigen. »Ich hasse ehrliche Menschen!« Sie schrie es so laut hinaus, daß Roberta noch den ganzen Nachmittag lang ein Sausen im Ohr spürte und den Duft von Lavendel, den Frau Rosenzweig nur dann verströmte, wenn sie besonders wütend war. Aber das wußte Roberta an diesem Nachmittag noch nicht. Sie hatte das Gefühl, überhaupt nichts mehr zu wissen.

»Sie sollten jetzt verdunsten. Mein Mittagessen kann Melanie mir bringen«, rief Frau Rosenzweig. »Aber glauben Sie nicht, daß Sie sich hier auf die faule Haut legen können. Punkt drei sind Sie wieder da und lesen mir vor. Danach will ich baden. Adieu.«

Roberta machte, daß sie Land gewann.

*

Die halbe Stunde bei Mariechen Rosenzweig hatte sie so sehr erschöpft, daß sie sich am liebsten ins Bett gelegt hätte. Der Kopf brannte vor Scham und vor Schmerz. Aber die Aussicht, allein in ihrer Kammer zu liegen und sich selbst leid zu tun, war alles andere als verlockend. Frau Möller jedenfalls würde nicht nach ihr sehen. Und Melanie, die kleine Ziege, würde höchstens einen billigen Kommentar abgeben. Mitgefühl war von beiden nicht zu erwarten. Roberta beschloß, auf das Mittagessen zu verzichten und lieber einen längeren Spaziergang zu machen. Aus der Küche in der Privatwohnung der Möllers roch es ohnehin nicht sehr verlockend.

»Wir kochen für die Alte nur japanisch«, sagte Melanie schulterzuckend, als Roberta den Kopf zur Tür hineinsteckte. »Besser kann ich das eben nicht. Man ist ja kein Schlitzauge. Unser Koch kommt erst im Februar wieder. Lohnt sich alles nicht für die eine Figur da oben. Setz dich doch ein bißchen zu mir. Kochen ist völlig tot, finde ich.« Dabei rührte sie in einem Topf, in dem sich anscheinend eine Fischsuppe befand, und schüttete nach und nach den Inhalt einer ganzen Flasche Sojasauce hinein. »Die meckert sowieso an allem herum«, murmelte Melanie mehr zu sich selber. »Meine Mutter sagt, daß alte Leute nur noch Süßes schmecken können und Alkohol. Deswegen immer der ganze Likör und so.«

»Wo ist sie denn, deine Mutter?« Roberta schloß die Tür hinter sich.

»Mit Yolanda beim Arzt. Seit gestern nachmittag hustet sie schon wieder. Die Rumkletterei auf dem Schiff ist ihr nicht bekommen. Ist wohl doch nicht so abgehärtet, wie Graustein gesagt hat.«

Allein Grausteins Name löste bei Roberta schon ein gewisses Wohlgefühl aus. Wie er sie angesehen hatte. Ein interessanter Mann. Nein, nicht interessant. Ein attraktiver Mann. Das war er. »Kennst du ihn?« Sie versuchte, die Frage so beiläufig wie möglich zu stellen, aber heute standen ihr offenbar alle Gedanken auf der Stirn geschrieben.

Melanie drehte sich zu ihr um und musterte sie grinsend. »Vergiß ihn. Der ist nichts für dich.«

»So meine ich das doch gar nicht.« Ehe sie sich versah,

sprach sie mit Melanie wie mit einer Freundin. »Aber er sieht gut aus, finde ich.«

»Na ja, wie man es nimmt. So etwas hat immer seinen Preis, sagt meine Mutter.« Melanie griff in den Küchenschrank und holte zwei winzige Gläschen hervor. »Mein Vater, zum Beispiel, war der bestaussehende Italiener, der je einen Fuß auf diese Insel gesetzt hat. Alle sagen das. Augen wie ein Teufel. Aber er hat meine Mutter schon vor meiner Geburt verlassen, das Schwein.« Ihre Stimme war völlig leidenschaftslos. »Willst du einen Schnaps?«

Roberta zögerte einen Augenblick. Dann nickte sie und ließ sich auf die Eckbank fallen. Ihre Füße stießen gegen eine Styroporkiste, die unter dem Tisch stand. Etwas scharrte.

Melanie war mit einem Sprung bei ihr. »Ach du Scheiße, den hätte ich fast vergessen. Den muß ich noch in den Keller bringen. Oder könntest du das vielleicht kurz für mich machen?«

Roberta zog die Augenbrauen hoch. »Was soll denn das sein? Sieht aus wie eine Fischkiste.«

»Ist es auch, leider. Das Teil hat Henri mir gestern nacht mitgebracht. Er ist Fischer, weißt du.« Der Hauch von Mißbilligung in ihrer Stimme war nicht zu überhören. Seltsamerweise wurde sie gleichzeitig rot. »Ich wollte es dir sowieso sagen, weil ich ihn in das Zimmer direkt neben deinem einquartiert habe. Nicht daß du dich wunderst. Weil das Hotel doch sonst ganz leer ist. Bis auf Yolanda und Frau Rosenzweig, meine ich. Und falls meine Mutter mal ein Geräusch hört oder so, kann sie immer noch denken, daß es von dir kommt.« Von ihren Kundinnen im Friseursalon war Roberta an wirre Erzählungen gewöhnt. Wenn man etwas nicht verstand, ging es immer um Sex.

»Was für ein Geräusch? Oh, ach so, ich weiß schon.«

»Jaa«, sagte Melanie gedehnt. »Er ist mein Freund. Aber meine Mutter ist völlig gegen ihn. Vielleicht weil er Holländer ist.« Sie zog den Topf von der Herdplatte. »Außerdem ist er verheiratet. Hat zwei Kinder. Alles in Holland, natürlich.«

»Und du bist seine Geliebte?«

»Nö. Würde ich eigentlich nicht sagen. Geliebte klingt so alt und so nach Geld.«

Roberta zuckte zusammen.

»Henri ist nur mein Lover. Er ist echt süß. Im Sommer liegen die manchmal mit dem Kutter hier in der Nähe, dann kommt er rübergepullt. Gestern abend ist er aber mit der normalen Fähre gekommen, weil es seinem Skipper zu kalt ist zum Fischen. Vielleicht war ich deswegen so abgelenkt und hab die Chose mit Yolanda nicht sofort mitgekriegt. Henri saß nämlich vorm Tresen bei den anderen Fischern. Er hat die ganze Zeit zu uns rübergeguckt. Er hat übrigens gesagt, daß du einen knackigen Arsch hast.« Sie holte tief Luft. »Das ist nur, weil wir uns doch über Weihnachten und Silvester sonst so lange nicht sehen. Er muß übermorgen früh wieder weg. Ist echt besser, wenn meine Mutter ihn gar nicht erst sieht. Sonst denkt die, der Typ kommt nur zum Knallen hierher, und schon ist er wieder weg.«

Roberta nickte. Das hatte sie auch gerade gedacht.

»Ich steh wirklich auf Holländer«, sagte Melanie und schob sich vorsichtig an der Kiste vorbei. »Aber Henri ist irgendwie ein komischer Typ. Ich weiß eigentlich nie, ob er ein bißchen dumm ist oder ob er mich nur verarscht.«

»Wie denn das?« Roberta spürte, wie das Gespräch und der Altersunterschied zwischen ihnen sie ermüdete.

»Na, guck doch mal in die Kiste. Das ist ein *Geschenk!* Das mußt du dir mal vorstellen. Zu *Weihnachten.* Und jetzt liegt er oben angezogen auf dem Bett und schnarcht.« Melanie war den Tränen nahe. »Oder nein, guck bitte nicht in die Kiste. Ich bin froh, wenn ich das Ding nicht noch einmal sehen muß.«

»Ein Fisch?« Roberta machte einen langen Hals. »Schmeiß ihn doch mit in die Suppe. Oder frier ihn einfach ein.«

Melanie schüttelte angewidert den Kopf. »O.k., ich zeig ihn dir. Jetzt halt die Luft an.« Sie ruckelte die Kiste mit den Füßen unter dem Tisch hervor und bückte sich, um die Bindfäden zu lösen. Dann hob sie den Deckel hoch und sprang gleichzeitig einen halben Meter weit zurück.

»Teufel auch«, stöhnte Roberta. Denn was sie da sah, das war kein Geschöpf Gottes mehr, es war ein Monster. Ein Hummer. Riesengroß und braun. Und er schickte sich eben an, seine Kiste zu verlassen. Die Scheren quiekten am Styropor. Roberta spürte, wie sich die kleinen Härchen an ihren Armen aufrichteten, so als sei der Eiswind von draußen durch die Fensterritzen ins Haus gestrichen.

Melanie schoß zum Küchenschrank, holte einen Durchschlag hervor und versuchte damit, den Hummer in seine Kiste zurückzudrängen. »Mensch, hilf mir doch mal.«

Roberta war wie gelähmt. Sie konnte nur den Kopf schütteln und »nein« flüstern. Die vorderen Zangenteile seiner Scheren waren so groß wie Frühstücksteller, die dünnen Fühler am Kopf wahrscheinlich mehr als einen halben Meter lang.

»Knack«, machte ein Panzerstückchen, als Melanie es zurückbog.

»Das ist ja scheußlich.« Sie hielt die Hände vors Gesicht. »Das ist doch kein Hummer.«

»Doch.« Melanie stopfte das rudernde Schwanzende mit einer beherzten Bewegung ins Innere der Kiste und riß sofort den Deckel darüber. Dann kniete sie sich darauf und versuchte, die Bänder wieder zusammenzuzurren. »Vielleicht sollte man das lieber mit Draht zumachen.« Der Hummer tobte.

»Was hast du mit ihm vor?«

Sie machte einen Knoten und ließ sich erschöpft auf die Bank sinken. »Weiß noch nicht. Irgendwie verschwinden lassen.«

Roberta konnte den Satz nur mit Mühe hervorbringen und stotterte schon wieder ein bißchen, so wie früher manchmal. »Warum kochst du ihn nicht einfach? Hummersuppe ist köstlich.« Sie hatte mit Oskar einmal eine gegessen, aus der Dose, und sie schwor sich in diesem Moment, das niemals wieder zu tun. Dieses Tier hatte nicht ausgesehen wie ein Hummer. Eher wie ein riesiger Skorpion. Oder wie irgendein Spinnentier.

»Kochen ist gut.« Melanie schüttelte sich. »Henri sagt, er ist hundertzwanzig Jahre alt und sieben Kilo schwer und über einen Meter lang, nur die dicken Teile gemessen. So einen großen Topf haben wir nicht einmal in der Hotelküche. Außerdem ist die Küche unten. Im Winter kochen wir nämlich lieber hier oben. Und ich bin doch nicht blöd und geh mit diesem Viech in unseren gruseligen Keller. Das ist ein richtiges Gewölbe da unten!« Melanie griff nach einer Strickjacke und legte sie sich über die Schultern.

»Und jetzt?«

»Keine Ahnung. Erst einmal muß Henri wieder weg sein. Ich meine, ich kann das Ding ja nicht einfach vor seinen Augen in den Müll schmeißen. Vielleicht stirbt er ja von selber.« Sie sah Roberta mit großen Augen an. »Der Hummer, meine ich.«

»Von selber passiert überhaupt nichts.« Sie sagte es nur so dahin und wußte nicht genau, was sie damit meinte.

»Stimmt«, pflichtete Melanie ihr bei. Sie schenkte eine dunkelrote Flüssigkeit in die beiden Gläser und verkorkte die Flasche sorgfältig. Sie prostete Roberta zu und leerte ihr Glas in einem einzigen Zug.

Es war eine Art Johannisbeerlikör, und er schmeckte so

süß, daß Roberta das Gesicht verzog. Sie war froh, daß sie nicht mehr über den Hummer sprechen mußte. In der Kiste rumorte es unentwegt weiter. Roberta versuchte sich zu beherrschen und sich auf das zu konzentrieren, was Melanie zu sagen hatte.

»Das Zeug nehmen wir eigentlich für die Fleischsoßen. Das Fleisch wird durch die Zentrifuge gehauen, ordentlich Sahne dran und fertig. Salz dürfen die alten Leute ja alle nicht. Aber sie essen besser, wenn die Fleischsoße tüchtig süß ist. Und dunkel muß sie sein. Falls einer überhaupt noch was sehen kann.«

»Meinst du eigentlich, daß dieser Graustein so eine Art Gigolo ist?« Roberta nahm noch einen Schluck. Der zweite ging schon besser runter. »Komischer Name ist das. Hat er auch einen Vornamen?«

Melanie sah sie verblüfft an. »Der Typ hat es dir ja richtig angetan.« Dann griff sie nach der Flasche und schenkte noch zwei Gläschen ein. »Also gut: Hier kommt der offizielle Kurzvortrag über Graustein, den Schwarm aller bescheuerten Frauen. Er ist mindestens vierzig und er hat jede Menge Pferde. Fährt Touristen auf der Insel rum. Hochzeitskutschen. Trauerzüge. Das meiste sind aber Reitpferde. Er ist nicht verheiratet, weswegen es lange hieß, daß er vom anderen Ufer ist. Glaub ich allerdings nicht. Obwohl ...« Sie zögerte und griff nach einem Päckchen Zigaretten. »Ich weiß nicht so genau, ob sich schon mal ein Schwuler hierher verirrt hat. Den würde man vielleicht gar nicht so ohne weiteres erkennen, oder?«

Roberta schüttelte den Kopf. »Schwul ist er nicht.«

»Weil er dich einmal angeglubscht hat?« Melanie kicherte.

»Weil ich Friseurin bin. In dem Beruf sind fast alle Männer schwul. Jedenfalls im Damenbereich. Nach einer Weile erkennt man die.«

»Ist ja interessant.«

Roberta bedankte sich für den Schnaps und rappelte sich leicht schwankend von der Bank hoch. Sie sehnte sich danach, den Raum mit dem Hummer zu verlassen. »Ich geh noch ein bißchen an die Luft und seh mir die Insel an.«

»Laß es lieber«, sagte Melanie.

*

Roberta war erstaunt, wie leise der Strand war. Menschenleer erstreckte er sich kilometerweit von Westen nach Osten, und seine Ränder verschmolzen mit dem nebelgrauen Horizont. Das dunkle Wasser schien sich nicht zu bewegen, die See stand still, und auch der Wind war eingeschlafen. Sie ging über den hart gefrorenen Sand und fühlte die Kälte, die er ausstrahlte. Ihre Schritte machten kein Geräusch. Zum Wasser hin schien die Luft milder zu sein. Oder vielleicht war man dort auch nur froher, festen Boden unter den Füßen zu haben, irgendwo eine Heimat zu haben oder wenigstens ein Zimmer im Hotel. Sie stieß mit der Stiefelspitze gegen eine kleine rosa Muschel, war aber zu faul, sich zu bücken, die Handschuhe auszuziehen und die Muschel aufzuheben. Die matte Schale zersprang unter ihrer Sohle, ohne einen Laut von sich zu geben.

Jeder Schritt fiel ihr schwer. Am Rande des Wassers war der Boden von zäher Nachgiebigkeit, in der Nähe der Dünen war die vom ewigen Wind plissierte Oberfläche des Sandes zu einer welligen Piste erstarrt. Jeder Quadratmeter schien ihre Füße festhalten zu wollen, wo sie nun schon einmal da waren und auf ihm herumtrampelten. Zudem kam Wind auf, Gegenwind. Hundert Schritte. Oder besser tausend. Und dann genauso viele in die andere Richtung. Sie blickte auf ihre Stiefel und war verwundert, wie klein sie waren. Die Dünenkette zu ihrer Rechten sah nach einer halben Stunde noch genauso aus wie zu Beginn des Spazierganges. War sie einfach stehengeblieben? Der helle Boden verschwamm vor ihren Augen. War die Luft dünner als anderswo? Roberta senkte den Kopf und kämpfte sich voran. Und rannte den Mann fast um.

»O Entschuldigung!« Mit einer reflexartigen Bewegung zog sie sich die Kapuze vom Kopf. »Ich habe Sie nicht gesehen.« Dabei hatte sie sich bei dem kleinen Zusammenstoß selbst so erschrocken, daß ihr nun schwindelig war.

Er kniete auf dem Sandboden in der Nähe des Spulsaumes und sah kaum auf. »Ich möchte mal wissen, wie hoch die Wahrscheinlichkeit ist, daß ein blinder Mensch einen anderen ebenso blinden an einem wüstenhaften Ort wie diesem über den Haufen rennt? Wo waren Sie denn mit Ihren Gedanken?«

»Ich? Oh. Ich ...«, machte Roberta.

»Ich habe Sie schon vor zehn Minuten kommen sehen. Geht wohl ganz schön in die Schenkel, das Marschieren im Sand?«

Irgendwie kam ihr seine Stimme bekannt vor. Kein Einheimischer. Sie tippte auf Alpen, ganz allgemein. Roberta war noch nie in den Alpen gewesen.

»Wir haben uns auf dem Schiff kurz gesehen«, sagte er nun. »Moment mal, ich bin hier gleich fertig, o verflucht ...« Er hockte neben einer Wanne, in der sich eine seltsame schleimige Flüssigkeit befand, die er bedächtig mit einem Metallstiel auslotete. Seine Knie sahen rund aus in den dicken Kordhosen, ein bloßer, runder Nacken senkte sich über dieser Beschäftigung, und der Rest des Mannes war vermutlich ebenfalls rundlich. Jetzt erhob er sich, wischte seine Hand an seinem Parka ab und streckte sie ihr entgegen. Die Hand war klein und weich und warm, wie irgendein Tier. Roberta hätte fast aufgeschrien.

»Ich heiße Hans Susewind«, sagte er. »Die Insulaner glauben immer, daß ich in Wirklichkeit von hier bin, wegen des stürmischen Namens, und weil ich Muschelforscher bin, aber aus meiner Familie ist noch nie jemand nördlicher als bis Basel gekommen. Die Insulaner denken auch, daß ich in Wirklichkeit genauso sprechen kann wie sie, und alles verstehen, daß mein Akzent nur aufgesetzt ist und affektiert.«

»Muschelforscher«, wiederholte Roberta, »wie das klingt.«

Er war nicht beleidigt. »Die Leute hier können auch nicht viel damit anfangen. Frau Möller will immer, daß ich ihr Miesmuscheln bringe. Zum Essen!« Hans Susewind lachte und zeigte eine Reihe kleiner quadratischer weißer Zähne, wie ein gepflegtes Kind. »Mach ich auch manchmal. Wenn man hier den Kontakt zu den Menschen nicht hält, ist man verloren.«

»Ich bin Roberta Langbein«, sagte sie schnell. »Ich arbeite für eine alte Dame in der ›Residenz Inselfriede‹.«

Er nickte. »Für Frau Rosenzweig. Kenne ich. Ich war mit Ihrer Vorgängerin, ich meine, ich hatte, na ja ... kurz jedenfalls.« Es war nicht ganz klar, ob es ihm wirklich unangenehm war, ob er nur die Information unterbringen wollte oder ob dies der Anfang eines besonders blöden Flirtversuches war. »Es gibt hier eben nicht viel ...«

Roberta musterte ihn streng, fand in dem glatten Gesicht und in den hellen, strahlenden Augen aber keinen Anhaltspunkt für irgendeine Schwäche. Er sah langweilig aus, das war alles.

»Wenn Sie wollen, können Sie sich gern mal meine Forschungsstation ansehen«, sagte er nun. »Ich hab ein Promotionsstipendium für ein Jahr. Bin schon in der Schlußkurve. Muß unbedingt in diesem Jahrtausend noch fertig werden. Noch eine Woche und dann ... ffft.« Er machte eine aufsteigende Bewegung mit dem Arm. »Kommunikationsstrategien von Wirbellosen. Das ist mein großes Thema.«

Roberta spürte, wie es in ihrer Kehle kitzelte.

Er bemerkte es nicht und deutete ihr Lächeln als Interesse.

»Bedeutet das, daß Sie darüber forschen, wie Muscheln untereinander plappern?« Roberta überlegte, ob es die Wirkung des Johannisbeerlikörs war, daß sie sich so heiter fühlte.

Hans Susewind strich sich die langen, blonden Haare aus dem Gesicht und legte die Stirn in Falten. »Auf das Wort ›plappern‹ bin ich in dem Zusammenhang eigentlich noch nicht gestoßen.« Er schloß für einen Moment die Augen und öffnete sie dann wieder. »Kann es vielleicht sein, daß Sie sich über mich lustig machen?«

Sie preßte die Lippen aufeinander und schüttelte den Kopf.

Aber nun war er doch beleidigt. Er schnappte sich seine Metallwanne und klemmte sie unter den Arm. Das Wasser aus dem Behälter schwappte im Gehen gegen seine Hose. Roberta blickte auf die Uhr und lief in die ›Residenz‹ zurück.

*

Der Flur zum Zimmer von Frau Rosenzweig kam ihr im weichenden Licht des Tages noch länger vor und noch fauliger. Der Morgen hatte überstrahlt, was das dumpfe Licht des sterbenden Tages nun mit besonderer Bosheit zur Schau stellte: die abgerissenen Tapeten, die dünnen Stellen in den Teppichen, den Staub auf den elfenbeinfarbenen Wandleuchten. Roberta bemerkte, daß sie in Trab fiel. Und daß ihre Waden schmerzten. Aus der unteren Etage erklang Radiomusik. Ein Staubsauger brummte.

Mariechen Rosenzweig lag auf dem Rücken. Die Hände waren über der Bettdecke gefaltet, die eingefallenen Wangen matt und weiß wie das Kissen, auf dem der kleine Kopf mit dem Wust von wattigen Haaren ruhte.

Roberta ließ die Tür offenstehen, so als könne der Tod, einmal eingesperrt, sofort sein nächstes Opfer suchen. Sie stand nur da und horchte auf ihren eigenen Atem und auf den Rhythmus ihres Blutes, das in ihren Schläfen schlug, ein triumphales Rauschen. Ich habe keine Angst. Wenn jemand diese Tote finden muß, dann ich. Roberta bewegte die Lippen wie bei einem Gebet. Wie lange war es her, daß ihr Vater eines Morgens auf dem Sofa im Wohnzimmer lag, die fremde Frau in seinen Armen, die noch atmete? Sie hatten eine Überdosis Schlaftabletten genommen, dazu Alkohol. Die leeren Wodkaflaschen kullerten über den Teppichboden. Roberta hatte versucht, den Puls an seinem Hals zu tasten, so wie Polizisten im Film das tun. Aber die Haut war schon ganz kalt, und das Gewebe darunter wie gekocht. Sie hatte den Rettungswagen angerufen, danach die Nachbarin, eine Kosmetikerin, bei der sie die folgenden vier Jahre bis zu ihrer Volljährigkeit lebte. Sie war das einzige Mädchen in ihrer Klasse, das wußte, was eine Depression ist, und wie man sie verhindert. Das erzählte sie jedem, damit sie es nur selber glaubte.

»Tür zu«, schnarrte die Stimme. »Ich habe nicht die Absicht, noch vor meinem Tode zu erfrieren.«

Sie fröstelte und schloß behutsam die Tür hinter sich. »Tut mir leid, ich dachte, Sie schlafen.«

»Was?« Frau Rosenzweig kreischte fast.

Roberta holte tief Luft, um den Satz noch einmal laut zu rufen, aber dazu kam es nicht.

»Das dachten Sie nicht, Sie kleine Kuh. Sie dachten, ich sei gestorben. Und sie waren starr vor Schreck.«

»Nein.« Roberta kam ein paar Schritte näher und blieb vor dem Bett stehen wie ein Schulmädchen. Tränen schossen in ihre Augen. »Ich habe keine Angst vor Toten.« Sie schrie es fast hinaus. Außerdem war Frau Rosenzweig ja auch nahezu taub.

Ihre kleine Hand schoß abwehrend in die Höhe. »Nun kreischen Sie doch nicht so. Mein Gehör arbeitet völlig normal, wie auch der ganze Kopf. Es ist eine Unsitte, alte Leute immer anzubrüllen. Die meisten hören prima.«

Roberta brachte keinen Ton mehr heraus.

»Und bitte tun Sie mir einen Gefallen und verschonen Sie mich mit den Schilderungen der Tiefpunkte in Ihrem Leben. Wie alt sind Sie? Achtundzwanzig? Nein? Also gut, meinetwegen. Sechsundzwanzig. In dem Alter ist es völlig normal, daß man bereits den einen oder anderen Toten zu beweinen hatte. Unnormal ist nur, wenn man das danach zum Thema seines Lebens macht, so wie Sie.«

»Ich möchte jetzt bitte gehen.«

Frau Rosenzweig lächelte. »Das möchte ich auch.«

Roberta drehte sich langsam um und ging zögernd auf die Tür zu, als fürchte sie, die Alte könne aus ihrem Bett hochschießen und sie mit spitzen Krallen wieder einfangen.

»Ich versuche schon die ganze Zeit, etwas zu finden.«

»Was denn?« Roberta wischte sich mit dem Ärmel übers Gesicht. Sie war froh, daß das Gespräch wieder in sachliche Bahnen kam.

»Es ist nicht hier im Raum, Sie dummes Huhn. Es ist irgendwo in der Zeit versteckt, in der ich gelebt habe. Und es ist irrsinnig gut versteckt. Sie hüstelte. »Ich weiß genau, daß es da ist. Und ich muß es bald finden.«

»Vielleicht kann ich Ihnen helfen?« Roberta hatte keinen Schimmer, was die Alte meinte.

»Ja, das können Sie!« Sie machte eine genüßliche Pause und sah sich an, wie Roberta langsam wieder näher kam. »Am meisten helfen Sie mir, wenn Sie sofort aus meinem Zimmer verschwinden.«

1928

Die letzten vier Wochen vor unserer Trennung waren der Himmel auf Erden. Am ersten Dezember 1928 hätten Artur Rosenzweig und ich unseren sechsten Hochzeitstag gefeiert, und in den Wochen davor waren wir noch genauso verliebt wie an dem ersten Vormittag, als er bei unserer Bootsfahrt auf dem Chiemsee quasi über mich hergefallen war.

Artur war ein unglaublicher Liebhaber, nicht der beste, den ich je hatte, aber der zweitbeste, und das heißt sehr viel. Vielleicht ist der zweite Rang in dieser Hinsicht sogar vorzuziehen, denn der beste Liebhaber der Welt hat mit den Jahren etwas Unerträgliches. Früher nannten wir es Hörigkeit, und das war etwas Geheimes. Artur und ich waren einander niemals hörig. Wir hatten einfach eine glückliche Zeit.

Nach Karls plötzlichem Ende war ich zunächst einmal in ein tiefes, schwarzes Loch gefallen, finanziell wie seelisch. In den Jahren, als ich noch erhobenen Hauptes als Ehefrau des Inhabers einer immerhin mittleren Spielzeugmanufaktur durchs Leben gegangen war, hatte unsere Firma insgeheim bereits Karls Schwester und deren Mann gehört. Das Erbe meiner Eltern war lange perdu, und ich hatte es nicht einmal bemerkt. Heute würde ich denken, daß ich versucht hatte, Karl zu stabilisieren, indem ich ihm die Alleinregentschaft über die Firma überließ, die meine Familie über Jahrzehnte hinweg aufgebaut hatte. Aber das wäre eine Lüge. Damals war ich nichts als faul. Und ich fand, daß Kontorbücher muffig riechen.

Karls Familie gab natürlich mir die Schuld am Tod ihres hoffnungsvollen Abkömmlings. Daß er ein Taugenichts war, ein Tagedieb, ein Tunichtgut, all das wurde nach seinem Ableben nicht mehr erwähnt. Fast war es sogar so, als hätte der letzte Anschein seines Lebens ihn noch zu einem Helden gemacht. Als ob er mir bis in den Tod hinein alles gegeben hätte, der Gute. Nachdem ich durchsickern ließ, daß ich an diesem Tag sogar offenbar noch einmal empfangen hatte, wie wir sagten, galt das als endgültiger Beweis meines Vergehens, und gleichzeitig als Teil meiner Strafe. Es war ein Segen für alle Beteiligten, daß Schwager Heinrich mich neben meinem toten Mann kniend aufgefunden hatte. Der Anblick schien seine Phantasie ungeheuer anzuregen. In den bösen Briefen meiner Schwägerin Meta wurde immer mehr daraus, bis zum sogenannten in flagranti, und das war ein Skandal.

Für Artur und für mich jedoch war es die Rettung. Ich hatte mich von einer treulosen Ehefrau in eine Art schwarze Witwe mit Webfehler verwandelt, und als solche war ich zwar nicht gerade erste Wahl, aber Artur konnte mich doch durchaus heiraten. Bekam sogar noch einen Heiligenschein dafür. Denn obwohl die beiden Mädchen Artur sehr ähnelten, ging alle Welt davon aus, daß es Karls Zwillinge waren, die Artur da selbstlos großzog. Ich heiratete ihn, weil das tatsächlich keinen Unterschied gemacht hätte.

Es dauerte bis in den November 1922 hinein, bis er mich erstmals in Hamburg besuchte. Heute denke ich, daß seine Mutter vielleicht doch von allem Anfang an mehr geahnt hat, als es den Anschein hatte. Jedenfalls hatte sie weiterhin den Kontakt mit der bayrischen Verwandtschaft meines verstorbenen Mannes gehalten, und als die siebenwöchige Trauerzeit vorbei war, dauerte es genau einen Tag, und Artur stand in Hamburg im Treppenhaus vor meiner Wohnungstür. Es war ein kalter Morgen, und ich hatte bereits begonnen, Heizmaterial zu sparen. Karlchen, mein Söhnchen, drängelte sich mit seinem riesigen Ranzen an unserem Besucher vorbei und stürmte zur Schule, vermutlich, weil es dort wärmer war als zu Hause, und vielleicht sogar behaglicher.

Aber Artur störte sich nicht an den bescheidenen Verhältnissen, in denen ich nun lebte. Wir hatten einen Flügel, der fast das ganze Zimmer ausfüllte, aber keine Butter auf dem Brot. Der Kirschbaumsekretär meiner Großmutter wackelte auf nackten Dielen, den Teppich hatten wir sozusagen bereits aufgefressen. Die beiden goldgerahmten Portraits meiner Urgroßeltern hatten die Miete für ein halbes Jahr gebracht, nun hingen sie bei der Hausbesitzerin über dem Sofa, und ich wette, sie hatte sie bereits adoptiert.

Artur machte nicht sehr viele Worte. Er sah mich von oben bis unten an, lächelte und schloß mich in die Arme. Und von da an gab es kein Zurück mehr. Wir liebten uns so laut, daß die Türen im Treppenhaus leise geöffnet und empört wieder geschlossen wurden, und als wir nach einer Weile das Haus verließen, um Karlchen von der Schule abzuholen, blieb mir nichts anderes übrig, als alle rein zufällig auf den Korridor hinaustretenden, Staub wischenden, eben aufbrechenden oder nach Hause kommenden Nachbarn anzuhalten und ihnen meinen künftigen Ehemann Artur Rosenzweig vorzustellen. Ja, wir gehen jetzt, das Aufgebot zu bestellen. Die Nachbarn waren sämtlich erleichtert, daß ich wieder unter die Haube kam. Und später, als mein Zustand augenfällig wurde, schienen sie ihm geradezu dankbar zu sein. Artur konnte sich das Lachen kaum verkneifen.

Weniger heiter allerdings war die Frage, wovon die neue Familie zu leben gedachte. Artur hatte Ingenieurswissenschaften studiert und mit Bravour abgeschlossen. Bei einer Firma anfangen wollte er jedoch auf gar keinen Fall. Seine Eltern besaßen eine Apotheke, in deren Ladenraum ihm angeblich immer schlecht wurde, und sie lobten uns eine kleine Apanage aus, die er empört von sich wies. Also gewöhnte seine Mutter sich an, mir heimlich und regelmäßig einen Wechsel zukommen zu lassen, auch noch, nachdem Artur Ende der zwanziger Jahre nach Amerika ausgewandert war. Ihr letzter Brief mit der kleinen runden Handschrift und der altmodischen Anrede »Liebe!« datiert vom Dezember 1936, dann verliert sich ihre Spur.

Große Sprünge machen konnten wir von dem Geld jedoch nicht. Allerdings gab es auch nichts, was wir vermißt hätten. Die Räume in der kleinen Wohnung, in der wir die gesamte Zeit unserer Ehe blieben, waren schnell aufgeteilt. Der komplette Alltag war in die Wohnküche verbannt, in der Kammer schliefen die drei Kinder, das große Zimmer mit dem Flügel wurde unser Vergnügungsraum. Obwohl er in München aufgewachsen war, kannte Artur in Hamburg jede Menge Leute und zählte mindestens zwei Dutzend junger Männer und Frauen zu seinen allerengsten Freunden.

Es war eine seltsame Gesellschaft, die da allabendlich in unser bescheidenes Heim einfiel, ganz anders als die Händler und ihre Gattinnen, die während meiner Ehe mit Karl Käfer zu meinem Umgang gezählt hatten. Meine neuen Freunde waren bestenfalls in meinem Alter, also Mitte Zwanzig, meist jedoch erheblich jünger, und sie kamen mir anfangs etwas laut vor. Die Frauen rollten sich ihre Zigaretten selbst, die Männer holten selbst ihr Bier. Es wurde viel geredet und gelacht, und Geld hatten wir alle nicht. Mit Ausnahme einer jungen Schauspielerin, die ein uneheliches Kind großzog, waren Artur und ich die einzigen Eltern in dieser Runde.

Zwei der jungen Männer hatten mit ihm zusammen studiert, und genau wie Artur waren sie voller Ideen für Erfindungen, die die Welt erneuern sollten. Manchmal kamen sie schon am frühen Nachmittag, klemmten sich an den runden Tisch hinter dem Flügel, und waren bald nicht mehr erreichbar unter ihrer Glocke von Fachausdrücken, Zigarettenqualm und dem Geruch von frisch aufgeschlagenen Eiern.

Ich bedauerte nur, daß man die Hühnereier, die sie für eines ihrer Experimente benötigten, in den wenigsten Fällen hinterher noch essen konnte. Da half es wenig, daß Anna und Maja, unsere kleinen Zwillingstöchter, recht mager waren. Und auch nicht, daß Karlchen sich anschickte, ein aufgeschossener, aber spindeldürrer Jüngling zu werden. Artur und seine Freunde verwandelten unseren Monatsvorrat an Eiern regelmäßig in etwas, das sie »Pulsit« nannten oder nennen würden, wenn es einmal fertig erfunden wäre. Außer Hühnereiweiß enthielt »Pulsit« noch reichlich Gummi Arabicum und eine Reihe weiterer kostspieliger Zutaten. Der Apotheker weigerte sich bereits, anschreiben zu lassen.

Wenn »Pulsit« je gelungen wäre, dann hätte es uns in kurzer Zeit sehr reich gemacht. Denn Ende der zwanziger Jahre träumte Artur bereits vom Sekundenkleber, einem Artikel aus einer Zukunft, die weit vor ihm lag und die er nicht mehr erleben würde. Wenn er darüber sprach, sandte ich immer ein kleines Stoßgebet gen Himmel. Ich hätte auch gerne etwas »Pulsit« gehabt. Denn ich liebte Artur sehr und ich wollte, daß unsere Ehe ewig hielt. Aber »Pulsit« funktionierte nur bei Papier mit Wolle, und kein Mensch auf Erden wußte, warum man ausgerechnet diese beiden Stoffe untrennbar miteinander verbinden sollte.

Mehr als drei Jahrzehnte später, nach Arturs Tod, als ich seine Wohnung ausräumte und seine Sachen durchsah, fand ich es plötzlich wieder, das Rezept für »Pulsit«. Ich hielt den gelblichen Zettel mit Arturs mädchenhafter Schrift in den Händen, und plötzlich liefen mir die Tränen übers Gesicht. Hinter der Küchentür hing noch sein weißer Erfinderkittel. Ich zog ihn an, suchte mir aus den

Vorräten die Zutaten für »Pulsit« zusammen und rührte es in seiner ordentlichen kleinen Küche an. Und plötzlich wußte ich, was es war. Es war ein Scherzartikel, wie alles, was Artur in seinem Leben erfunden hat. Ich nannte es »träge Tante« und ließ es als Paste in kleine Dosen füllen. Der Scherz funktionierte so: Man bestrich die Unterseite einer Kaffeetasse mit »Pulsit« und stellte sie auf den Unterteller, wo sie fest wie Pech und Schwefel haftete. Aber nur fünf Minuten lang. Dann hatte die Luftfeuchtigkeit den Leim wieder brüchig gemacht, und der Zauber war vorbei. Ende der sechziger Jahre exportierten wir den Artikel hauptsächlich nach England, wo er wirklich Furore machte. Eine Bestellung kam sogar aus dem Buckingham-Palast.

In den meisten Fällen waren es aber eher physikalische als chemische Erfindungen, an denen Artur herumtüftelte: Eine wundervolle Rechenmaschine, die über das Planungsstadium aber nie hinauskam, weil sie so groß gewesen wäre wie eine Dampflokomotive. Ein Glasbodenruderboot für romantische und lehrreiche Ausflüge auf einen See. Wir hatten nicht das nötige Geld, es bauen zu lassen, aber wir träumten oft davon, weil es uns an unser erstes Liebesstündchen auf dem Chiemsee erinnerte und wir uns ausmalten, wie das Ganze wohl aus der Unterwasserperspektive ausgesehen hätte.

Selbst die zusammenklappbare Hummerzange wäre wundervoll gewesen, nur daß man sich furchtbar daran die Finger klemmte und daß wir ohnehin keinen Hummer aßen. Wir aßen oft Roggenbrei, an guten Tagen mit dicker Sahne, und wenn Geld übrig war, wurde es für die Bewirtung der Freunde ausgegeben, die ausnahmslos noch weniger besaßen als wir, allerdings auch weniger klagten.

Manchmal hatte ich das Gefühl, ausschließlich von ihren Komplimenten zu leben. Einer von Arturs Freunden, ein gewisser Theo Tummler, der in den letzten Tagen des Ersten Weltkriegs ein Bein verloren hatte und nun versuchte, sich als Schriftsteller durchzubringen, schrieb sogar ein Gedicht über die Farbe meiner Augen. Ein anderer machte mir so beharrlich den Hof, daß ich mich nicht mehr getraut hätte, mit ihm allein in einem Raum zu sein, aber so etwas kam ohnehin niemals vor. Artur bewachte mich eifersüchtig, und ich genoß es sehr.

Für die Kinder war es wundervoll, einen Vater zu haben, der ein Erfinder war. Daß er keinen Erfolg hatte, bemerkten sie nicht. Karlchen hatte eine ganze Batterie von Vorrichtungen zur Verfügung, mit denen man in der Schule mogeln konnte. Die Manschettenspiegel waren in seiner Klasse so begehrt, daß ich lange überlegte, ob ich die kleinen Gegenstände nicht in Serie produzieren lassen und vor den Schulen verkaufen könnte. Gegen Gesetze verstoßen wollte ich jedoch nicht.

An einem sonnigen Morgen im Herbst 1928 saßen Artur und ich in unserer Wohnküche. Wie sich im Laufe der nächsten zwölf Stunden herausstellen sollte, war dies der letzte Tag unserer Ehe, und der erste Tag meines Lebens als freie Unternehmerin. Später habe ich mir oft überlegt, ob ich mich vielleicht schon beim Aufstehen seltsam gefühlt hatte, und ob es vielleicht irgendwelche frühen Hinweise auf Fehler gab, die Artur oder ich gemacht hätten. Aber so war es nicht. Es war ein glücklicher Morgen.

Das Fenster zum Hof war geöffnet, unten hallten die Ballspiele der Zwillinge, Karlchen war übers Wochenende zu einem Freund aufs Land gefahren, um beim Schlachten zu helfen. Artur legte den Arm um mich, und ich drückte mich an ihn. In diesem Moment wurde auf der gegenüberliegenden Seite des Hinterhofes ein Fenster geöffnet, ein Sonnenstrahl brach sich und schoß in unsere düstere Behausung. Arturs kleine runde Brillengläser blitzten, und für ein paar Minuten strahlte das ganze Zimmer, so als habe Gott uns ins Visier genommen.

»Heute nachmittag kommt Katzky«, sagte Artur und streichelte meine Haare.

»Ja, ich weiß.«

»Es wird nicht lange dauern. Er will sich nur die Waage anschauen.«

»Ja, das hast du mir schon erzählt.« Ich spürte, daß er innerlich vibrierte. »Ich werde so lange mit den Kindern in den Park gehen.«

Artur nickte. »Es tut mir leid, wenn ich euch vertreibe.«

»Ich tu alles, was du willst.« Ich rieb meinen Kopf an seiner Hemdbrust, er legte seine Hand auf meinen Hintern.

»Wirklich? Ich wüßte etwas.« Arturs Atmung veränderte sich. Er war so angespannt, daß er mich ganz fest hielt.

Ich machte mich von ihm los, stand auf und schloß das Fenster zum Hof. Unten stritten sich die Zwillinge. Ich wußte, daß sie in der nächsten halben Stunde nicht nach oben kommen würden. Artur und ich hatten Zeit füreinander. Und obwohl wir uns erst in der vergangenen Nacht geliebt hatten, angetrunken und zielstrebig auf dem Boden unter dem Küchentisch, fühlte ich doch schon wieder ein Verlangen nach diesem Mann.

Jede Faser meines Körpers signalisierte, daß Artur in diesem Augenblick mit mir schlafen wollte. Für mich gab es überhaupt keinen Zweifel, daß unsere Gedanken und Wünsche die gleichen waren. Aber das waren sie in diesem Moment schon nicht mehr. Artur wollte nicht mit mir schlafen. Er wollte etwas ganz anderes. Aber das spürte ich nicht.

Als ich mich wieder umdrehte, stand Artur vor mir. Die Knöpfe an seiner Hose waren korrekt geschlossen. Er sah mich einen Augenblick lang verdattert an, dann hob er die Augenbrauen. In den Händen hielt er die besagte Waage, einen seltsamen weichen Gegenstand aus dünnem, grünem Gummi. Bevor Katzky kam, wollte er sie schnell noch einmal ausprobieren, und ich sollte ihm dabei helfen.

Ich war viel zu beschämt, um etwas zu denken und drehte mich zum Fenster, um meinen Rock wieder herunterzuziehen und die Bluse zu ordnen. Der Sonnenreflex vom gegenüberliegenden Haus blendete mich. Artur lachte laut auf. Es gab einfach keine Situation, in der er peinlich berührt war. »Komm, mein Speck, du mußt dich noch einmal draufstellen.«

Wir hatten die Waage in den letzten beiden Wochen viele Dutzend Male getestet, hatten unsere Kinder, die Nachbarn, den Briefträger und sogar das Ladenmädchen beim Kaufmann gewogen. Personenwaagen gab es damals nur auf Bahnhöfen und natürlich beim Arzt. Und im Grunde meines Herzens fand ich, daß das auch reichte. Die meisten Leute waren schlank, Hungerhaken, sagten wir. Und viele hatten keine Arbeit und kein Brot.

Aber Artur sah das ganz anders. Er glaubte, daß es für jeden Bürger interessant wäre, sein Körpergewicht selbst zu beobachten. Die Kinder täglich zu wiegen sei sogar lebenswichtig, und jede gute Mutter müsse daran Interesse haben, denn nur so könne sie rechtzeitig erkennen, ob ein Kind richtig gedeihe. Besonders praktisch sei die Waage auch auf langen Reisen. Man könne sie zusammenrollen und einfach in den Koffer stecken. Die Waage wäre die Wende in unserem gemeinsamen Leben.

Wenn Artur über seine Erfindungen sprach, war seine Stimme immer etwas lauter und fester als sonst, aber sein straffer Körper schien gleichzeitig in sich zusammenzusinken, und seine ganze Haltung bekam etwas Lauerndes. Von heute aus betrachtet, ist mir vieles klar, was ich damals nicht sehen konnte. Artur Rosenzweig war ein tragischer Mann. Er erfand ernsthafte Dinge, die nicht funktionieren konnten, weil sie ihren Platz in einer fernen Zeit hatten, aber nicht in der seinen. Er ahnte die Dinge im voraus, und das war keine Gnade, sondern für ihn wie eine Strafe. In seiner eigenen Gegenwart war er ein Witz, wie die Artikel, die in seinem Kopf herumspukten.

Die Waage aber war sein Lieblingsprodukt. Sie sah aus wie eine unter die Räder gekommene Kröte, und ich ekelte mich etwas vor ihr. Ein mehr als suppentellergroßer Gegenstand aus dünnem, dunkelgrünem Gummi. Wenn man nicht so genau hinsah, ähnelte die Waage einer Wärmflasche, aber das hörte Artur gar nicht gern. Auf jeden Fall war sie innen hohl, damit man sie mit Luft füllen konnte. Dies geschah auf zweierlei Art, entweder mit einer Handpumpe oder mit dem Mund. Wenn sie tüchtig, aber nicht zu prall aufgeblasen war, wurde sie mit einem besonderen Stöpsel fest verschlossen und auf den Boden gelegt. Je nach Körpergewicht der Testperson entwich nun die Luft aus dem Inneren der Waage mit einem bestimmten Druck. Und dieser wurde im Inneren des Stöpsels gemessen und auf einer einfachen Skala angezeigt.

»Stemm dich am Tisch hoch«, sagte Artur, »ich kann Katzky ja auch nicht an den Händen halten, wenn er sie testet. Oder glaubst du, daß er sie gar nicht selbst ausprobieren möchte?«

Ich zuckte die Schultern. Es war viele Jahre her, daß ich Katzky das letzte Mal gesehen hatte, und ich glaubte, daß es bei diesen gelegentlichen zufälligen Begegnungen bleiben würde. Mein erster Mann hatte auch gelegentlich Geschäfte mit Katzky gemacht, und obwohl ich mich damals nicht für diese Dinge interessierte, hatte ich doch den Eindruck gewonnen, daß er nicht sehr seriös war. Die hanseatischen Kaufleute jedenfalls gingen ihm aus dem Weg, und eine Zeitlang hielt sich das Gerücht, daß er Morphinist sei. Jedesmal, wenn man ihn sah, hatte er eine andere junge Frau am Arm, leichte Mädchen mit schweren Parfums und mittelmäßigem Benehmen.

Artur hingegen kannte ihn nur aus meinen Erzählungen und stellte sich ihn als eine Art Bohemien vor, als einen edlen Kaufmann mit Sinn für die Künste. Besonders, daß Katzky gleich auf Arturs Brief geantwortet und ein baldiges Treffen vorgeschlagen hatte, schien ihn als guten Menschen auszuweisen. Aber genau das war er nicht. Er war eine Händlerseele und sonst gar nichts. In den folgenden neunundzwanzig Jahren unserer Zusammenarbeit gewann ich mehr und mehr den Eindruck, daß es ihn einfach zuviel Kraft gekostet hätte, neben der Geschäftstüchtigkeit noch andere Eigenschaften zu entwickeln und zu kultivieren. Die Energie, die andere Leute verbrauchen, um nett zu sein, konziliant oder wenigstens höflich, verbrannte er beim schlauen Kaufen und Verkaufen von Gegenständen. Für den Aufbau meiner jungen Firma sollte sich dieser fette, ständig schwitzende, dicht behaarte Mann als absoluter Segen erweisen.

»Exakt hundert Pfund«, sagte Artur stolz und umfaßte meine Taille. »Komm vorsichtig wieder herunter. Ich überlege, ob ich nicht noch einen Halterahmen für die Waage anbieten soll. Ich werde das nachher gleich mit Katzky besprechen.« Je näher der Nachmittag rückte, desto unruhiger wurde Artur. Und ich sah zu, daß ich mit den Kindern in den Park kam.

Anna und Maja waren zu dieser Zeit fünfeinhalb Jahre alt, zwei gesunde, hübsche Mädchen, die von Artur die glatten blonden Haare, die blauen Augen und die eleganten Bewegungen geerbt hatten. Ich selbst fand mich in keiner von beiden wieder. Aber was ihre Wesensart betraf, so waren mir meine Töchter von allem Anfang an vollkommen fremd. Zwei verkniffene kleine Gestalten, denen man die ernste Physiognomie, die sie ein Lebenlang behalten würden, schon im Säuglingsalter angesehen hatte. Selbst Artur hatte Mühe, sie zu erheitern. Ich kann mich an kein Kinderlachen erinnern, und insgeheim waren sie mir unheimlich. In der Nachbarschaft galten sie als wohlerzogen und leise. Untereinander aber trugen sie ständige erbitterte Kämpfe aus, von denen Außenstehende aber zum Glück wenig mitbekamen.

An diesem Nachmittag, es war der 14.Oktober 1928, konnten die Kinder keinen Schritt gehen, ohne einander an den Zöpfen zu ziehen. Im Park kämpften sie um einzelne Äste, die von den Bäumen herabgefallen waren, und versuchten, sich damit zu schlagen. So sehr ich auch tadelte und später sogar keifte, sie gehorchten mir nicht mehr. Jede sah nur noch die andere, die es offenbar zu vernichten galt. Die Leute drehten sich bereits nach uns um, aber ich konnte nichts anderes tun, als die wilden Kämpferinnen vor mir herzutreiben, immer auf der Suche nach einem geschützten Plätzchen mit einer freien Bank, auf der ich würdig Platz nehmen und den Mädchen die Leviten lesen könnte.

Ich roch Katzky lange, bevor ich ihn sah. Und noch heute, nach über siebzig Jahren, glaube ich, diesen merkwürdigen Geruch in der Nase zu haben, den er verströmte, wo immer er auch ging und stand. Es mag der Duft einer seiner ordinären Freundinnen gewesen sein oder gar sein eigenes Rasierwasser, jedenfalls verschlug es mir die Sprache, und sogar die Zwillinge verstummten. Sie wechselten einen bösen Blick und rannten über die Wiese davon.

»Guten Tag, Frau Rosenzweig.« Er war mir einen Schritt zu nahe gekommen, verbeugte sich ein bißchen zu tief und zog den Hut eine Spur zu ironisch, aber das Lächeln in seinem aufgedunsenen Gesicht wirkte verlegen. Nach der Auseinandersetzung mit den Kindern war ich beinahe froh, ihn zu treffen, selbst wenn seine Freundlichkeit falsch sein sollte.

Ich wollte gerade den Mund aufmachen, um ihn zu begrüßen, da ertönte ein furchtbarer Schrei. Katzky schnellte herum und lief ein paar Schritte in Richtung einer kleinen Baumgruppe. Mir fiel auf, daß er für seine Körperfülle erstaunlich kleine Füße hatte, auf denen er mit großer Leichtigkeit trabte. Ich wehte ihm unschlüssig hinterher.

Dann aber sah ich Maja. Sie kniete auf dem Boden und hielt sich die Stirn. Blut tropfte auf ihr hellblaues Nachmittagskleidchen. Ihre Schwester hielt das Corpus delicti, eine Stange von einem schmiedeeisernen Geländer, noch in der Hand, offenbar bereit, abermals zuzuschlagen. Sie heulte. Die Verletzte schimpfte wie ein Bierkutscher.

Es war Katzky, der die Nerven behielt. Er nestelte das Einstecktuch aus seiner Brusttasche hervor und preßte es auf die Wunde, dann schnappte er sich Maja und rannte einfach mit ihr davon. »Kommen Sie«, rief er mir zu, »wir nehmen eine Droschke.«

Der Kutscher hatte Angst um seine Plaids, aber nach einigen Hin und Her willigte er doch ein, uns zu einem Arzt zu fahren, besonders, nachdem Katzky ihm angedroht hatte, ihn mitsamt Pferdewagen und Pferd zu kaufen und für den Rest seiner Tage in seinem Garten im Kreis fahren zu lassen.

Als wir Stunden später bei unserer Wohnung eintrafen, trug Maja einen blutigen Kopfverband, wie eine Puppe, die einen Kriegsversehrten darstellen sollte. Anna schlief in Katzkys Armen, Katzky hatte sich am hochprozentigen Inhalt seines hohlen Spazierstocks gelabt, und ich hatte sein Angebot, mich etwas davon probieren zu lassen, dreimal abgelehnt, und dann doch einen kräftigen Schluck genommen. Das Ergebnis war vermutlich eine imposante Cognacfahne.

Artur war außer sich vor Sorge und vor Wut. Während er wartete, hatte sich eine eiserne herbstliche Dunkelheit über die Stadt gesenkt. Er war eben im Begriff, auf die Wache zu gehen und die Polizei zu alarmieren. Aber daß Katzky nicht zur verabredeten Zeit erschienen war, hatte ihm den Rest gegeben.

Artur und ich legten die Kinder noch einmal ins Bett, jeder eines, sprachen aber schon nicht mehr miteinander, dann nahm das Schicksal seinen Lauf. Wir saßen stumm um den runden Tisch hinter dem Flügel im Wohnzimmer, das fahle elektrische Deckenlicht der späten zwanziger Jahre war nicht gerade dazu angetan, uns besonders fröhlich aussehen zu lassen. Artur machte es sichtliche Mühe, sich bei Katzky für die Hilfe zu bedanken, zudem gab es keinen Schnaps im Haus, den beide Männer jetzt dringend gebraucht hätten, um ihre eigentliche Art wiederzufinden. Ich bot mich an, zur Ecke zu laufen und ein Paar Krüge Bier zu holen, aber als ich zurückkam, stritten sie sich bereits über die Möglichkeiten einer Verbreitung der Hauswaage. Sie lag auf dem Tisch, und Katzky klopfte immer wieder mit der Hand darauf. Jeder Schlag ein Schlag gegen Artur.

»Vielleicht haben Sie ja Lust, die Waage einfach einmal auszuprobieren, Herr Katzky.« Artur war schon zu wütend, um Katzkys Verhalten begreifen zu können.

»Bloß das nicht.« Katzky nahm Blickkontakt mit mir auf. »Haben wir heute nachmittag gut hingekriegt, wir beide, nicht wahr?« Er prostete mir zu.

Artur schäumte.

»Na gut«, sagte Katzky nun gönnerisch. »Es kommt zwar nicht darauf an, wieviel ein Mann auf die Waage bringt, sondern nur darauf, was er wagt, aber für Sie, meine Liebe, stell ich mich mal drauf auf das Ding.« Er rappelte sich hoch, und als er endlich stand, fiel auf, wie betrunken er wirklich war.

»Schuhe bitte ausziehen«, rief Artur. »Das Gummi ist empfindlich.«

Katzky schenkte ihm einen bohrenden Blick. »Ganz, wie Sie wollen, Herr Rosenzweig.« Er bückte sich ächzend, knüpfte die Schnürbänder auf und streifte die Stiefel von den Füßen. Sofort breitete sich der Geruch verdorbenen Limburgers im Raum aus. »Ich hatte Sie ja gewarnt.« Er lachte schallend.

Wir standen beide mit auf, um ihn zu stützen, aber er war viel schneller als erwartet. Katzky warf die Waage auf den Boden, und einen Augenblick später stand er balancierend auf ihrem Rund, stolz und zufrieden wie ein Eroberer.

»Nanu, reagiert ja gar nicht«, ließ Artur mit der Beherrschung eines erfolgreichen Forschers verlauten. »Moment mal, das haben wir gleich.« Aber er unternahm nichts. Er stand auch nur da und glotzte.

Und dann passierte es. Mit einem einzigen langgezogenen flatulenzartigen Geräusch entwich alle Luft aus der Waage, und Stöpsel und Skala schossen salvierend ins Zimmer hinein. Wir waren stumm. Artur schien einer Ohnmacht nahe zu sein, an seiner Schläfe pochte eine blaue Ader, die ich noch nie zuvor gesehen hatte, egal wie aufgeregt er war.

Katzky blickte von einem zum anderen. Preßte die Lippen aufeinander. Schloß die Augen. Und dann fing er an zu lachen, daß die Saiten am Flügel vibrierten. Tränen liefen über sein Gesicht, die Bäckchen wackelten, er hielt sich den Bauch und sank nach vorn, hielt dann das Kreuz und beugte sich nach hinten. Und irgendwann löste sich aus seinem Körper ein Furz, der genauso klang wie der letzte Ton unserer Waage und der erste Ton meines ersten Scherzartikels.

»Das ist ja köstlich«, rief Katzky, und irgendwie war sein Lachen so ansteckend, daß auch ich mit einfiel. Das Wasser lief aus meinen Augen und den Hals hinunter, die Kiefer schmerzten, ich fiel Katzky in die Arme, machte mich wieder los und lachte weiter. Es war schrecklich komisch. Artur beobachtete uns unbewegten Gesichtes. Wenn er eine Waffe gehabt hätte, ich bin mir sicher, er hätte uns beide erschossen. So aber verstärkte sein grimmiges Gesicht nur unsere Heiterkeit. Katzky und ich hatten allen Grund dazu. Wir lachten uns nämlich die Vorfreude auf unsere erste Million zusammen.

»Das stellen wir her!« rief ich. »Das ist eine wunderbare Idee. Ein Blähungskissen. Man schiebt es einfach jemandem unter, und dann …«

Katzky war begeistert. Wir malten uns aus, wie und wo man die neue Erfindung verwenden könne. In kleinen, feinen Gesellschaften läge das Furzkissen versteckt auf ausgewählten Stühlen, aber auch unter Fußmatten verspräche es enorme Effekte, in Schulen, in Universitäten, bei Heiratsanträgen, im Restaurant, kurzum, überall im Leben.

»Ich schenke Ihnen die Idee«, sagte Artur irgendwann mit Grabesstimme.

»Ich nicht!« rief ich. Und das war der erste gute Satz, den ich in meinem Leben von mir gegeben habe. »Aber vielleicht verkaufe ich sie Ihnen, Herr Katzky.«

Wir konnten Artur nicht mehr sehen. Wir lebten in unserer Welt und er in einer anderen, unendlich weit entfernten. Ich habe später oft versucht, mich an den Gesichtsausdruck zu erinnern, den er an diesem Abend gehabt haben mochte. Aber die Tränen, die ich dabei weinte, verschleierten meine Erinnerung bis zur Unkenntlichkeit. Artur blieb noch eine halbe Stunde lang bei mir, bis Katzky gegangen war.

Es gab keinen Abschiedsbrief und kein Ade. Er nahm einfach seine Jacke vom Haken und ging. Nach Wochen kam ein Brief von seiner Mutter, in dem sie mir mitteilte, daß Artur sich nach Amerika eingeschifft habe, um dort sein Glück als Erfinder zu suchen. Deutschland sei ihm zu albern. Aber er liebe mich bis ans Ende seiner Tage. Er brach mein Herz entzwei, aber nach zehn Jahren heilte es.

Es sollte zwanzig Jahre dauern, bis ich ihn wiedersah.

Drei

Norderney
Mittwoch
22. Dezember 1999

In dieser Nacht träumte Roberta von Dingen, die sie verloren oder vergessen hatte, und sie träumte von Oskar, der sie in einem winzigkleinen Zimmer an eine Matratze gefesselt hatte. Tief in ihrem Kopfkissen dröhnte sein Gelächter. Unter ihren flatternden Lidern sah sie, wie er seine Ehefrau umarmte und küßte, wie sie sich an ihn schmiegte, wie sie langsam die goldenen Knöpfe ihres Kostüms aufnestelte. Sie hörte ihr Kichern, sein Seufzen, ihren Schrei und sein hartes, unmelodisches Stöhnen. Dann war Ruhe.

Roberta setzte sich im Bett auf und wußte nicht, wo sie war und was sie hier verloren hatte. Aus dem Nebenzimmer erklangen die Stimmen eines Mannes und einer Frau. Die Leuchtziffern des Radioweckers zeigten, daß es halb vier war.

Ohne Licht zu machen, stand sie auf und tappte zum Fenster. Draußen war die Luft grau, und merkwürdigerweise schien es heller zu sein, als in Robertas kleiner Kammer. Sie entriegelte den Fensterhaken und stieß die beiden schweren Fensterflügel nach außen auf. Die kalte Luft kam herein wie ein Tier, nahm sie fest in die Arme und schnürte ihr die Luft ab. Es war ihr, als könnte sie die Besinnung verlieren, schon war das Haar zu einem Helm gefroren, und das dünne Nachthemd schien aus Stahl zu sein. Die Schultergelenke schmerzten. Aber hören konnte sie noch. Sie hörte Melanies schrille Stimme, die sich im Nebenzimmer ereiferte, sie hörte den weichen Baß eines Mannes, eigentlich eher wie Motorengebrumme. Er klingt müde, dachte Roberta. Das wird dieser Henri sein. Warum streiten sie sich? Warum schlafen sie jetzt nicht? Warum müssen sie ausgerechnet im Zimmer neben mir sein?

Aus der ersten Etage erklang leise Musik. Sie beugte sich ein wenig zum Fenster hinaus und versuchte nach unten zu spähen. Ein Lichtschein aus dem Zimmer von Mariechen Rosenzweig hatte sich auf das Dach der darunterliegenden Veranda gebreitet wie eine silberne Decke. Bestimmt konnte die Alte bei dem Lärm auch nicht schlafen. Seltsam, dachte Roberta, daß Frau Möller glaubt, sie sei taub. Oder ob sie das der Einfachheit halber bei allen alten Leuten annimmt?

Sie lauschte in die Dunkelheit hinaus. Melanies Stimme im Zimmer nebenan war nun weinerlich geworden, Henri war gelangweilt, das hörte man am gleichmäßigen Strom tiefer Laute, auch wenn nicht zu verstehen war, was er sagte.

Psst, hätte Roberta am liebsten gemacht, seid doch mal ruhig. Sie beugte sich noch weiter hinaus, das metallene Fensterbrett schnitt in ihren Brustkorb, ihre Ohren vereisten fast. Die Musik aus dem Zimmer unter ihr klang seltsam gleichförmig. Mit geöffnetem Mund versuchte Roberta, jeden einzelnen Ton in sich aufzunehmen, aber der Strand und das nahe Meer schienen die Klänge trinken zu wollen, und der Wind rauschte um ihren Kopf. Die Spieluhr fiel ihr ein, die auf dem Tischchen neben dem Lesesessel gestanden hatte. War es möglich, daß die Alte sie immer und immer wieder aufzog? Aber dazu waren die Abfolgen der Töne zu kurz.

Die Musik war kaum wahrnehmbar, wie ein Lied aus einer anderen Welt. Für einen Augenblick schlief der Wind ein, gerade lange genug, daß Roberta hören konnte, was wirklich geschah. Es war, als ob dort unten eine altmodische Langspielplatte spielte. Sie lief und lief und niemand hörte es. Es gab keinen Zweifel. Im Zimmer unter ihr wurde gestorben. Roberta schauderte.

Sie schrie auf, aber der Schrei drang nicht sehr weit in die Nachtluft hinaus. Dann schnellte sie herum, stürzte aus dem Zimmer und rannte den Flur entlang. Alle Lampen waren gelöscht oder ausgebrannt. Die Dunkelheit schien sie fressen zu wollen. Der kühle Teppich unter ihren dahinfliegenden Fußsohlen wollte sie festhalten. Am Fuß der Treppe stolperte sie. Sie verlor das Gleichgewicht und sprang sofort wieder auf die Füße. Neben ihr knarrte etwas.

In der ersten Etage rutschte der Teppich. Sie rannte. Sie warf sich gegen die Zimmertür. Die Tür flog mit einem Knall auf. Es war gleißend hell. Es roch süßlich. Sie hatte das Gefühl, daß noch jemand im Zimmer war.

Mariechen Rosenzweig saß in ihrem Sessel vor dem Fenster. Die Hände umkrampften die Lehnen, die Augen waren geschlossen, der Kopf mit dem Wust von weißen Haaren leicht vornüber gefallen. Aber keine Musik. Keine Langspielplatte mit Kratzer. Nicht einmal ein Plattenspieler. Was ging hier vor? Einen winzigen Moment lang blieb sie stehen und starrte die alte Frau an. Roberta atmete so schwer, daß es in ihren Ohren rauschte. Aber im Raum war es völlig still.

»Frau Rosenzweig!« Sie brüllte, so laut sie nur konnte. Gleich würde es geschehen. Gleich würde die Alte den Kopf heben und sie aus ihren kleinen lila Augen giftig anfunkeln. Was fällt Ihnen ein, Sie dumme kleine Kuh, mitten in der Nacht in mein Zimmer einzudringen? Und wie sehen Sie überhaupt aus? Aber sie blieb stumm.

»Scheiße seh ich aus«, sagte Roberta halblaut. »Ich komme aus einer Prolofamilie, und jemand wie Sie sieht das schon von weitem. Das Nachthemd ist aus dem Kaufhaus, meine Oberschenkel sind zu schwabbelig, und meine Haut ist grau vor Angst. Aber ich helfe Ihnen trotzdem, ob Sie das wollen oder nicht. Hier wird nicht gestorben. Nicht, solange ich auf Sie aufpasse!«

Sie griff ihr beherzt unter die Arme und zog sie langsam im Sessel hoch. Sie war schwerer, als sie aussah, nicht knochig, sondern weich wie ein Sack. Roberta zog und zerrte, dann wollte sie sie sanft auf den Boden legen. Aber sie rutschte ihr weg und beide schlugen hart auf den Teppich auf.

Es war nicht sehr schwer, ihr ins Gesicht zu schlagen. Die kleinen Wangen bebten unter Robertas kräftigen Handflächen, der Kopf rutschte von einer Seite auf die andere. »Komm wieder zu dir«, schrie Roberta, »du Rabenaas.«

Luft entwich ihrer Lunge, es klang wie ein Seufzen. Auf den Wangen bildeten sich zwei rotgestreifte Abdrücke.

Sie riß das weiße Seidenhemd zur Seite und drückte beide Hände auf ihren Brustkorb, dahin, wo sie Mariechens Herz vermutete. Sie war froh, daß Mariechen keinen Busen mehr zu haben schien. Nur noch harte Haut und Rippen. Fünfmal pressen, dreimal beatmen, oder war es vielleicht umgekehrt? »Hättest dir lieber wieder eine gelernte Pflegerin anheuern sollen«, sagte Roberta. »Die hätte das jetzt gewußt.« Sie drückte ihr den Kopf in den Nacken und rutschte auf den Knien ganz nahe an ihren Körper. Dann holte sie tief Luft, senkte sich dem alten Gesicht entgegen und öffnete den Mund. Es war nicht schlimm.

»Ihhhhh!«

Der Schrei traf sie bis ins Mark. Roberta schoß zurück und biß sich auf die Lippen.

Mariechen Rosenzweig hatte die Augen geöffnet und

starrte sie an. »Was machen Sie da? Was erlauben Sie sich?« Ihre Stimme war leiser und heiserer als sonst. Fast ein bißchen kläglich.

Roberta stand langsam auf. »Sie haben noch gar nichts Ätzendes über mein Aussehen gesagt.«

Die Alte atmete geräuschvoll ein und wieder aus. Dann streckte sie ihr herrisch die Hände entgegen und ließ sich wieder auf die Füße ziehen. Kaum stand sie auf den Beinen, klein und blaß und schwankend, fing sie wieder an zu schimpfen.

Roberta hörte gar nicht zu. Sie drehte sich um und verließ den Raum.

»... und bilden Sie sich bloß nicht ein, daß das irgend etwas ändert ...«, schnarrte die Stimme hinter ihr her.

Sie schloß behutsam die Tür.

*

Als Roberta am Morgen erwachte, war es draußen noch kälter geworden. Sie spürte die Kälte durch die geschlossenen Lider, die Bettdecke war klamm, das graue Linoleum eine Fläche schartigen Eises. Sie wusch sich mit kaltem Wasser und zog sich an. Halb acht. Eigentlich zu früh, um aufzustehen. Aber in ihrem Zimmer wurde sie doch nur traurig.

Der Strand vor dem Fenster lag verlassen in der Morgendämmerung. Kein Spaziergänger, dem die Augen folgen konnten. Nicht einmal Wolken. Das dunkle Meer sah ganz genauso aus wie gestern abend auch. Es gab keine Veränderung. Die Ereignisse der vergangenen Nacht erschienen ihr unwirklich und fern, so als habe sie nur schlecht geträumt. Roberta seufzte. Was sollte sie nur mit dem ganzen langen Tag anfangen? Mariechen würde sie erst am Nachmittag wieder erwarten. Oder ob sie doch jetzt schon einmal nach ihr schaute? Nach der Vereinbarung, die sie mit Oskar geschlossen hatte, brauchte sie sich nur vier Stunden pro Tag um die Alte zu kümmern, kleine Besorgungen erledigen, Briefe schreiben, ihr vorlesen und Gesellschaft leisten. Und sie dazu bringen, das Dokument zu unterschreiben, das Oskar und seinem Bruder die Firma übertrug.

Sie zog die Reisetasche unterm Bett hervor und nahm den vorbereiteten Vertrag heraus. Es waren nur wenige Zeilen. »Hiermit übertrage ich meinen Enkelsöhnen Oskar Käfer, geboren am 12.3.1946 und Otto Käfer, geboren am 12.3.1946, zu gleichen Teilen meine gesamten Anteile an der Pluto AG.« Unten rechts war schon Mariechens Name eingetippt, darüber eine Linie gezogen. Roberta stellte sich vor, wie die Unterschrift bereits dort prangte. Vermutlich nichts als eine kleine Zitterschrift. Aber für Oskar und seinen Bruder war die Sache von höchster Wichtigkeit. Darum würde sie, Roberta, auch so eine große Summe Geld dafür bekommen. »Und wer weiß«, hatte Oskar in ihr Ohr geflüstert, »vielleicht ist ja auch noch eine kleine Extraprämie drin. Überhaupt, wenn du es schaffst, die Sache noch kurz von einem Notar beglaubigen zu lassen. Warst du eigentlich schon mal auf den Malediven?«

Er hatte ihr alles genau erklärt. Und so kritisch Roberta dem Vortrag auch gefolgt war, sie konnte nichts Ungewöhnliches an der Sache entdecken. Beide Brüder liebten ihre Großmutter über alles, hatte Oskar gesagt. Otto, der Jüngere der beiden, hatte Mariechen vor sieben Jahren aus dem Altersheim nach Hause geholt, befreit, sagte Oskar, weil sie immer hinfälliger wurde und sich nach dem Sterben sehnte. Sie hatten ihr in der Villa in Hamburg ein schönes Zimmer eingerichtet, mit Blick auf die Elbe, weil sie das so sehr mochte und damals nicht viel mehr konnte, als wohin zu blicken. Aber Mariechen war nicht gestorben. Sie hatte nur dagelegen. Und als es ihr besser ging, hatte sie das Schimpfen angefangen. Aber das machte niemandem etwas aus. »Wenn wir mal alt sind, müssen unsere Kinder das auch ertragen«, hatte Oskar gesagt. Zwar hatte er keine Kinder, und Otto auch nicht, »aber was nicht ist, kann ja noch werden.«

Irgendwann Anfang der achtziger Jahre hatten Oskar und Otto ihre Firmenanteile, zusammen fast zwanzig Prozent, aus steuerlichen Gründen auf ihre Ehefrauen übertragen. Und das war ein Fehler, wie sich bald herausstellen sollte. Oskar war von Anfang an dagegen gewesen, das hatte er sehr betont, aber sein Bruder Otto war viel gutgläubiger. Und nun waren sie praktisch die Gefangenen ihrer Frauen. Roberta hatte noch Oskars durchdringenden Blick vor Augen. »Verstehst du das, Kleine? Sie sitzen jeder auf einem Aktienpaket, und nun können mein Bruder und ich nicht mehr dran.«

»Aber ihr lebt doch beide noch mit euren Frauen zusammen. Und fahrt in den Urlaub. Und macht ihnen Geschenke. Irgendwie versteh ich das nicht.« Roberta fühlte, daß es noch eine andere Sichtweise dieses Problems gab, aber sie kannte sie nicht. »Geh doch mal zu einem Anwalt. Da muß es doch eine Lösung geben.« Aber Oskar hatte nur gelächelt. »Nein, nein, das verstehst du nicht. Ich erkläre es dir mal anders: Wenn ich dir zum Beispiel eine kleine Wohnung kaufen will, dann kann ich das im Moment gar nicht. Ich habe offiziell ja überhaupt kein Geld, meine Frau besitzt alles, und ich kann dir nicht das bieten, was du verdienst. Aber wenn Otto und ich die restlichen Firmenanteile erst einmal übernommen haben, die uns ja nach Großmutters Tod sowieso rechtmäßig zustehen, dann sind wir frei. Großmutter muß selber noch mindestens dreißig Prozent der Anteile halten. Glauben wir jedenfalls.«

Roberta konnte sich noch ganz genau an das Gespräch erinnern. Sie hatte sich sehr konzentriert und auch versucht, das zu verstehen, was er nicht ausdrücklich sagte. »Warum wartet ihr nicht einfach ab, bis sie stirbt? Wenn sie jetzt hundertvier Jahre alt ist, kann das doch nicht mehr so lange dauern.« – »Das hab ich vor zehn Jahren auch schon gedacht. Da war sie vierundneunzig. Und ich war noch ein junger Mann von Mitte vierzig. Jetzt bin ich selbst schon fast alt. Und ich habe doch das Recht, auch noch mal etwas vom Leben zu haben.« – »Aber das hast du doch. Ihr lebt doch in Saus und Braus.« Soweit Roberta das beurteilen konnte, suchte Oskar die Bonner Filiale seiner Firma nur auf, um Geschäftsfreunde zu empfangen, in Ruhe zu telefonieren oder um gelegentlich am Wochenende und nach Feierabend mit ihr auf dem Schreibtisch herumzuvögeln, was ihn ungeheuer zu erregen schien. Roberta fand es kühl am Po und etwas unbequem. »Und von deinem Bruder sagst du doch selbst, daß er den ganzen Tag nur Golf spielt.«

Aber Oskar hatte sie treuherzig angesehen und ihr übers Haar gestreichelt und damit alles Mißtrauen weggewischt. »Ich möchte doch nur, daß *du* es gut hast.« Ein komisches Gefühl hatte sie trotzdem.

Roberta seufzte, schob den Vertrag in die Klarsichthülle zurück und legte ihn ordentlich in den Nachttisch. Mehr konnte sie im Augenblick wirklich nicht tun.

*

In der Küche dudelte das Radio, aber niemand war zu sehen. Die Hummerkiste stand immer noch unter dem Tisch, aber es war ihr nicht anzusehen, ob sie leer war. Es gab keine Anzeichen von aufgebrühtem Kaffee oder gar von Frühstück.

Sie fand Melanie im Wohnzimmer, einem riesigen, holzvertäfelten Raum, der während der Saison anscheinend als Fernsehraum für die Gäste diente. Jedenfalls standen an die zwanzig Ohrensessel herum, fast jeder für sich allein, und zu jedem gehörte ein kleines Tischchen mit einer Leselampe und ein Fußbänkchen. Geheizt wurde hier anscheinend nicht. Das ganze Hotel war klamm und zugig. Langsam hatte Roberta das Gefühl, sich in einem großen, alten Verlies zu befinden.

Melanie kniete auf dem Boden vor einem geschlossenen Schalenkoffer und drückte an den Schlössern herum.

»Guten Morgen«, sagte Roberta.

»Ich hab die Scheiß-Kombination von dem verdammten Zahlenschloß vergessen. Irgendwie kann man es zwar umprogrammieren. Aber die Gebrauchsanweisung ist auch weg. Du verstehst nicht zufällig was davon, oder?« Melanie schien diese Idee so unwahrscheinlich zu finden, daß sie sich nicht einmal zu Roberta umdrehte.

»Nö, ich glaube nicht.« Sie hatte nicht die mindeste Lust, sich an dem Ding einen Fingernagel abzubrechen, machte aber trotzdem einen langen Hals. »Meistens geht es mit vier Nullen oder vier Neunen, das hatte ich mal.« Der Koffer schien seine beiden Hälften mit aller Kraft aufeinander zu pressen, und dabei sah er irgendwie beleidigt aus, fand Roberta.

»Die primitiven Sachen hab ich schon versucht. Jetzt probier ich noch die Kombinationen mit sieben, an einem siebten bin ich geboren, und dann ist Schluß. Dann mach ich dir Frühstück und einen Kaffee. O.k.?« Für das bißchen Freundlichkeit mußte Melanie offenbar nahezu menschenunmögliche Kräfte aufbringen. Jedenfalls stöhnte sie ohne Unterlaß.

»Laß dir Zeit. Ich bin so kaputt, daß ich es nicht mal mehr merke, wenn ich verhungere.« Roberta ließ sich in einen der Sessel fallen und war erstaunt, wie tief er war. Fast bis zum Boden durchgesunken. Sie legte den Kopf weit zurück und versuchte sich zu entspannen, so als ob jemand ihr die Haare wüsche.

Melanie grunzte. »Die blöden Sessel müßten auch mal erneuert werden. Den alten Leuten kann man so etwas fast nicht mehr zumuten. Wenn wir hier in den Sommerferien manchmal den ganzen Raum voller alter Paddel sitzen haben, hat man abends 'ne halbe Stunde zu tun, um die alle wieder auf die Beine zu stellen und ins Bett zu jagen. Die werden nämlich alle aggressiv, wenn sie merken, daß sie etwas nicht mehr können.«

Roberta hatte Schwierigkeiten, die Augen offen zu halten. »Wo ist eigentlich diese Yolanda? Mußt du denn heute nicht auf sie aufpassen?« Roberta interessierte die Antwort schon gar nicht mehr. Sie wollte nur nicht einschlafen.

»Hä? Spinnst du?« Melanie fuhr auf und glotzte Roberta an. »Da sitzt sie doch.« Vor lauter Unglauben stand sogar ihr Mund mit den kleinen spitzen Zähnen offen, wie bei einem Barsch.

Roberta drehte langsam den Kopf.

Yolanda saß keine zwei Meter von ihr entfernt in einem ähnlichen Sessel wie dem ihren, und sie blickte sie unverwandt an.

Roberta starrte zurück. Das Mädchen war eine Statue. Kein Wimpernschlag. Sogar die langen schwarzen Haare hingen unbewegt neben ihren Wangen herab wie zwei Seidenschals auf einem Gemälde. »Guten Morgen, Yolanda«, sagte Roberta. »Tut mir leid, daß ich dich zuerst nicht gesehen habe.« Yolanda gab nicht zu erkennen, daß sie ihre Worte gehört hatte.

Melanie schüttelte den Kopf. »Man weiß nie so genau, ob sie etwas mitkriegt oder nicht. Manchmal denke ich, sie versteht jedes Wort und ist völlig abgenervt von unserer Welt und schweigt lieber dazu. Und dann ... na ja, ich weiß es auch nicht.«

Roberta wußte nicht, was sie dazu sagen sollte und nickte Yolanda freundlich zu.

»Das mit dem Zahlenschloß kriegt sie zum Beispiel bestimmt viel besser hin als ich. Sie hat irgendwie einen Sinn für solche Sachen. Aber sie *will* mir einfach nicht helfen. Oder, Yolanda? Bitte, bitte, hilf mir doch. Ich weiß, daß du das kannst.«

Aber Yolanda blickte nur Roberta an. Und obwohl der Blick durch sie hindurch zu gehen schien, spürte Roberta doch, wie sie unruhig wurde und sich schließlich sogar aus dem Sessel hochstemmte.

»Ist ja irgendwie auch klar«, sagte Melanie, »daß sie mir nicht helfen will.« Sie sah zu Roberta hoch, aber Roberta verstand kein einziges Wort. »Meine Mutter sagt, du ahnst es ja wahrscheinlich schon. Oder die Alte hat es dir brühwarm erzählt.«

»Ich habe keine Ahnung, wovon du sprichst.« Roberta spürte in ihrer Magengrube, daß diese rätselhaften Sätze sie mehr angingen, als sie bis jetzt wußte.

»Mit deinem, ähäm, also mit Herrn Käfer ist die Sache auch schon abgesprochen. Er sagt, es ist ihm recht, wenn du dich nebenher noch ein bißchen um Yolanda kümmerst. Sonst wirst du noch depressiv, wenn du ständig nur mit seiner Großmutter zu tun hast. Ich soll dich übrigens grüßen. Er hat heute morgen schon um halb sechs angerufen. Wir wollten dich aber so früh nicht wecken. Stell dir vor, er ist in Sankt Moritz. War wohl noch tüchtig am Feiern. Hatte einen ziemlichen Schwips, der Gute.«

Roberta hatte das Gefühl, von Melanies Redestrom ertränkt zu werden. Sie bekam kaum noch Luft, wurde herumgewirbelt, und ihre Pläne wurden auf den Kopf gestellt. Das unwichtigste schien plötzlich das wichtigste zu sein. »Wieso hatte er einen Schwips? Warum habt ihr mich nicht ans Telefon gerufen? Er wollte doch zum Skilaufen in die Schweiz fahren?«

»Er läuft ja wie verrückt Ski. Das hat er extra erwähnt«, sagte Melanie beschwichtigend.

Roberta schüttelte hilflos den Kopf. »Aber warum fragt er mich denn nicht, wenn ich noch einen anderen Job machen soll? Ich verstehe das alles nicht.« Normalerweise hätte sie in so einem Fall mit Melanie herumgezankt. Aber die Erwähnung von Oskars Namen machte sie irgendwie schwach. In ihrem Augenwinkel klemmte schon die erste Träne.

»Also, jetzt erkläre ich es dir noch mal.« Melanie wirkte so genervt wie ihre Mutter, ohne aber deren Härte zu haben. »Mama und ich haben in einem Preisausschreiben eine Reise nach Florida gewonnen. Stell dir vor. Zehn Tage im Luxushotel, am Strand, in Disneyland ...« Diesmal merkte sie immerhin selbst, wie sie abschweifte und stockte mitten im Satz. »Auf jeden Fall ist die Reise nicht übertragbar. Man kann sie also nicht verkaufen. Und auch nicht zu einem anderen Zeitpunkt fahren. Na gut, dachten wir, da haben wir eben wieder mal Pech gehabt. Aber jetzt, wo du da bist und so nett bist und so gut mit der Alten auskommst und bestimmt nicht vorzeitig in den Sack haust, da dachten wir ... Außerdem wollte meine Mutter das eigentlich selbst mit dir besprechen. Aber sie ist noch schnell zum Friseur gegangen.« Jetzt war Melanie den Tränen nahe. »Bitte, bitte, Roberta, sag, daß du es machst. Es ist ja nur für zehn Tage. Und es ist alles ganz leicht. Du siehst ja, wie lieb Yolanda ist.« Sie zögerte einen Augenblick. »Und wir haben dir alles ganz genau aufgeschrieben. Was sie um welche Zeit machen soll, was sie ißt, welche Tabletten sie braucht. Einfach alles.« Sie war sichtlich stolz. »Frau Vollenweider, das ist unsere Putzfrau, will jeden Tag kommen. Das heißt, heute und morgen kommt sie noch. Über die Feiertage hat sie natürlich keinen Bock auf Arbeit. Aber Mama läßt dir ganz viel Haushaltsgeld da.«

Aus den Augenwinkeln sah Roberta, daß Yolanda langsam aufstand und sich neben den Koffer kniete. Sie fühlte nach dem Zahlenschloß und blickte dabei zur Zimmerdecke. Oder in sich selbst hinein.

»Aber deine Mutter hat doch schon auf dem Schiff so eine seltsame Bemerkung gemacht. Von wegen, ob ich auch mal auf Yolanda aufpassen könne. Ihr hattet doch die ganze Zeit schon so etwas vor.«

»Nein.« Melanie schüttelte heftig den Kopf. »Auf dem Schiff war es nur eine *Idee*. Wir wollten erst einmal abwarten, was für eine du bist. Sonst wäre das ja ganz schön verantwortungslos, oder?«

Roberta war sprachlos.

»Mama sagt, wir schenken dir eine Woche Urlaub hier bei uns im Haus, wenn du es machst. Wann immer du willst. Das ist umgerechnet 'ne Menge Kohle für das bißchen Arbeit.«

»Richtiges Geld wäre mir lieber.«

Aber Melanie merkte, daß sie ins falsche Fahrwasser geraten war und versuchte nun, so schnell wie möglich das Thema zu wechseln. »Wenn du möchtest, kannst du in einer halben Stunde mit Yolanda zum Reiten gehen. Das muß sie jeden Tag. Außerdem hat das für dich den Vorteil, daß du dann Graustein wiedersiehst. Das wolltest du doch unbedingt.« Melanie probierte ein anzügliches Grinsen, aber es sah nur schief aus. »Im Grunde genommen kannst du uns ja dankbar sein.«

In diesem Moment knallte es, und das Zahlenschloß sprang auf. Yolanda legte die Hände an ihre Ohren und blieb einfach neben dem Koffer sitzen.

Roberta konnte den Blick nicht von ihr wenden.

Melanie zögerte einen Moment. »Du mußt dir also gar keine Sorgen machen. Und den Hummer, den kannst du auch haben, wenn du willst.« Sie machte ein feierliches Gesicht. »Hiermit schenke ich ihn dir offiziell. Vielleicht könntet ihr ihn zu Weihnachten essen.« Sie zögerte. »Sonst ist sowieso nicht sehr viel im Haus.«

Yolanda stand langsam auf und stieß mit dem Fuß gegen den Koffer.

Melanie zuckte zusammen. »Oder du behältst ihn einfach. Er soll dir ewiges Glück bringen.« Sie schenkte Roberta ein strahlendes Lächeln, so als ob sie eine Szene aus einer billigen Fernsehserie nachspiele.

»Moment mal! Wann genau wollt ihr losfahren?«

Melanie druckste ein bißchen herum und nahm vorsichtshalber schon mal den Koffer in die Hand. »Heute.« Es war kaum zu verstehen.

»Heute?« Roberta traute ihren Ohren nicht. »Ihr wollt heute noch abreisen? In zwei Tagen ist Weihnachten!«

Melanie zappelte herum. »Na und? Yolanda ist das egal. Und der Alten auch. Oder glaubst du etwa noch an das Wunder der Weihnacht? Wir müssen das Schiff um zehn Uhr nehmen. Sonst kriegen wir den Flieger in Frankfurt nicht. Aber das schaffen wir schon.« Sie lächelte süßlich. »Jetzt, wo der Koffer wieder auf- und zugeht.«

Roberta schüttelte den Kopf. »Das glaub ich alles nicht.«

Melanie zuckte die Schultern und verließ langsam den Raum. Aber in der Tür drehte sie sich noch einmal um. »Was ich noch sagen wollte, es ist eigentlich nicht so wichtig, aber trotzdem.« Es fiel ihr sichtlich schwer, den nächsten Satz hervorzubringen. »Gestern nacht waren Henri und ich in dem Zimmer neben deinem vielleicht ein bißchen laut und rücksichtslos. Das tut mir ehrlich leid.«

»Ist schon o.k.«

Aber das war noch nicht alles. »Und später haben Henri und ich noch zwei Flaschen Wein getrunken, und er hat sich noch ein riesiges Glas Rum aus der Küche geholt. Das war heute morgen um fünf.«

»Na und?« Roberta gähnte unverhohlen. »Laß ihn doch machen, was er will.«

»Ja, das schon, aber ...«

Roberta sah mit Wohlgefallen, daß Melanie wirklich unter Druck war. »Es ist nur so, daß ich ihn jetzt nicht mehr wachkriege. Das kenne ich schon von ihm. Wenn er schläft, dann schläft er. Wenn man ihn rüttelt, denkt er wahrscheinlich, daß er auf einem Fischkutter ist. Jedenfalls muß er heute unbedingt noch nach Groningen zurückfahren. Wegen Weihnachten und so. Er hat ja eine Familie. Seine blöden Gören sind noch ganz klein.« Sie verzog das Gesicht. »Das letzte Schiff ans Festland geht jedenfalls um achtzehn Uhr. Vielleicht könntest du so nett sein und nachmittags mal nach ihm sehen, wenn er bis dahin nicht sowieso schon weg ist.«

Roberta nickte erschöpft. Und irgendwie hatte sie das Gefühl, daß dies der Tag war, an dem sich ihr ganzes Leben änderte.

Vier

Mittwoch
22. Dezember 1999
nachmittags

Der Reitstall von Graustein lag weit im Osten der Insel, fast mitten in den Dünen. Im Sommer konnte man den schmalen Weg vermutlich auch mit dem Auto passieren, jetzt aber waren die Fahrspuren mit steinhart gefrorenen Schlammrollen ausbetoniert, und Roberta schwankte auf ihren Plateausohlen und knickte etliche Male um. Yolanda aber lief leichtfüßig und mit rudernden Armen vor ihr her, federte über alle Unebenheiten hinweg und wurde schneller und schneller, je mehr sie sich dem Reitstall näherten. Als Roberta schwer atmend an der großen Eisenpforte ankam, war Yolanda schon im Inneren des Gebäudes verschwunden.

Es dauerte eine Weile, bis sich ihre Augen an die Dunkelheit gewöhnt hatten und an die Wärme. Die trüben Scheiben hoch oben an der Decke ließen nur noch einen Schimmer des Nachmittagslichtes herein. Kleine Partikel von Staub und Heu und Pferdehaaren wirbelten durch die Luft. Es roch genauso, wie es aussah. In den Boxen auf beiden Seiten der Stallgasse schnauften Pferde, eines schob seine weiche Nase aus einer Holzluke und stupste Roberta leicht an die Schulter. »Hey, laß das!« Sie machte eine unwillkürliche Bewegung mit dem Arm und traf das Tier an den Nüstern. Das Pferd erschrak und schoß ins Dunkel seiner Box zurück.

»Hoffentlich können Sie mit Menschen besser umgehen als mit Pferden.« Graustein war wie aus dem Nichts neben ihr aufgetaucht. Er hatte einen Arm um Yolanda gelegt, die seltsam verloren wirkte und gleichzeitig völlig gelassen. Klein sah sie aus und zart neben diesem riesigen Mann.

»Tut mir leid.« Roberta sagte es mehr zu dem Pferd als zu Graustein. »Ich dachte, es will mich beißen.«

»Es«, wiederholte Graustein verächtlich. »Das ist kein Es. Das ist Seeteufel. Er gehört Yolanda.«

»Oh, hallo Seeteufel.« Hoffentlich würden sie nicht von ihr erwarten, dieses haarige Biest zu berühren. »Ich wußte nicht, daß sie ein eigenes Pferd hat und daß sie es mit auf die Insel gebracht hat.« Roberta fiel der Pferdetransporter auf dem Schiff ein. Und daß Yolanda angeblich ein sehr reiches armes Mädchen war, war ihr zwischenzeitlich auch entfallen.

»Hat ihn nicht mitgebracht.« Graustein sah kurz zu ihr herunter, aber Yolanda zeigte keinerlei Regung. »Seeteufel hat die Insel noch nie verlassen. Er ist hier geboren und wird immer hierbleiben. Und wenn Yolanda wieder wegfahren muß, dann wartet er, bis sie am nächsten Weihnachten wiederkommt. Im vorigen Jahr war sie sechs Wochen lang hier.« Graustein streckte die Hand aus, und Seeteufel näherte sich langsam wieder. Sein schwarzer Kopf war riesig. Die schimmernden braunen Augen rollten zu Roberta und glitten wieder weg, wie Avocadokerne in einer Schüssel. Graustein und Yolanda starrten sie auch an. Roberta fühlte sich von allen dreien abgelehnt.

»Er wird unruhig.« Graustein drehte sich um und stapfte davon. Yolanda blieb steif stehen, wo sie war, folgte ihm dann aber.

Roberta kam es vor wie ein Spießrutenlauf. Die meisten

Pferde streckten ihre Nasen aus den Holzluken, als sie vorbeikamen. Sie versuchte, genau in der Mitte des Ganges zu gehen und möglichst wenig Platz wegzunehmen.

»Die fressen Sie schon nicht«, rief Graustein, ohne sich umzusehen. »Aber sie merken, daß Sie Angst vor ihnen haben.«

Im hinteren Teil des Gebäudes war ein besonders enger und stickiger Raum abgeteilt, der kaum größer war als eine der Pferdeboxen, aber viel niedriger. Ein Schreibtisch stand direkt an der rohen Bretterwand und diente als Ablagefläche für das Telefon und einen zerfledderten Terminkalender. Außerdem gab es eine altmodische Couch, die mit einem seltsamen braunen Stoff bezogen war, und einige Stühle.

Graustein wies mit der Hand auf das Sofa. »Melanie sitzt immer hier und wartet, bis wir fertig sind.« Er schien zu überlegen. »Allerdings glaube ich nicht, daß Yolanda heute reiten kann. Draußen ist es zu kalt, und in der Halle sind mir letzte Nacht die Leitungen eingefroren. Mußte alles mit Planen abdecken. Wenn Seeteufel die sieht, rastet er aus.«

Roberta sah ihn fragend an.

»Er hat Angst vor allem, was flattert.«

»Da ist er auf einer Insel ja genau richtig.«

Graustein überhörte die Bemerkung. »Yolanda kann sich heute einfach ein bißchen im Stall aufhalten. Sie mag den Geruch der Pferde. Sie sitzt gern auf der Futterkiste.«

»Meinetwegen.« Roberta zuckte die Schultern.

Als habe sie nur auf Robertas Zustimmung gewartet, drehte Yolanda sich langsam um und verließ den Raum.

»Manchmal gibt sie Seeteufel einen Apfel oder eine Möhre. Er weiß genau, daß er ganz vorsichtig mit ihr sein muß.«

Roberta konnte sich beim besten Willen nicht vorstellen, daß ein Pferd irgend etwas wissen konnte, beschloß aber, nichts dazu zu sagen. Sie wollte die ein oder zwei Stunden mit Yolanda einfach irgendwie herumbringen und dann so schnell wie möglich ins Hotel zurückkehren. Seit Melanie und ihre Mutter abgereist waren, fühlte sie sich zunehmend unruhig, so als befände sie sich in einem schnellen, bösen Traum. Wofür war sie verantwortlich? Was mußte sie bedenken? Wie oft mußte sie nach Mariechen Rosenzweig sehen? Was konnte alles mit Yolanda passieren? Zwar hatten die Möllers ihr genug Geld dagelassen, aber welche Pflichten sie in bezug auf ihre beiden Schützlinge hatte, war ihr ein Rätsel. Frau Möller hatte nur abwesend gelacht und sich dann selbstvergessen für die Reise zurechtgemacht. »Ach, Kindchen. Sie kommen mit den beiden Ladys schon klar. Die brauchen nur ein bißchen Unterhaltung, das ist alles. Ach, ich finde, Sie sind zu beneiden. Leichter Job.«

Roberta verzog das Gesicht. Eigentlich war es ganz angenehm, daß die Möllers verschwunden waren. Sie hatten ihr dauernd das Gefühl vermittelt, daß es im Leben nur ums Geldverdienen ging, eine Disziplin, in der Roberta leider besonders dilettantisch war.

»Warum setzen Sie sich nicht endlich?« Graustein stand immer noch da und sah sie an. Dann rückte er sich einen Stuhl zurecht und öffnete das untere Fach des Schreibtisches. »Sie zittern ja. Wollen Sie einen Schnaps?«

»Ja, gerne.« Roberta nahm höflich auf dem Sofa Platz und schnellte sofort wieder hoch. »Igitt, ist das ekelhaft! Was ist denn das?« Sie starrte auf die Fläche, auf der sie den Bruchteil einer Sekunde lang gesessen hatte und rieb sich die Hände an den Hosenbeinen ab, aber das Gefühl von staubiger Seide blieb.

»Das schönste Material der Welt. Eines der schönsten.«

Roberta bekam eine Gänsehaut und schüttelte sich leicht. »Heißt das vielleicht ...? Ist das etwa von einem richtigen ...? Uuuh!«

»Das ist das Fell von Wenzel. Er war unser erstes Schulpferd. Ein ganz dicker Oldenburger Wallach. Er hat sein ganzes Leben lang Kinder im Kreis herumgetragen und war immer zufrieden damit. Ich finde es schön, daß ein Stück von ihm noch da ist.«

»Also, ich weiß nicht.« Roberta setzte sich zögernd auf die Kante des Sofas.

»Manchmal rede ich sogar mit ihm. Wenzel, sage ich dann, du weißt ja gar nicht, was hier jetzt alles so los ist.« Er reichte ihr ein kleines, trübes Schnapsglas, in dem sich eine helle, klare Flüssigkeit befand. »Trinken Sie.«

Der Schnaps raste wie ein Feuerball durch ihre Kehle. Sie hustete, fing sich aber sofort wieder. »Sie mochten das Pferd wohl sehr?«

Aber er ging auf ihre Frage nicht ein. »Noch einen Kleinen?« Er füllte das Glas erneut. »Melanie hat mir erzählt, daß Sie mit dem Enkel von Frau Rosenzweig liiert sind. Merkwürdiger Typ, der. Hätte im Traum nicht gedacht, daß einer wie der so eine attraktive Freundin hat.« Seine dunklen Augen blitzten, aber er blieb völlig ernst.

Roberta spürte, wie das Blut in ihre Wangen stieg und hielt die Luft an. Sie schlug die Beine übereinander und rutschte nach hinten, mit dem Rücken ganz nahe an die Sofalehne heran. Das Pferdefell war ihr egal, sie brauchte Halt. Mit der kleinen, spitzen Nase und dem, was man bei ihnen im Salon früher immer Problemhaar genannt hatte, war sie keine Schönheit, und sie wußte das. Aber war nicht Attraktivität auch eine Frage des Vergleichs? Vielleicht gab es auf dieser Insel keine besonders hübschen Frauen, oder Graustein interessierte sich nicht für die besonders Hübschen? Konnte das möglich sein? Roberta versuchte einen klaren Gedanken zu fassen. »Ich wußte nicht, daß Sie Oskar kennen.«

Graustein hielt sein Glas in seiner großen Hand ohne zu trinken. »Oskar? Klar, kenne ich den. Er und sein Zwillingsbruder kamen schon als kleine Jungen mit ihrer Großmutter auf die Insel. Die hätten Sie mal früher sehen sollen! Das war vielleicht eine Frau! Als ich klein war, hab ich immer gedacht, daß sie eine Königin ist.«

Roberta versuchte, sich ein Lächeln zu verkneifen. Als er klein war. Graustein als Kind. Unvorstellbar. Sie hielt ihm das Gläschen hin und ließ sich noch einmal nachschenken.

»Die ganze Bande stieg immer im Inselpalais ab, mit Kindermädchen und allem Zipp und Zapp. Das Inselpalais ist schon lange nicht mehr. War ein ganz feiner Laden. Damals lebte mein Vater noch. Er war früher Rittmeister bei der Armee gewesen. Hat bestimmt fünf Sommer lang versucht, den Bengeln das Reiten beizubringen. Ich selbst war da noch ganz klein. Aber mein Vater hat immer erzählt, wie die beiden verzogenen Gören die Pferde geärgert haben.« Er stockte. »Tut mir leid, ich wollte eigentlich nichts Negatives über Ihren Freund sagen.«

Roberta winkte ab. »Schon o.k. Die Menschen ändern sich ja.«

Graustein schien einen Moment lang nachzudenken, ob ihm noch etwas Nettes über Oskar einfiel. »Im letzten Jahr war er zu Weihnachten einen Tag lang bei seiner Großmutter zu Besuch. Ich hab ihn im Dorf getroffen. Er hat ›Hallo‹ gesagt und ist weitergegangen. Na ja, ist ja auch alles schon eine ganze Weile her.«

»Ich kenne ihn erst seit fünf Monaten.« Roberta biß sich auf die Zunge.

»Und warum machen Sie das für ihn? Pflegen seine Großmutter? Schlagen hier über Weihnachten die Zeit tot. Und dann lassen Sie sich auch noch Yolanda aufhalsen. Haben Sie sonst niemanden, für den Sie etwas tun können?«

»Ach, ich weiß nicht.« Mit einem Schlag war die entspannte Stimmung verflogen. Was bildete dieser seltsame

Pferdemann sich eigentlich ein? Wollte er sich etwa als Psychologe versuchen? »Ich glaube, ich sehe mal nach Yolanda. Danke für den Schnaps.«

Im Sitzen hatte sie sich ganz nüchtern gefühlt. Jetzt aber, wo sie langsam aufstand, spürte sie die Hitze in ihrem Kopf und die Kälte in den Füßen. »Yolanda! Kommst du bitte? Wo bist du?«

Graustein starrte sie an, dann sprang er auf die Füße und schoß in den Stall hinaus. Roberta folgte ihm unsicher.

»Verflucht! Yolanda ...! Oh, mein Gott, das darf nicht wahr sein!«

Die Tür von Seeteufels Box war angelehnt, auf dem Boden davor lag eine Trense. Das Pferd war verschwunden. Und mit ihm Yolanda.

*

»Kommen Sie, beeilen Sie sich! Können Sie überhaupt reiten?« Er riß eine Stalltür auf, ergriff ein riesiges graues Pferd beim Halfter und führte es auf die Stallgasse hinaus.

Roberta schüttelte den Kopf und beobachtete, wie Graustein dem Pferd eine Trense überstreifte und sie mit fliegenden Fingern festschnallte.

Sie trat von einem Fuß auf den anderen. »Vielleicht schau ich einfach mal draußen nach. Oder bei den anderen Pferden in den Boxen.« Ihre Stimme wurde immer leiser. »Yolanda kann ja noch nicht weit gekommen sein. Sie ist bestimmt irgendwo in der Nähe.«

»Nein, das ist sie nicht.« Er holte einen Sattel und legte ihn dem Pferd auf den Rücken. Alles ging sehr schnell, und trotzdem wirkte Graustein völlig ruhig.

»Aber sie ist doch nicht ... weggeritten, oder? Das kann sie doch gar nicht alleine.«

»Haben Sie eine Ahnung. Die reitet wie eine Amazone.« Er führte das Pferd ins Freie. »Leider.«

Roberta folgte ihm unschlüssig. »Versteh ich nicht.« Draußen heulte der Wind. Schon nach dem ersten Atemzug hatte sie das Gefühl, jemand habe ihren Brustkorb mit Eiswasser gefüllt. Sie trippelte, und ihre Zähne schlugen aufeinander.

Graustein schob mit einer Hand das Tor hinter Roberta zu und streckte den Arm nach ihr aus. »Jetzt keine Zeit verlieren. Ich weiß, wo sie ist. Sie reitet immer an den gleichen Strand.«

»Was soll das? Was wollen Sie?« Sie wich einen Schritt zurück.

Graustein seufzte und machte eine leise Bemerkung zu seinem Pferd. Dann schnellte er plötzlich herum, ergriff Roberta an den Hüften und schwang sie hinauf auf den Pferderücken. »Die Beine auseinander, verflucht noch mal. Wir dürfen keine Zeit verlieren.«

Sie streckte die Hände nach dem Pferdehals aus, um gleich wieder hinunterzuspringen, schreckte aber sofort zurück. Die Mähne sah seidig aus, fühlte sich aber borstig an. Grauenhaft, fand Roberta.

»Sitzen Sie still, und machen Sie mir nicht auch noch das Tier verrückt.« Seine Stimme war ganz nahe und warm an ihrem Ohr, in ihrem Rücken spürte sie das harte Leinen seiner Jacke. Er saß hinter ihr. Und plötzlich umschlang er sie mit einem Arm und bewegte leicht das Becken. Das Pferd setzte sich in Bewegung. Die Hufe kratzten über den vereisten Weg.

»Iiih …!« Der Schrei erfror in ihrer Kehle. »Das, das, das …« Sie schrie fast. »Das kann ich nicht.« Sie flogen dahin.

»Das merke ich. Denken Sie einfach an gar nichts.« Fast klang es so, als habe er leise aufgelacht.

Roberta schloß die Augen und öffnete sie wieder. Das

Pferd hatte seinen Hals weit nach vorne gestreckt. Sie hätte sich gern irgendwo festgehalten, fürchtete aber, bei der geringsten Bewegung den Halt zu verlieren.

»Da vorn am Sattel ist eine Lederschlaufe. Direkt zwischen Ihren Beinen. Das Ding heißt ›Maria hilf‹. Halten Sie sich fest und beten Sie. Vielleicht nützt es was.« Sein Atem keuchte an ihrem Ohr. »Wenn wir Yolanda gefunden haben, brauche ich Ihre Hilfe.«

Roberta traute sich nicht zu sprechen. Der Wind schlug in ihr Gesicht und vereiste den Schweiß an ihren Schläfen. Sie hatte es nicht mehr geschafft, die Knöpfe ihrer Jacke zu schließen. Grausteins Arm lag wie eine Fessel um ihren Bauch und schnürte ihr die Luft ab.

»Entspannen Sie sich!« Er schrie es in ihr Ohr. »Sie haben einen ganz guten Sitz.« Er nahm den Zügel straffer. Das Pferd riß den Kopf hoch und stürmte eine Düne hinauf.

Roberta atmete in kleinen Zügen durch die Nase. Den Strand sah sie nicht. Sie fühlte den Strand. Eine Wand aus klarem Eis schien über dem Wasser zu stehen. Die Luft schnitt mit Rasierklingen in ihre Kehle. Sie waren oben auf einer Düne angekommen.

»Nach hinten lehnen!« Er drückte sie fester an sich. Im gleichen Augenblick senkte das Pferd den Kopf und kartoffelte in einem langsameren Tempo die Düne hinunter.

Roberta spürte die Spannung in Grausteins Oberschenkeln, die eng hinter den ihren lagen. Unwillkürlich umschloß auch sie das Pferd mit ihren Beinen. »Na, das geht ja.« Sein Kinn berührte ihre Schläfe, so als ob er in ihr Gesicht sehen wollte. Er hatte ganz weiche Haut.

Nun lag der ganze Strand vor ihnen. Das Meer hing grau am Ende der begehbaren Welt. Noch immer keine Wellen. Nur dicke weiße Luft bis zum Horizont. Sie verschnauften für einen Moment und sahen sich um. »Können Sie etwas erkennen?« Das Pferd schüttelte die Mähne.

Roberta spürte, wie unruhig es war. »Hier ist niemand.«

»Doch! Da hinten!« Er wendete das Pferd, das sofort wieder in einen fliegenden Galopp fiel. Sie rasten in östlicher Richtung dahin, weiter weg vom Dorf, ins Nichts hinein.

Und plötzlich fror sie überhaupt nicht mehr. Das Tier bewegte sich in einem gleichmäßigen Rhythmus unter ihr. Sie hatte das Gefühl, es zu kennen. Es war zuverlässig. Es gab sein Bestes. Roberta ließ die Lederschlaufe los, legte die Hände auf den Hals des Pferdes, beugte sich weit vor und hielt sich fest. Graustein drückte sie fester an sich. Sie spürte seinen Atem an ihrem Hals. »Das ist gut so«, sagte er.

Dann war es vorbei. Er war schon vom Pferd gesprungen. Ihr Becken rutschte in dem großen Sattel nach hinten. Das Pferd wieherte und kratzte mit dem Huf im Sand. Aus einiger Entfernung näherte sich Seeteufel, der jetzt in einen gemächlichen Trab fiel.

»Halt die Pferde fest, Roberta!«

Roberta blickte sich verwirrt um.

Etwa zwanzig Meter vom Ufer entfernt stand ein dicklicher Mann im kniehohen Wasser und hielt jemanden umklammert, der zu seinen Füßen zu kauern schien. Roberta erkannte Hans Susewind, der eine Hand hob und ihnen etwas zubrüllte. Graustein schoß zu ihm hin, das Wasser spritzte in silbernen Bögen.

»O Gott, Yolanda.« Roberta rutschte vom Pferd hinunter und stand auf wackligen Beinen.

»Ich kann sie nicht mehr halten. Sie wehrt sich!« Durch den Wind zu ihr getragen, klang Susewinds Stimme wie die eines sehr alten und erschöpften Mannes. Graustein sagte etwas zu ihm, dann hob er Yolanda aus dem Wasser und trug sie auf seinen Armen an den Strand. Susewind folgte ihnen mit schweren Schritten.

»Was ist mit ihr? Was kann ich tun?« Sie spürte, wie das große graue Pferd am Zügel zerrte. Seeteufel verharrte dicht neben ihnen, trug aber kein Zaumzeug, an dem Roberta ihn hätte ergreifen können.

Yolanda war völlig durchnäßt. Sie hielt die Augen geschlossen, aber ihre Beine bewegten sich zuckend, und sie riß immer wieder die Hände hoch, so als wolle sie jemanden vertreiben, den die anderen nicht sahen. Graustein schien alle Mühe zu haben, sie festzuhalten. »Ich kann so nicht mit ihr reiten. Es ist zu kalt.« Seine Lippen waren bläulich. Und offenbar hatte Yolanda ihn am Hals gekratzt.

»Ich hab einen Flachmann mit Rum dabei.« Susewind begann im Inneren seines Anoraks zu graben. Er war bis zu den Knien naß und vollkommen außer Atem. »Ich dachte, mich trifft der Schlag, als sie plötzlich hier angeritten kam und sich ins Wasser stürzte. Scheiße, wo ist das verdammte Ding?« Jetzt riß er sich die Jacke vom Körper, schmiß sie in den Sand und klopfte alle Taschen ab.

Graustein ruckte Yolanda auf seinen Armen zurecht. »Das hat alles keinen Sinn. Ich laufe lieber mit ihr ins Hotel.« Yolandas langes, schwarzes Haar war wirr wie Tang. Sie wehrte sich nicht mehr. Graustein machte eine Kopfbewegung zu Susewind. »Leg deine Jacke über sie. Und deine auch, Roberta.« Beide gehorchten ihm sofort. Sie stopften die vielen Ärmel zwischen seinen großen Körper und den zarten von Yolanda, und Susewind nahm seinen Schal ab und schlang ihn um ihren Kopf.

Dann setzte Graustein sich in Bewegung. Zuerst ging er, dann fiel er in einen ruhigen schnellen Trab. »Versucht, die Pferde mitzunehmen.« Sie konnten seine Stimme kaum noch verstehen.

Susewind griff in die Tasche und zog ein Tau hervor,

das er Seeteufel um den Hals legte. Dann nahmen sie jeder ein Pferd und trotteten schweigend hinter ihm her.

*

Als sie im Hotel eintrafen, lag Yolanda schon im Badezimmer der Möllers in der Wanne. Graustein kniete auf dem Boden davor und beschöpfte sie mit warmem Wasser. Er sah sich nicht einmal zu ihnen um. »Wo sind die Pferde?«

»Stehen vorm Hotel im Windschatten. Ordentlich festgemacht. Alles in Ordnung.« Susewind schien der Anblick von Yolanda peinlich zu sein, er blieb in der Tür stehen, hielt den Kopf gesenkt und blickte auf seine nassen Stiefel.

»Was ist mit Yolanda?« Roberta setzte sich zitternd neben Graustein auf die Fliesen. Ein bißchen war es, als ob sie auch Ehemann und Ehefrau sein könnten, und Yolanda wäre das Kind, das vom Vater gebadet würde. Sie mußte den Kopf schütteln, um diesen Gedanken zu vertreiben. Graustein sah sie verwundert an.

»Sollen wir nicht besser einen Arzt holen?« Sie streckte eine Hand ins Wasser und berührte Yolandas nasse Haare. Das Mädchen schien fast auf der Wasseroberfläche zu treiben. Ihr Körper sah entspannt aus, die Haut war glatt und rosig und schimmerte wie eingeölt. Sie blickte gegen die Decke.

»Nein, das ist nicht nötig.« Er wendete ihr kurz den Kopf zu und lächelte. »Ihr beide nehmt am besten erst einmal selber eine heiße Dusche. Badezimmer gibt es hier ja genug.«

»Spitzenidee.« Susewind war schon draußen. Man hörte, wie er die Stiefel von den Füßen zog und auf den Boden schleuderte.

Graustein griff nach einem Handtuch. »Ich bade Yolanda und bringe sie schnell ins Bett. Morgen ist sie wieder in Ordnung. Aber du solltest bald etwas Heißes trinken, und Susewind auch. Ihr seht furchtbar aus.« Er trocknete sich langsam die Hände ab, und dann berührte er Roberta mit seiner warmen Hand an der Wange. »Hast dich gut gehalten auf Donnerkeil.«

Roberta errötete und rappelte sich vom Boden hoch. »Vielleicht kann ich uns später einen Grog machen.«

»Ja, vielleicht.«

Sie schloß leise die Tür hinter Graustein und Yolanda und machte sich auf, ein freies Badezimmer zu suchen. Vom Ende des Ganges ertönte Wassergeplätscher. Und Susewind sang unter seiner Brause.

Robertas Ruhe währte nicht lange. Kaum stand sie unter der Dusche und ließ das heiße Wasser über ihren Körper rinnen, kam dieses seltsame Gefühl zurück, das sie nun schon den ganzen Tag lang begleitete.

Sie, die niemals Sorge für jemand anderen getragen hatte als für sich selbst, hatte plötzlich die Verantwortung für zwei Menschen, die völlig von ihr abhängig waren. Das Mittagessen für Mariechen hatte Frau Vollenweider schon am späten Vormittag hinaufgebracht. Als Roberta später kurz den Kopf in ihr Zimmer steckte, schlief sie mit offenem Mund und flatternden Lidern. Wie lange war das jetzt her? Drei Stunden? Oder vier? Draußen dämmerte es bereits. Was konnte in der Zwischenzeit mit ihr passiert sein? Schlief sie vielleicht immer noch? War ihr langweilig? Oder schimpfte sie schon wieder leise vor sich hin, wüste Flüche, die keinen meinten und die niemand hörte?

Robertas Herz begann schneller zu schlagen.

Sie stieg aus der hohen Duschwanne, trocknete sich flüchtig ab und beeilte sich, in ihre Klamotten zu kommen. Die Jeans und der graue Strickpullover waren von der Strandluft klamm und starr geworden, die Stiefel mit den Plateausohlen ließen sich nur mühsam über ihre Füße streifen. Aber jetzt war nicht die Zeit, sich etwas anderes anzuziehen. Sie schüttelte die nassen Haare und strähnte sie mit den Fingern, dann schlug sie die Badezimmertür hinter sich zu und eilte in den ersten Stock hinauf.

Auf dem Flur war es schummrig und kalt, fast so, als wäre das Hotel verlassen. Sie fand den Lichtschalter nicht gleich und beschloß, ihn später zu suchen. Später würde sie sich einen Plan machen, möglichst sicher und genau. Aufschreiben, wann sie sich um Yolanda kümmern müßte und wann Mariechen dran wäre. Überlegen, ob man die beiden nicht in benachbarte Zimmer verlegen könnte. Selbst aus dem zweiten Stock zu ihren beiden Schützlingen hinunterziehen. Frau Vollenweider anrufen und mit ihr absprechen, was morgen zu tun war. Vielleicht Yolanda mit zu Mariechen nehmen und ihnen etwas vorlesen. Spätabends nach beiden schauen und kontrollieren, ob sie schliefen und auch gut zugedeckt waren. All das würde sie tun, wenn nur jetzt Mariechen Rosenzweig noch lebte. Wenn sie nicht gestorben war, während sie, Roberta, mit einem Mann auf einem Pferd gesessen hatte und so lebendig war wie noch nie zuvor. Sie spürte ein Stechen in der Brust. Das letzte Licht des Tages, das durch die Fenster hereinfiel, war eben hell genug, um ihre Angst im Zaum zu halten.

Vor dem letzten Zimmer des Ganges stand Hans Susewind und horchte an der Tür. Ohne seine dicke Jacke wirkte er gar nicht mehr so korpulent, und ohne die blöde Pudelmütze auf dem Kopf war sein Gesicht nicht mehr weich und kindlich, sondern nur noch jungenhaft und glatt. Er sah sehr konzentriert aus.

Roberta kam keuchend näher. »Ist alles in Ordnung? Was ist mit ihr?«

Susewind zuckte die Schultern. »Keine Ahnung. Ich hab ein Rufen gehört, als ich aus der Dusche kam. Eine zittrige alte Stimme, die sich fast überschlug. Aber dann war ich mir plötzlich nicht mehr sicher. Man hört hier manchmal irgendwelche Stimmen oder auch Gesänge. Das ist der Wind.« Er sah sie fragend an. »Aber ich wollte nicht einfach zu ihr reingehen. Ich kenne sie ja kaum.«

Roberta drückte vorsichtig die Klinke herunter und öffnete die Tür. Die Nachttischlampe brannte. Jemand hatte das Geschirr fortgeräumt, das heute mittag noch auf dem Tischchen neben ihrem Bett gestanden hatte.

Mariechen Rosenzweig lag bis zur Brust zugedeckt im Bett. Die Hände waren über der Decke gefaltet. Sie schnarchte leise.

»Gott sei Dank, das ist ja noch mal gutgegangen.« Roberta ließ sich in einen der beiden Sessel fallen. Und dann liefen ihr plötzlich die Tränen übers Gesicht.

Susewind schloß vorsichtig die Tür und kam näher. »Hast du gedacht, daß sie tot ist?« Er trat ans Bett der alten Frau und betrachtete sie lange. Dann nahm er behutsam ihre kleine faltige Hand und fühlte ihren Puls.

»Was ist mit ihr?« Robertas Stimme bebte.

»Nichts ist mit ihr. Sie ist völlig in Ordnung. Guter, kräftiger Puls, und die Haut ist rosig. Für das Alter ist sogar die Atmung o.k. Sie schläft, das ist alles.« Er drehte sich langsam zu Roberta um. »Im Augenblick siehst du viel schlechter aus als sie.«

Roberta zog den Schleim in der Nase hoch. »Hast du vielleicht mal ein Taschentuch?«

Er griff in seine Hosentasche und holte einen großen rot-weiß-karierten Lappen hervor. »Hier, nimm das. Echtes Schweizer Halbleinen. Kann sein, daß es ein bißchen nach Meer riecht. Ich wickle manchmal meine Muscheln darin ein.«

»Mir egal.« Roberta schneuzte sich kräftig und reichte ihm dann das Tuch zurück.

Er nahm es, ohne den Blick von ihr zu wenden, und stopfte es einfach wieder in seine Tasche »Du mußt keine Angst haben. Es ist alles in Ordnung.«

»Ich dachte, du kennst dich nur mit Muscheln aus.«

Er zögerte einen Moment, dann setzte er sich zu Roberta an den kleinen Tisch vorm Fenster. Mariechen stöhnte auf, wälzte sich im Bett herum und begann dann, in einer anderen Frequenz zu schnarchen.

»Ich hab mal Medizin studiert. Aber irgendwie ...«

»Irgendwie was?«

Er zuckte die Schultern. »War nicht das richtige für mich. Zuerst hab ich gedacht, daß es besser wird, wenn man erst einmal ein bißchen Routine hat. Daß man sich daran gewöhnt, die Menschen aus ärztlicher Sicht zu betrachten. Daß man lernen kann, Schmerzen als medizinisches Problem zu begreifen und nicht als Leid. Und daß die ganzen traurigen Bilder abends wieder verlöschen.« Er sah sie kurz an und blickte dann wieder auf seine Stiefel. »Aber das taten sie nicht. Nicht bei mir.«

»Du kannst kein Blut sehen, stimmt's?«

Jetzt lächelte er. »Ja, so könnte man es auch sagen.«

»Ich auch nicht.« Roberta lächelte zurück. »Während der Ausbildung mußten wir auch lernen, einen Mann zu rasieren. Und zwar mit einem richtigen Rasiermesser. Und der einzige, bei dem ich das üben konnte, war der Mann meiner Pflegemutter. Er hatte einen Hals wie ein Leguan, voller Falten ...« Roberta sah, wie Susewind sich unwillkürlich übers Kinn fuhr. »Und überall ganz dünne graue Haare. Wenn man die Haut straffen wollte, mußte man ihn schon halb erwürgen. Und dann irgendwann, ... plitsch! Das Blut spritzte richtig aus ihm heraus.«

Susewind verzog das Gesicht.

»Aber er war mir nicht böse. Er meinte nur, daß ich in Zukunft vielleicht besser ganz junge Männer rasieren sollte.«

»Du bist Friseurin, nicht? Warum arbeitest du eigentlich nicht in deinem Beruf?«

Roberta stand kurz auf, machte einen langen Hals und sah nach Mariechen. Aber die lag ruhig im Lichtkegel ihrer Nachttischlampe. Draußen sauste der Wind ums Haus. »Offiziell hatte ich eine Allergie gegen Färbemittel.« Susewind betrachtete sie interessiert. Sie stockte. »Aber in Wahrheit ...«

»Verstehe. Es war dir zu langweilig.«

»Langweilig eigentlich nicht.« Roberta runzelte die Stirn und suchte nach Worten. »Es war mehr so ein Gefühl, daß ich was versäume. Daß mein richtiges Leben woanders stattfindet.«

»Vielleicht auf dieser Insel.«

Roberta sah ihn erschrocken an, aber er machte sich nicht über sie lustig. Er war ganz ernst und ruhig und hörte zu. Trotzdem schien das Gespräch zwischen ihnen zu versickern. Sie saßen einfach nur da und schwiegen und horchten auf die tiefen Atemzüge von Mariechen. Roberta spürte, wie sie selber davon müde wurde.

Nach einer Weile stand sie auf. »Ich glaube, ich muß mal nach unten gehen, sehen, was Yolanda macht.«

»Die schläft.« Susewind blieb sitzen und wendete nicht den Blick von ihr. »Als Graustein ging, hab ich in ihr Zimmer geguckt. Wenn sie schläft, sieht sie ganz gesund aus.«

»Ach, er ist schon weg? Ich dachte, Graustein wollte noch einen Grog mit uns trinken?« Die Enttäuschung in ihrer Stimme war nicht zu überhören. »Das hat er jedenfalls gesagt.«

»Er sagt so manches. Außerdem mußte er die Pferde nach Hause bringen.«

Roberta schluckte. Plötzlich war es so, als ob der vor ihr liegende Abend keinen Sinn mehr hätte. Was sollte sie jetzt tun? In Mariechens Zimmer sitzen und sich mit Susewind unterhalten? In ihrem kleinen Zimmer hocken und sich langweilen? Ebenfalls ins Bett gehen? Und von Graustein träumen?

Susewind räusperte sich. »Also, was mich betrifft. Ich habe Hunger. Grauenhaften Hunger. Und etwas zu trinken könnte ich auch vertragen.« Er druckste herum und knetete seine runden Finger. »Vielleicht machen wir uns einfach was zu essen und unterhalten uns noch ein bißchen.«

»Hummer.«

Mariechen wälzte sich im Bett auf die andere Seite.

»Wie bitte?« Susewind sah Roberta aus seinen großen blauen Augen an.

»Melanie hat mir heute morgen ihren Hummer geschenkt. Frisch gefangen. Ein Riesenvieh. Den können wir essen.«

Susewind runzelte die Stirn. »Eigentlich gibt es in dieser Gegend gar keine Hummer.«

»Doch.«

Er schüttelte den Kopf. »Nicht um diese Zeit. Das Wasser ist viel zu kalt, um an die Hummerkörbe heranzukommen. Die legen die eher im Sommer aus. Wahrscheinlich ist es ein tiefgefrorener.« Er sah jetzt sehr fachmännisch aus. »Die Viecher sehen manchmal auch noch lebendig aus, wenn sie schon lange tot sind.«

Roberta spürte, wie der Ärger in ihr hochstieg. »Wetten, daß es stimmt? Der ist so groß!« Sie streckte die Arme weit auseinander. »Und er bewegt sich wie eine Spinne. Die Fühler, der Kopf, alles krabbelt.« Sie ruderte mit den Armen.

Susewind lächelte. »Psst, nicht so laut, sonst wacht Frau Rosenzweig auf.«

»O.k. Um was wetten wir, daß hier in fünf Minuten ein riesiger lebendiger Hummer über den Teppich krabbelt?« Sie blitzte ihn an. »Um hundert Mark? Nein, besser um tausend!«

Er streckte ihr lachend die Hand hin. »Um Geld wette ich nicht. Aber wir können um einen Wunsch wetten. Wer gewinnt, kann sich vom anderen etwas wünschen.« Er sah so aus, als ob er sich bereits etwas überlegte. »Und der Hummer muß über den Teppich krabbeln, sonst gilt es nicht.«

Roberta schlug ein. Und war im gleichen Augenblick zur Tür hinaus gerannt.

*

In der Küche brannte Licht, und es roch nach kaltem Essen und nach Alkohol. Roberta sog langsam den Geruch durch die Nase ein. Genauso hatte es früher manchmal in ihrer Küche zu Hause gerochen, damals, als ihr Vater noch lebte. Wenn sie aus der Schule kam, wußte sie sofort, was los war. Er hatte das vorgekochte Essen nicht angerührt, nur den Topf in die Speisekammer gestellt. Wenn er sich dann die ersten beiden Schnäpse eingoß, ging meistens etwas daneben und verdunstete sofort. Immer an der gleichen Stelle. Und der matte Fleck auf dem Linoleum vorm Kühlschrank war um alles in der Welt nie mehr blank zu bekommen.

Aber hier war kein Fleck. Der Dunst von warmem Korn hing einfach in der Luft, so als stünde ein Betrunkener versteckt hinter der Tür oder in einer dunklen Ecke. Sie schauderte, bückte sich schnell und zog die weiße Hummerkiste hervor, die völlig harmlos unter dem Tisch stand.

Die Kiste war schwerer, als sie wirkte, und viel größer, als sie sie in Erinnerung hatte. Nur gut. Susewind würde Augen machen. Roberta konnte sie kaum umfassen. Sie schob die Hände unter das Band, mit der sie vertäut war, und drückte die Kiste fest gegen ihren Bauch. So würde es gehen. Sie drückte mit dem Ellenbogen die Küchentür auf, die offenbar hinter ihr zugefallen war. Jetzt kam in der Kiste Bewegung auf. War der Hummer vielleicht aufgewacht? Schlief so ein Vieh überhaupt, oder wartete es nur? Jetzt schien er mit großer Kraft vorwärts zu streben, das Gewicht im Inneren der Kiste verlagerte sich zu einer Seite. Fast wäre sie ihr aus den Armen geglitten. Der Hummer schabte und scharrte. Aber er klopfte nicht. Das Pochen war ihr Herz. Sie packte fester zu und machte, daß sie wieder nach oben kam.

Als sie in Mariechens Zimmer ankam, war sie völlig außer Atem. »So, hier ist er.« Eigentlich wollte sie die Kiste sanft auf den Boden stellen, aber sie entglitt ihr und donnerte auf den Teppich. Einen Moment lang war alles ruhig.

Susewind saß noch genauso in seinem Sessel, wie sie ihn verlassen hatte. Er lächelte sie an. »Steht dir gut, wenn du außer Atem bist.«

Roberta schüttelte unwillig den Kopf. »Guck doch mal. Da ist er drin.«

Susewind stand langsam auf und blickte auf die riesige Kiste. »Was ist denn das? Ein Seeungeheuer?«

»Los, mach auf.«

Susewind kniete sich auf den Boden und holte ein Messer aus der Tasche. »Das ist ja vertäut wie eine Schatzkiste. Würde sagen, das hat jemand in Panik zugeknotet.«

»Stimmt. Melanie hat das gemacht. Sie ist fast gestorben vor Angst.«

Er zerschnitt vorsichtig die Bänder, legte sie auf den Boden neben sich und hob den Deckel. Sie starrten in die Kiste.

»Donnerwetter. Das glaub ich nicht!« Susewind blieb ruhig sitzen.

Roberta machte einen Schritt zurück.

Seit vorgestern morgen schien der Hummer sogar noch gewachsen zu sein. Er streckte sofort seine bleistiftdicken Fühler aus seinem Gefängnis hervor und stieß sich mit seinem gewaltigen Hinterleib an der Wand der Kiste ab. Schon ruderten die tellergroßen Scheren in der Luft, der

Schwanz wölbte sich gereizt nach oben, wie bei einem riesigen Skorpion.

Da stöhnte Mariechen auf. Ein Laut aus der Tiefe ihrer Brust, kein Seufzen, ein Brummen.

Susewind fuhr zusammen und war mit einem Satz an ihrer Seite. Sie saß plötzlich aufrecht im Bett, viel größer als sonst und viel grader. Sie hatte die kleinen Schultern zurückgenommen und die Brust weit voraus gestreckt. Die veilchenblauen Augen waren weit aufgerissen.

»Das ist nur ein Hummer, Frau Rosenzweig.« Susewind legte ihr eine Hand auf den Arm. »Sie haben geträumt. Es ist alles in Ordnung.«

Ihr Atem ging stoßweise.

»Schauen Sie nur. Da ist doch Roberta, die sich um Sie kümmert. Und ich bin auch da. Sie kennen mich doch, Frau Rosenzweig. Ich bin Hans Susewind. Ich war mal mit Ellen hier ...« Er warf einen kurzen Blick auf Roberta und brach dann diese Erklärung ab. »Aber der Hummer ist völlig harmlos. Ein großes, altes Wesen, das viel mehr Angst hat als wir.«

Sie schien ihn nicht zu hören. Sie starrte nur auf das Tier.

Susewind schüttelte den Kopf. Dann nahm er den Hummer vom Boden hoch und hielt ihn in die Höhe. Er ließ seine Hände über den glatten, braunen Panzer des Hummers gleiten, und tatsächlich schien sich das Wesen zu beruhigen. »Sehen Sie nur, er ist ganz friedlich.« Er setzte den Hummer vorsichtig auf die Bettdecke der alten Frau, wo er verharrte, wie tot. Nur seine Fühler tasteten in der Luft umher.

In diesem Moment schrie Mariechen auf. Ihre zitternde alte Stimme vibrierte, dann schien sie sich von allem Schleim zu befreien, bis nur noch ein einziger hoher Ton erklang, der den ganzen Raum ausfüllte, das Hotel, die Insel, und von der Insel in den Himmel hinaufschoß. Und das Meer, das ihre Stimme überquerte, gefror zu Eis.

1940

Nur wenn man jung ist, glaubt man, daß das Leben das Leben ist, und daß es aus Tagen und Wochen besteht, die sich einfach aneinanderreihen, wie Perlen auf einer Schnur. In der Erinnerung aber verschmelzen ganze Jahre zu winzigen Einheiten, und manchmal bleibt nicht mehr als ein Gefühl zurück, wenn überhaupt. Das Erschreckende ist nur, daß solche Zeiten manchmal wirklich anstrengend sind.

Nach Arturs plötzlichem Abschied habe ich gearbeitet. Und es war immer Winter.

Ich fror morgens beim Anheizen des Ofens, und auch später, als wir wieder eine Dienstmagd hatten, fror ich, obwohl sie es war, die das Feuer machte. Anna und Maja häkelten mir zu Weihnachten und zum Geburtstag immer Schals, einen davon habe ich heute noch. Die babyblaue Vorkriegswolle war so stark begast, daß sich in den nahezu siebzig Jahren seither kein vernünftiges Lebewesen wie eine Motte in seine Nähe getraut hat. Ich erinnere mich an einen brüllend heißen Sommertag an der Nordsee, an dem ich bibbernd in den Dünen saß, während Katzky und die Kinder zum Strand hinunterliefen, wo ein Flugzeug der Wehrmacht notgelandet war. Anna und Maja waren patzige Backfische geworden, mit dicken blonden Zöpfen und rosigen Wangen, und sie wollten beide nur eines: möglichst schnell einen Freund mit einer schicken Uniform. Das muß im Sommer 1938 gewesen sein, kurz vor Katzkys Abreise nach Shanghai.

Er hatte alles lange geplant. Die Firma gedieh so gut, wie ich es niemals vermutet hätte. Unsere Scherzartikel verkauften sich in ganz Europa. In Städten, die ich nicht kannte, klebten Plakate mit unserem Firmensignet, dem auf die Erde hinabblickenden Pluto, an Litfaßsäulen. Neben unserem ersten Produkt, dem Furzkissen, hatten wir nach und nach auch einige mechanische Artikel ins Programm genommen. Blüten zum Anstecken ans Revers, die mit einem versteckten Ballon in der Jackentasche des Trägers geöffnet wurden und aus denen sich ein kleines Frauenbein herausstreckte. Die Cremedose, aus der beim Öffnen eine Gummischlange hervorsprang. Die dicke Küchenschabe, die mit einem Saugnapf und einer winzigen Feder auf glattem Parkett Halt fand, bis sie plötzlich vorwärts schoß.

Viele unserer Artikel gingen noch auf die Entwürfe Arturs zurück, und auch wenn es mich innerlich fror, wenn ich in seinen zurückgelassenen Papieren nach Zeichnungen von traurigen Haushaltsgegenständen suchte, war doch immer ich es, die diese Produkte einer anderen Bestimmung zuführte. Aus dem nichttropfenden Trinkglas machten wir den garantiert immer tropfenden Becher, der gern von Burschenschaften geordert wurde. Jeder Schluck ein Malheur. Das bittere Pulver, dessen Rezeptur Artur entwickelt hatte, um es giftigen Flüssigkeiten wie etwa Fleckenwasser zuzusetzen, damit kleine Kinder davon abgehalten werden, es zu trinken, mischten wir den Füllungen für unsere Scherzpralinen bei, denn an das ursprüngliche Chilipulver war Ende der dreißiger Jahre wegen des Krieges in Indochina nicht mehr heranzukommen. Aber auch die winzigen Glühlämpchen, deren Prototyp Artur einst für die Puppenstube seiner Töchter gebastelt hatte, ließen sich in anderer Erscheinungsform gut verkaufen. Als Handtaschenbeleuchtung für die gehobene Dame waren sie jahrelang ein Renner, und Katzky behauptete immer wieder, daß sogar Hitler persönlich für Eva Braun ein Exemplar »Licht in der Finsternis« geordert hätte. Allerdings ist dieser Vorgang niemals durch meine Buchführung gegangen.

Katzky kümmerte sich um den Verkauf und das Marketing, das damals Reklame hieß, und er hielt die Kontakte zu unseren Geschäftsfreunden. Ich war für die Personalführung zuständig. Wir produzierten mit vierzig Frauen fast ausschließlich in Heimarbeit, und ich entwickelte alle Produkte selber. Obwohl ich diesen Teil meiner Arbeit am wenigstens mochte, muß ich doch sagen, daß es mir immer leicht gefallen ist, mir neue Scherzartikel auszudenken. Vielleicht lag es daran, daß ich selbst in all den Jahren so niedergedrückt war und mit kaltem Blick auf die Welt schaute. »Ihre Traurigkeit ist wie bares Geld«, sagte Katzky immer, »tragen Sie sie mit Dankbarkeit.« Ich selbst hatte allerdings eher das Gefühl, daß dies meine ganz persönliche Strafe war, für alles, was ich je getan hatte, und auch für das, was ich noch tun würde.

Mitte der dreißiger Jahre konnten wir in ein großes Haus in den Elbvororten von Hamburg ziehen, deren riesige Kellergewölbe als Rohstoff- und Auslieferungslager für unsere Produktion dienten. Katzkys kleine Wohnung lag nur zwei Straßen entfernt, und die Mädchen wuchsen mehr bei ihm auf als bei mir, vermutlich weil er unterhaltsamer war und niemals weinte. Nur Karlchen, der mittlerweile ein stiller junger Mann geworden war, wollte mit ihm nicht viel zu tun haben. Er fand Katzky je nach Laune ein Judenschwein oder auch nur gewöhnlich und verschwand immer eilig aus unserem Dunstkreis, sobald er seinen monatlichen Wechsel in Empfang genommen hatte. Er wollte Medizin studieren, und das tat er auch bis zu seiner Einberufung kurz nach der Approbation. Nach seiner Heimkehr aus russischer Gefangenschaft wurde er Augenarzt. Als kriegsversehrter Beinamputierter brauchte er einen Beruf, den er weitgehend im Sitzen ausüben konnte.

Die seltsame Freundschaft zu Daniel Katzky, die nie über das »Sie« hinausging und von der wir beide über so viele Jahre profitierten, rettete uns beiden das Leben, ihm direkter als mir, aber mir angenehmer als ihm. Von heute aus betrachtet, würde man sagen, daß Mitte 1938 das Schwert des Damokles lange über ihm hing und bereits gefährlich schaukelte. Wir sprachen nie darüber, aber wir wußten alles. In der Schule der Mädchen gab es kein einziges jüdisches Kind mehr. Katzky ertrug die Situation mit undurchdringlicher Miene und schien der tiefen Überzeugung zu sein, daß ausgerechnet er von Verfolgungen verschont bleibe, wenn er sich einfach in erster Linie als Kaufmann verstand. Tatsächlich machte er ständig Geschäfte mit den Nazis, wie mit allen anderen auch. »Katzky verkauft auch dem Teufel einen Scherz, wenn nur das Bargeld lacht«, war einer seiner Leitsprüche. Über lange Jahre halfen ihm seine Kontakte, wenn nicht seine innere, so doch zumindest die äußere Ruhe zu bewahren. Aber damit war es von einem Tag auf den anderen vorbei.

An einem Augustabend des Jahres 1938 erschien Daniel Katzky wie so oft in unserem Garten, unter dem Arm ein Bündel mit knittrigen Papieren. Er sah furchtbar aus. Sein feistes Gesicht war eingefallen, die Augen lagen tief in grauen Höhlen. Er habe die beiden letzten Nächte nicht schlafen können und die Zeit genutzt, einen Plan für das Überleben unserer Firma auszuarbeiten, sagte er. Ich lief in den Keller hinunter und holte eine Flasche meines besten Bordeaux, unsere letzte für viele Jahre.

Er trank ein ganzes Glas in einem Zug, dann erholte er sich langsam wieder. Wie immer, wenn ihm etwas besonders wichtig war, redete er wortreich herum, gestikulierte und wischte sich wiederholt mit einem Taschentuch den Schweiß von der Stirn, bis er zum Punkt kam. Ein Manko unserer Firma sei die schwierige Rohstofflage. Unser Standort in Hamburg sei nicht mehr zeitgemäß. Vielmehr müsse man die Produktion dorthin verlagern, wo es billige Arbeitskräfte und günstige Rohstoffe gab. Es war deutlich, daß er auf etwas ganz anderes hinauswollte.

Kontakte hin oder her, sagte er schließlich, und fächelte sich frische Luft zu. Mit einem Juden als Kompagnon würde ich nunmehr in kürzester Zeit enteignet werden, insbesondere, da ich ja zumindest auf dem Papier auch noch mit einem Juden verheiratet war. Tatsächlich war mir einige Male nahegelegt worden, mich von Artur Rosenzweig scheiden zu lassen, aber ich hatte immer abgelehnt. Da Arturs beide Töchter offiziell noch als eheliche Kinder meines ersten Mannes galten und emsige BDM-Mädels waren, hatten sie bislang keine Nachteile zu befürchten gehabt.

Katzkys Überlegungen klangen vernünftig, aber seine daraus resultierenden Pläne waren abenteuerlich. Ich sollte seine Hälfte der Firma kaufen und noch dazu die beiden großen Mietshäuser in der Innenstadt, die ihm gehörten, und von denen ich bisher nichts gewußt hatte. Er würde mir einen guten Preis machen, einen, den ich auch bezahlen könne. Das Geld jedoch dürfe ich ihm nicht aushändigen, es wäre für ihn ohnehin unmöglich, es außer Landes zu schaffen. Ich solle es für ihn bewahren. Er könne jetzt nur noch seine Haut retten.

Wir starrten in den dunklen Garten hinaus. »Vielleicht«, sagte Katzky nach einer Weile, »sollte ich Ihnen sagen, wohin ich gehe.« Er flüsterte es fast. »Shanghai.« Der einzige Ort auf Erden, der für einen Juden in diesem Jahr noch erreichbar war. Katzky hatte sich mit Mühen eine Reservierung für eine Passage von Lissabon aus besorgt. Das Schiff, wenn er es denn erreichte, wäre wahrscheinlich mehrere Monate lang unterwegs. Aber in Shanghai lebten bereits einige tausend deutsche Juden. Katzky schwieg. Ich fror. So saßen wir, bis plötzlich Motorenlärm erklang, und vor dem Haus eine Limousine den Kiesweg heraufknirschte.

»Wir können über eine Freundin in der Schweiz Informationen austauschen. Und dann ...« Er machte eine Pause und lächelte mich an. »Sie müssen versuchen, sich Diamanten zu besorgen. Nicht jetzt gleich. Warten Sie ein oder zwei Jahre.«

Die große Eichentür klappte. Karlchen kam nach Hause. Schon hörte ich seine Schritte auf dem Parkett im Eßzimmer, und mit jedem Klack wurde er mir fremder, bis mein eigenes Kind plötzlich vor mir stand. »Sie schon wieder«, sagte er zu Katzky gewandt, und: »Guten Abend, Mama.« Er gab mir einen flüchtigen Kuß auf die Wange. »Du zitterst.«

Katzky nickte Karlchen zu. Dann erhob er sich, stopfte unter Karlchens kritischem Blick seine Papiere in die Jackettasche, und ich begleitete ihn zur Tür. Als ich ihm die Hand gab, fühlte ich, daß ein kleiner Zettel darin lag. »Das ist die Adresse von einem Notar. Sie müssen heute nacht noch zu ihm gehen. Es ist alles vorbereitet.« Dann ging er mit schweren Schritten die Auffahrt hinunter. Ich hielt den Zettel unter die Außenlampe, die von Stechmücken umschwirrt war. Unter dem Namen des Notars stand nur ein einziger Satz. »Wir sehen uns in Shanghai.«

*

Als ein Jahr später der Krieg ausbrach, wurde Karlchen als einer der ersten eingezogen, an einen Abschied von ihm kann ich mich aber nicht erinnern, wahrscheinlich, weil er letztlich lebendig zurückkam, mehr oder minder. Die Mädchen waren bei Kriegsbeginn sechzehn Jahre alt und sollten ein Haushaltspraktikum auf einem Gutshof in Schlesien machen, das man zu dieser Zeit für eine sichere Gegend hielt. Als ich vor zwanzig Jahren einen Teil der Villa räumte, habe ich ihre pflichtschuldigst geschriebenen Briefe wiedergefunden, aber daß ich je auf Nachricht von ihnen gewartet oder gar den Postboten abgefangen hätte, erscheint mir heute unwahrscheinlich. Ich muß wohl nur gearbeitet haben.

Wenn ich ehrlich bin, ist das nächste, woran ich mich wirklich genau erinnere, ein weißer Emailletopf mit der Aufschrift »Ocean Star – A Passage to Asia«, der unter meiner Koje auf dem Boden stand, und mit dem Seegang hin und her rutschte. Von der Scheuerleiste an der Tür, bis zur Holzverkleidung unter dem Bullauge, schrapp, schrapp, schrapp.

Die am meisten irritierende Erscheinung auf See ist die Sonne, vielleicht, weil man es gewohnt ist, ihren Schein immer auf festen Gegenständen oder auf dem Land wahrzunehmen. Die Sonne knallte durch das fettige Bullauge mitten in mein Gesicht, und die Übelkeit, unter der ich seit Wochen litt, schwoll wieder in mir an. Mein Arm, der nach dem Eimer langte, sah weiß aus, dünn und fremd, wie schon seit Wochen. Ich wußte nicht mehr, welchen Tag wir hatten, und wenn ich schwitzend aus meinen Alpträumen hochfuhr, wußte ich nicht einmal mehr, warum ich nach Shanghai fuhr. In diesem Moment jedoch war irgend etwas anders. Ich versuchte, mich zu konzentrieren. Und dann wußte ich es. Mit einem Mal hatte das Schiff den Atem der Meere verloren. Es roch jetzt nach Früchten, nach Wärme und nach faulem Wasser.

Die »Ocean Star« drehte sich um ihre Achse und knallte gegen das chinesische Festland. Ich stieß mit dem Brustkorb gegen das Rollbrett an meiner Koje und schrie auf. Die Stimmen oben an Deck schienen einzufallen. Und dann brach ein mörderischer Lärm aus. Der Steward klopfte gegen die Kabinentür und riß sie im gleichen Augenblick auf. »Das war's!« rief er. »Wenn Sie nicht wieder mit zurückwollen, Madame, müssen Sie jetzt an Land gehen.«

Obwohl ich eine sogenannte Oberdeck-Passage gebucht hatte, also etwas Besseres, waren plötzlich alle Stewards und Dienstmädchen verschwunden, nicht einmal einen Gepäckträger gab es mehr. Ich raffte meine beiden Reisetaschen an mich, und kontrollierte ein letztes Mal, ob die Abendstola, deren Straßsteinchen ich durch zweihundert lupenreine Einkaräter ersetzt hatte, noch in ihrem Nest aus Seidenpapier lag. Es hatte fünfzehn Monate gedauert, bis ich den Gegenwert des Kaufpreises an Katzkys Hälfte der Firma und den der beiden Mietshäuser in Diamanten zusammen hatte. Eine Passage von Genua nach Shanghai zu bekommen, war dagegen fast einfach gewesen. Der Seidenschal, an dem die Edelsteine nun prangten, war der ordinärste, den ich finden konnte. Ein rosa-grünes Etwas, das ich selbst nur in größter Not getragen hätte. Ich kämmte mich ein letztes Mal vor dem winzigen Spiegel und verließ das Schiff.

Ich sah Katzky schon von weitem, denn die Körperhaltung des eigentlich korpulenten Mannes hatte er nicht verloren, auch wenn er jetzt so dünn war wie ein Engländer. Er stand groß und mager inmitten der Menschenmenge auf dem Pier, umgeben von Schubkarren, Gepäckstücken, Körbe tragenden Frauen, in einem Strom von in Lumpen gekleideter Kinder, still und leise in einem Inferno aus Lärm, Dunst und Gestank.

Und es stand noch jemand am Pier und wartete, an diesem trüben lauten Morgen in Shanghai. Ein mittelgroßer Mann in der Offiziersuniform der Japaner, der es sich zur Gewohnheit gemacht hatte, sich von jedem aus Europa eintreffenden Schiff eine deutsche Zeitung zu besorgen. Es erscheint mir heute befremdlich, daß dieser besondere Mann mir an dem Tag nicht aufgefallen ist. Denn Kawusabu war die Liebe meines Lebens. In weniger als zwölf Stunden würde eine Affäre beginnen, die über drei Jahrzehnte hinweg dauern sollte. Kawusabu hat mir später oft erzählt, wie ich ausgesehen habe an diesem Tag. Wie ich ihn anrempelte. Wie er völlig elektrisiert gewesen sein will von meinem Blick, von meiner Augenfarbe, von der Art, wie ich Katzky anstrahlte. Aber ich sah Kawusabu nicht. Noch nicht. Ich spürte nur, daß ich plötzlich glücklich war, gesund und fröhlich. Ich war vierundvierzig Jahre alt und fühlte mich wie das Mädchen, das ich niemals gewesen bin. Heute weiß ich, daß dieses Wunder von Shanghai nicht auf die Stadt zurückzuführen war, auf die Wärme und den betäubenden Duft von Hafenwasser, Euphorie und Freiheit, sondern allein auf die körperliche Nähe von Kawusabu.

Die beiden chinesischen Boys an Katzkys Seite verbeugten sich tief und versuchten, mir die Reisetaschen zu entwinden. Katzky lächelte und streckte mir die Hand hin, und zum ersten Mal seit dem Beginn unserer Bekanntschaft war er um Worte verlegen. Rings um uns herum umarmten und herzten sich die Ankommenden mit den schon Eingetroffenen, ich konnte deutsche und jiddische Sprachfetzen hören, dazwischen die harten, fremden Laute der chinesischen Händler und Makler, die einander etwas zuriefen und den Passagieren Brocken von zerkautem Englisch entgegen trompeteten. Wir standen stumm und froh.

Katzky schaute mir prüfend in die Augen, dann nahm er plötzlich die kleinere der beiden Taschen aus meiner Hand, diejenige, in der der Diamantschal war, und gab den Boys die andere. »Kommen Sie, es ist nicht weit.« Er dirigierte mich durch die Menge, die gefügig Platz für uns machte, bis zu einem Automobil. Kawusabu, der damals Oberst bei den japanischen Besatzern war, hat mir später erzählt, daß er uns eine Streife hinterherschickte, die Katzkys Wagen aber verlor.

Ich war so aufgeregt, daß ich lieber neben dem Auto hergelaufen wäre, statt im Fond hinter staubigen Scheiben Platz zu nehmen, und die Stadt wie durch einen Nebel sehen zu müssen. Katzky ließ sich schwer atmend neben mich auf die zerfetzten Lederpolster fallen. »Das ist eine Hölle, Frau Rosenzweig, aber eine, die Spaß macht.« Während der Fahrer den Wagen durch ein Gewirr von engen Straßen lenkte und sich laut hupend Platz verschaffte, setzte Katzky zu einem Schwall von Fragen an. Über seine Schweizer Freundin hatten wir immer nur sehr verschlüsselte Informationen austauschen können, und es stellte sich heraus, daß Katzky nicht einmal gewußt hatte, mit welchem Schiff ich eintreffen würde. Er hatte Monate lang bei jeder Schiffsankunft am Pier gestanden und gewartet, auch als er zwischendurch an Typhus erkrankt war und eher hoffte, ich würde nicht kommen. »Produzieren wir noch?«

Ich schüttelte den Kopf, ohne ihn anzusehen. Draußen vor dem Autofenster stoben die Menschen an den Straßenrand, wir kamen kurz vor dem Cathay-Hotel zum Stehen, vor dessen Portal eine Gruppe Offiziere ihre Waffen auf einen jungen Mann richtete.

»Japaner«, zischte Katzkys durch die Zähne. »Die haben hier alles unter Kontrolle. Mit denen kann man keine großen Geschäfte machen.«

Von früheren Zeiten her war ich es gewohnt, daß Katzky die Menschen in zwei Gruppen einteilte, die, mit denen man Geschäfte machen konnte, und die anderen, die ihm irgendwie unheimlich waren. Aber unsere Firma in Hamburg schien ihn weitaus mehr zu interessieren. »Liegt es am Krieg oder an der Rohstofflage?«

»An beidem. Und an den Produkten. Wir hatten einen großen Auftrag für Leuchtstäbe für irgendeine Massenveranstaltung und konnten ihn nicht annehmen. Es gibt nichts mehr.«

Katzky nickte. »Hier gibt es alles. Billige Rohstoffe, billige Arbeitskräfte und einen riesigen Markt für Unterhaltungsartikel.«

Ich wußte sofort, worauf er hinauswollte.

»Und wenn der Krieg vorbei ist, lassen wir einen Firmensitz in Shanghai bestehen und machen in Hamburg in großem Stil weiter.« Er sah mich von der Seite an. »Wußten Sie eigentlich, daß es diese riesigen Kakerlaken, die wir in Kautschuk produzieren, auch in Wirklichkeit gibt?«

Ein Schauer kroch über meinen Rücken und unwillkürlich rückte ich ein wenig vom Polster ab.

»Die Biester sind überall. Man kann ihnen einfach nicht entkommen. Und stellen Sie sich vor ...«, er senkte die Stimme, aber an der Kopfhaltung des chinesischen Fahrers war zu erkennen, daß er genau wußte, was hier gesprochen wurde. »Die Chinesen *essen* die sogar.«

Der Wagen hielt vor einem mehrstöckigen Gebäude, in einer wenig befahrenen Seitenstraße der Ling-Ping Road. Katzky hatte mir ein kleines Appartement neben dem seinen gemietet, zunächst einmal für drei Monate, wie er sagte. Ich hatte natürlich vor, bereits nach ein oder zwei Wochen wieder zurückzureisen. Schließlich waren die Kinder in Deutschland, und es war Krieg. Aber Katzky war so glücklich, daß ich ihn nicht gleich am ersten Abend unseres Wiedersehens mit meinen Rückreiseplänen enttäuschen wollte.

Er lebte in bescheidenen Verhältnissen, wie immer. Aber im Gegensatz zu früher war er nicht mehr allein. »Das ist Mingji«, sagte er und deutete auf eine junge Frau, die sich auf seinem Sofa räkelte und mich aus ihren schmalen Augen anstarrte. »Sie ist Japanerin. Sie wird uns heute abend etwas Feines zu essen machen. Es gibt hier zwar Abertausende von Restaurants, aber da weiß man nie, wer einem zuhört.« Mingji gähnte.

Katzky hatte es schon immer gehaßt, zum Essen auszugehen. Daß allerdings ausgerechnet Mingji in der Lage sein sollte, ihm zu Hause ein Mahl zuzubereiten, erschien mir mehr als unwahrscheinlich. Mingji sah aus wie eine japanische Prostituierte, und genau das war sie auch. Das herzförmige Gesicht war grell geschminkt, das rote Seidenkleid bis fast zu den Brustwarzen ausgeschnitten. Wir hatten keine gemeinsame Sprache, aber sie machte kein Hehl daraus, daß sie mich für eine Konkurrentin hielt. Zwar schien sie überwiegend bei Katzky zu leben, aber wenn der seinen Geschäften nachging, ging auch sie den ihren nach. »Sie arbeitet in einem sehr eleganten Massagesalon«, sagte Katzky, errötete aber plötzlich und sprach mit mir niemals wieder über derlei Dinge. »Ich wollte nur sagen, daß ich einige der Diamanten einem Bekannten zeigen werde, gleich morgen mittag, wenn Mingji aus dem Haus ist.« Er selbst hatte den Schal mit den aufgestickten Steinen unter Mingjis durchdringenden Blicken nur ganz kurz in den Händen gehalten und dann wieder in die Tasche zurückgelegt. Jetzt war ihm die Spannung anzumerken, und die Reisetasche mit dem Schal lag fast auf seinen Füßen wie ein Hund.

Der Abend verging sehr schnell. Durch die geöffneten Fenster kam ein Hauch von tropischer Abendluft herein, riesige Falter fingen sich hinter den schwarzen Netzen der Fliegengaze. Katzky hatte zur Feier des Tages schottischen Whisky besorgt, der uns beide schneller betrunken machte, als wir den klebrigen Reis und das schleimige Gemüse essen konnten, das Festmahl, das Mingji mit unbewegtem Gesicht für uns auftrug.

Ich mußte in meinem Sessel eingenickt sein und schreckte plötzlich hoch. Mein Nacken schmerzte, der Alkohol peinigte meinen Kopf, in der Kehle brannten Gewürze, deren Namen ich nicht kannte. Katzky hing mit offenem Mund auf dem Sofa und schnarchte. Auf dem Boden lag die Reisetasche, offen. Das blaue Seidenpapier, in das der Schal eingeschlagen gewesen war, bewegte sich im Luftzug auf dem Teppich vor der Tür. Mingji war verschwunden. Allein ihr schwüles Parfum hing noch in der

Luft. Ich war mit einem Satz auf den Beinen und stand einen Augenblick später keuchend auf der Straße.

Wenn es eine Steigerung der Dunkelheit gäbe, dann hätte dieses finstere Wort auf diese Nacht in Shanghai zugetroffen. Die Luft war feucht und undurchdringlich, aber man hörte ferne Musik, das Todesgellen eines Huhnes, das Wispern der Zikaden, Stimmen, die in einer fremden Sprache keiften. Ich hatte keine Angst.

Mingji stand in einem Hauseingang, ein Stückchen die Straße hinunter. Sie war von vier Soldaten umringt, die auf sie einbrüllten. Um die schmalen Schultern trug sie unseren Diamantschal, Katzkys ganzes Vermögen. Sie stand mit dem Rücken an der Wand, aber sie keifte und trat nach den Soldaten, die versuchten, sie zu packen. Es war klar, daß sie im nächsten Moment verhaftet werden würde. Und mit ihr der Schal.

Die Soldaten bemerkten mich sofort, ließen von ihr ab und drehten sich ungläubig zu mir um. Ich wies auf Mingji und sagte auf Deutsch, daß sie meine Freundin sei und daß ich sie gesucht habe. Etwas anderes fiel mir in diesem Moment nicht ein. Ich redete und gestikulierte, so gut ich konnte, dann probierte ich es mit Schimpfen. Aber sie verstanden mich ohnehin nicht. Mingji versuchte die Verblüffung der Männer zur Flucht zu nutzen, kam aber nur drei Schritte weit, dann lag sie im Schlamm auf dem Bauch und zappelte, die weiße Wade unter dem Stiefel eines lachenden Japaners. Ich sprang auf sie zu und reichte ihr die Hand. Schon lag ich neben ihr, das Gesicht nach unten. Jemand hatte meine Arme gepackt, auf dem Rücken fühlte ich ein Knie. Ich drehte den Kopf auf die Seite. Mingjis Augen in dem kleinen, schlammbespritzten Gesicht waren dicht vor meinen. Sie blickte mich fassungslos an. Auf ihrer Schulter glitzerten Brillanten im Wert von einer halben Million Reichsmark.

Die Soldaten diskutierten eine Weile, dann zerrten sie

uns auf die Beine und führten uns zu ihrem Wagen. Wir fuhren fast eine Stunde lang, bis nach Chapej, wo sich ihr Hauptquartier befand. Ich wurde in eine Zelle geführt, Mingji in eine andere. Dann passierte eine ganze Zeitlang gar nichts.

Es muß wohl die Nachwirkung von Katzkys schottischem Whisky gewesen sein, die mir die Fähigkeit gab, sofort auf dem rohen Lehmboden einzuschlafen, ohne Furcht vor den Kakerlaken, die hier zweifellos herumgekrabbelt sein müssen, und ohne einen Anflug von Angst. Als ich erwachte, stand ein Paar schwarzer Stiefel vor meinem Gesicht. »Bitte stehen Sie auf«, sagte eine Stimme auf Deutsch, »kommen Sie mit mir.«

Ich folgte dem Uniformierten benommen durch ein Gewirr von hell erleuchteten Gängen. Manchmal drehte er sich zu mir um, nickte und ging dann weiter. Am Ende des Ganges stieß er eine Tür auf und ließ mich zuerst eintreten. Er bot mir einen Platz an und setzte sich hinter seinen Schreibtisch.

»Mein Name ist Kawusabu. Ich bin Oberst der japanischen Armee.« Er sah mich an und wartete.

»Woher sprechen Sie meine Sprache?«

Er schien zu überlegen. »Es tut mir aufrichtig leid, wenn meine Männer Sie unsanft angefaßt haben. Das Fräulein, um das Sie sich bemüht haben, ist eine Prostituierte. Es gibt eine Vorschrift, die besagt, daß diese Frauen sich nicht nachts auf den Straßen herumtreiben dürfen. Außerdem hat sie keine Papiere. Das haben Sie natürlich nicht gewußt. Wenn Sie wollen, bringe ich Sie sofort wieder in Ihre Unterkunft zurück.«

»Das wäre nett.« Er hatte etwas an sich, das mich verwirrte. Vielleicht waren es die ruhigen, schmalen Augen. Die weiche Stimme. Sein Bemühen um Höflichkeit. Vielleicht liebte ich ihn auch schon in diesem Moment. Er hat das jedenfalls später immer behauptet.

»Darf ich Ihnen etwas zu trinken anbieten? Als Wiedergutmachung? Oder wollen Sie sich frisch machen?« Er wies auf eine Tür. »Es ist ein europäisches Badezimmer.«

»Ein Drink wäre gut.« Ich hörte mich diesen Satz sagen, aber ich konnte nicht mehr denken.

Er stand auf, holte zwei Gläser und goß eine klare Flüssigkeit ein. »Der Gin ist nicht so kalt, wie er sein müßte.«

»Manches müßte anders sein.« Was war nur mit mir los? Ich ergriff das Glas. Unsere Finger berührten einander. Wir zuckten beide zurück. Dann lachten wir. Er war genauso durcheinander wie ich. Diese Nacht war eine der seltsamsten in meinem Leben. So, als hätten wir immer aufeinander gewartet und als ginge es jetzt nur noch darum, die wichtigsten Informationen auszutauschen. Eine schlammverkrustete deutsche Geschäftsfrau von vierundvierzig Jahren und ein um Fassung ringender junger Japaner. Ich erfuhr, daß er achtundzwanzig Jahre alt war und verheiratet, »im traditionellen japanischen Sinne«, wie er betonte. Was das zu bedeuten hatte, erfuhr ich erst viele Jahrzehnte später. Einstweilen hatte ich die Vorstellung von einer Papierehe, aus dünnem, mit kleinen Kulis bedrucktem Japanpapier vielleicht, dem Material, in das wir einige unserer Scherzartikel verpackten. Jedenfalls war seine Ehe etwas, das hier und zwischen uns nicht galt.

Kawusabu entstammte einer Kaufmannsfamilie, die mit Schönheitsmitteln, Kreiden und allerlei Wässerchen handelte, heute würde man sagen, es war ein pharmazeutischer Konzern. Er war der einzige Sohn und Erbe des Imperiums. Solange er bei der japanischen Armee in Shanghai diente, führte sein alter Vater die Geschäfte wieder allein. Kawusabu war nach dem frühen Tod seiner Mutter in England erzogen worden. Später ging er wie ein Sohn im Haus des deutschen Botschafters in Tokio ein und aus, die Frau des Botschafters wurde so etwas wie seine Ziehmutter. Jetzt genoß er es sichtlich, wieder einmal deutsch sprechen zu können. Und er bemühte sich rührend, eine Art von Lockerheit zu zeigen, die er wohl während seiner Internatszeit in England bei seinen Mitschülern beobachtet haben mußte. Immer wieder korrigierte er seine steife Sitzhaltung in Richtung eines lässigen Lungerns, warf eine unsichtbare Tolle aus der Stirn, spielte mit den Fingern auf der Schreibtischplatte Piano. Ich hätte mich totlachen können.

Ich berichtete ihm von meiner Firma und von unseren Produkten, was ihn unglaublich erheiterte, und als wir nach der ersten Flasche Gin persönlicher wurden, erklärte ich ihm die Sache mit Katzky und den Diamanten. Ich hätte bis dahin niemals gedacht, daß ich so komisch sein könnte. In meiner Erzählung geriet meine Reise nach Shanghai zu einer Posse, in der sich eine von Übelkeit geplagte Dame an einen Seidenschal klammert. Sogar die Begegnung mit der schlecht gelaunten Mingji und der Diebstahl des Schals verloren alle Schwere, denn Kawusabu konnte lachen, wie ich noch niemals zuvor einen Menschen hatte lachen hören. Heute weiß ich, daß wir beide bis zu diesem Abend sehr traurige Menschen gewesen sind. Und daß es zwischen uns eine Verwandtschaft der Seelen gegeben hat, die allen Kummer erlöste. Wenn wir beieinander waren, fühlten wir uns leicht und frei. Wir hätten alles machen können.

Als er mich im Morgengrauen mitsamt dem Schal, den er der verblüfften Mingji wieder weggenommen hatte, in mein Appartement zurückbrachte, waren wir beide erschöpft von Heiterkeit und Wärme, und wir umarmten und küßten uns im Auto, auf dem Flur des Mietshauses und schließlich in meinem Bett. Als ich nach dieser Nacht erwachte, wußte ich, daß wir ein Lebenlang zusammenbleiben würden.

*

In den folgenden Wochen sahen wir uns jeden Tag und jede einzelne Nacht. Meistens holte Kawusabu mich schon mittags mit dem Auto ab, und Katzky ließ es sich nicht nehmen, als erster nach unten zur Haustür zu stapfen und ihn feindselig anzustarren. Kawusabu fand das äußerst komisch. Aber auch Mingji hatte sich seit dieser Nacht verändert. Wenn ich ihr auf dem Flur begegnete, blieb sie erschrocken stehen und verbeugte sich ernst. Sie brachte unaufgefordert meine Wäsche zum Waschen, putzte heimlich meine kleine Wohnung, und abends, wenn Kawusabu und ich nach Hause kamen, stand auf dem Sideboard immer ein kleiner Imbiß unter einer Fliegenhaube, daneben meist eine Flasche Gin, und das Bett war stets mit frischen, nach Patschuli duftenden Leintüchern bezogen, auf denen nicht selten frische Rosen- oder Jasminblüten verstreut waren.

Zum Lunch gingen wir entweder in das Tower-Restaurant auf dem Dach des Cathay-Hotels oder wir fuhren in den Shanghai-Club und nahmen einen Tisch am Fenster, von wo aus man einen herrlichen Blick auf das Wasser hatte. Die vorbeiziehenden, überladenen Boote der Händler, ein schwankendes weißes Totenschiff, den mächtigen grauen Leib der schwer armierten H.M.S. Birmingham. Einmal bekam ich Heimweh nach Hamburg, und wir wechselten mitten im Menü den Tisch.

Die japanischen, chinesischen und englischen Geschäftsleute, die sich hier alltäglich zum Essen trafen, mußten offenbar all ihre gute Erziehung aufbieten, um uns nicht pausenlos anzustarren. Denn Kawusabu nahm auch in der Öffentlichkeit meine Hand, fütterte mich von seiner Gabel mit Garnelenhäppchen und übersetzte halblaut japanische Poesie, wenn ihm wieder einmal eine auf meine Augen, mein Haar, meine Haut oder meine Schamlippen zutreffende Zeile eines Gedichtes in den Sinn kam. »Gefrorener Sonnenuntergang am ersten Abend im

Winter«, das war das Rot meiner Haare. »Flüchtiges Mondlicht auf dem Veilchen, das am Wasser wächst« – meine Augen. Unterhalb der Gürtellinie ging es in den Bereich von Jade und Rosenquarz. Ich mußte mich immer sehr beherrschen, um nicht laut loszulachen, aber meine unterdrückte Heiterkeit erboste ihn nicht. Sie erregte ihn. Dann stand ihm der Sinn nach »Jadestab in einem Meer aus Blüten, auf die der Morgentau gefallen ist« und wir beeilten uns, in mein Appartement zu kommen.

Am dreizehnten Februar 1940, meinem fünfundvierzigsten Geburtstag, hatte er eine besondere Überraschung für mich. Der Abend begann in Didi´s Café, einem Etablissement, das ich wegen der beiden charmanten Kellner mochte, Stein und Friedman, zwei weißrussischen Juden. Kawusabu hatte eisgekühlten Ayala vorbestellt, meinen Lieblingschampagner, und ich wurde umsorgt und umschwirrt wie eine Braut. Diesmal schafften wir es bis zum Dessert, einem echten Wiener Apfelstrudel, dann sprang Kawusabu plötzlich auf, nahm meine Hand und zog mich auf die Straße. Draußen wartete ein Wagen, und ich glaubte zu wissen, was das bedeutete. »Machen wir jetzt Jadestab und Rosenblüte auf dem Rücken des Tigers?« Ich konnte vor Lachen kaum noch sprechen.

Aber Kawusabu nahm mich nur in die Arme und hielt meine Hände fest. »Du mußt etwas warten.« Wir küßten uns, und er streichelte meine Wangen.

Der Weg war nicht weit, aber er kam mir endlos vor. Nach einiger Zeit hielt der Wagen vor einem schwach erleuchteten Haus im Hongkew District. Vor der Tür blieb Kawusabu stehen und sah mich lächelnd an. »Du bekommst heute abend ein Geschenk, aber du bekommst es nicht von mir.«

»Das klingt sehr geheimnisvoll.«

Er ließ seine Hand über meinen Rücken gleiten. »Ja«, sagte er. »Es ist ein großes Geheimnis. Man nennt es: ›Wirf mich ins Meer zurück‹.« Er zögerte. »Mingji möchte dir dieses Geheimnis anvertrauen. Aus Dankbarkeit für das, was du für sie getan hast. Es ist das Wertvollste, was sie besitzt.«

Ich lehnte meinen Kopf an seine Schulter und schloß die Augen. Was könnte Mingji mir geben? Mir fielen ihre billigen Kleidchen ein, die schillernden Haarreifen, die sie trug, die große ordinäre Kette aus bunten Halbedelsteinen.

Kawusabu drückte mich an sich. »Hab keine Angst. Wir können sofort wieder zurückfahren, wenn du es möchtest. Aber wenn du mit mir in dieses Haus gehst, dann wird Mingji dich einweihen.«

»Oh, ein Zaubertrick?«

Er lachte laut auf. »Ja, das ist es. Und wenn du ihn kennst, dann wirst du die Macht über mich haben, die du dir wünschst.«

»Aber die habe ich doch schon.«

Seine Augen funkelten. »Nein, die hast du noch nicht.«

*

Sie hatten auf uns gewartet. Es gab keine anderen Gäste in dieser Nacht.

Kawusabu öffnete die Tür und führte mich in die erste Etage eines gepflegten Holzhauses. Die Wände waren mit roten und rosa Seidentüchern verhüllt, in einer Ecke des Raumes stand ein buddhistischer Altar, auf dem Boden lagen bestickte Sitzkissen um einen flachen Lacktisch herum. Kawusabu drückte mich an sich. »Ich werde dich jetzt für eine Weile verlassen. Wir sehen uns später in einem anderen Raum.« Er zögerte einen Moment. »Wenn wir uns wiedersehen, werden wir ein japanisches Liebespaar sein.« Dann ging er hinaus, und ich hörte, wie er auf dem Korridor leise mit einer Frau in seiner Sprache sprach.

Ohne daß ich ihr Kommen bemerkt hätte, standen plötzlich zwei junge Frauen in glänzenden Kimonos vor mir, aber keine von beiden war Mingji. Sie führten mich in einen angrenzenden Raum, der als Badezimmer diente, und begannen, mich bis auf die Haut zu entkleiden und mit Wasser und großen Mengen Seife zu reinigen. Die ganze Prozedur dauerte ewig und fand im Stehen neben der Wanne statt, in der schon heißes, klares Wasser dampfte. Dann spülten sie Wasser aus Schöpfkellen über mich, immer und immer wieder. Schließlich reichten sie mir die Hände und ließen mich in den riesigen Holzzuber gleiten. Die Hitze raubte mir den Atem. Sie kicherten und verschwanden.

Als sie nach einer Weile zurückkamen, war ich so schläfrig wie nie zuvor. Der heiße Wasserdampf hatte meine Gedanken besänftigt und mein Hirn vollkommen entleert. Ich war entschlossen, alles geschehen zu lassen. Sie halfen mir aus der Wanne und trockneten mich mit kühlen glatten Stoffläppchen ab, cremten und parfumierten jeden Millimeter meiner Haut, dann führten sie mich in den Salon zurück, in dem schon die Kleider für diese Nacht bereit lagen: eine Fülle von feinen leichten Seidentüchern, die sie lose um meinen Körper drapierten, so daß sie sich nach vorne hin öffneten und bewirkten, daß ich mich nackter fühlte als vorher. Dann wiesen sie auf eine Tür an der Stirnseite des Salons und ließen mich allein.

Kawusabu lag im angrenzenden Raum auf einem hohen Lager aus aufeinander geschichteten rotseidenen Futons, fast wie auf einem Bett, nur daß die Liegefläche um ein Vielfaches größer war. Auf einem Tischchen brannten kleine rote Lampen. Er war mit einem dem meinen ähnlichen Gewand angetan und hatte die Augen geschlossen.

Mingji muß im Dunkel hinter dem Paravent gestanden haben. Ich hatte sie nicht bemerkt und zuckte zusammen, als plötzlich jemand meine Hand berührte. Sie hatte ihre langen, seidigen Haare gelöst und war völlig nackt, eine Frau wie eine Statue aus glattem, weichem Holz.

Ich weiß nicht mehr, was ich bis zu diesem Augenblick erwartet hatte. Aber als Mingji sich plötzlich neben Kawusabu kniete und mir bedeutete, mich an seine andere Seite zu setzen, wäre ich am liebsten hinausgerannt, nur weg von hier, alleine durch die Straßen von Shanghai, bis in die wärmende Übersichtlichkeit meiner Wohnung. Aber ich flüchtete nicht. Ich stand einfach da und zitterte, ohne zu frieren. Beide schienen die Spannung zu spüren, die nun im Raum lag. Kawusabu atmete betont ruhig und tief. Wenn er ein Christ gewesen wäre, hätte ich gesagt, er sandte Stoßgebete zum Himmel, damit ich nicht davonliefe. Mingji blickte mich aus ihren sanften Augen an und wartete.

Ich machte eine langsame Bewegung auf die beiden zu. Mingji lächelte. Dann schlug ich die Tücher meines Gewandes zurück und kniete mich an Kawusabus Seite. Die roten Seidenpolster, auf denen er ruhte, waren weicher, als sie aussahen. Meine Knie berührten seinen Oberschenkel, er drückte ihn leicht gegen mich und fiel dann sofort wieder zurück in die Position der Duldung, die für diese Art der Liebe vorgesehen war.

Mingji senkte den Kopf und fuhr mit den Lippen über sein Glied, das sich sofort aus seinem Schlaf erhob. Sie nahm meinen Kopf in ihre Hände und drückte ihn behutsam nach unten. Ich zögerte, ihn zu berühren. Seine Haut schimmerte. Plötzlich spürte ich ihre kleine Zunge an meinem Mund. Sie tänzelte an meinen Lippen. Dann schlang sie plötzlich die Arme um mich und küßte mich so fordernd wie ein Mann. Ich seufzte und wollte mich fallen lassen, aber das gehörte offensichtlich nicht zum Spiel. Sie ließ sofort von mir ab, und ich spürte, wie ich errötete. Wir lächelten uns an. Dann senkten wir die Köpfe und neckten uns an Kawusabus Glied, wie zwei Liebende, die sich um einen Baum herum zu fangen versuchen. Sie züngelte bis zu seiner Eichel hinauf und ließ sie tief in ihren Mund gleiten. Dann tat ich es ihr gleich. Wir versuchten, ihn gemeinsam mit den Lippen zu umarmen. Wir verschlangen ihn in immer schnellerem Rhythmus, abwechselnd sie und ich, wir überboten uns an Leichtigkeit und Tiefe. Er unterdrückte ein Stöhnen. Wir trieben hinweg in einem brennenden Meer.

Plötzlich glitt sie zurück, beugte ihren Körper weit nach hinten und hielt einen Moment später eine Schale mit einer hellen Flüssigkeit in der Hand, die ich bis dahin nicht kannte. Nach dieser Nacht aber konnte ich niemals wieder grünen Tee trinken, ohne an Mingji zu denken. Grüner Tee, wenn er mir später einmal angeboten wurde, war fortan immer nur die unvollständige Hälfte eines Ganzen. Was ihm stets fehlte, war die Süße und die Weichheit der Haut, zu der er gehörte, die leichte Bitterkeit und Rauheit, die er auf der Zunge hinterläßt, braucht unbedingt den weichen Saft der Lust, um sich und seine Trinker zu vollenden.

Sie hielt die Schale vor mein Gesicht, dann nahm sie eine kleine Menge davon in ihren Mund, ohne sie hinunterzuschlucken, und beugte sich langsam nach unten. Sie schien sein Glied durch die geschlossenen Lippen in sich hineinzusaugen, in die weiche, warme Wasserhöhle, behutsam zuerst, dann immer schneller. Kawusabu seufzte. Dann schlürfte sie plötzlich, schluckte und reichte mir die Schale.

Es war wirklich ein Kunststück, und es dauerte die halbe Nacht lang, bis ich es konnte. Kawusabu hatte zusehends Mühe, sich zu beherrschen. Er stöhnte, packte uns an den Haaren und versuchte, uns wieder zu sich hinunterzuziehen und den Vorgang bis in die Unendlichkeit zu verlängern, aber Mingji hatte alles unter Kontrolle und drückte meine Stirn immer wieder hoch, bevor es zu spät war. Dann war sie wieder an der Reihe, und ich sah, daß sie eine Könnerin war, eine Meisterin des Reizens bis zu einem ganz bestimmten, gefährlichen Punkt. Irgendwann aber brüllte Kawusabu ihr etwas in seiner Sprache zu. Und ehe ich mich versah, sprang sie von dem Bett auf, verbeugte sich vor mir und verließ den Raum.

Ich ließ mich erschöpft nach hinten sinken, und Kawusabu warf sich sofort auf mich. Ich schrie und bewegte mein Becken, aber er bedeutete mir zu schweigen und hielt mich eisern fest. Dann drang er in mich ein und blieb einfach ruhig liegen. Wir sahen einander in die Augen und stöhnten, aufs äußerste konzentriert, uns nicht zu rühren. Manchmal streichelte er meine Haare oder küßte meine Lider. Ich spürte die Kontraktionen in meinem Leib, ich fühlte jedes Detail seines Gliedes, den Herzschlag zwischen den Beinen, seinen und meinen. Er drückte mich an sich. »Weißt du, wie das heißt?«

Ich schüttelte heftig den Kopf und bekam sofort den nächsten dieser Anfälle, von denen ich zwanzig Jahre später erfuhr, daß man so etwas einen Orgasmus nennt.

Er wollte das Ganze noch weiter hinauszögern, bis ich zersprang vor Begierde, bis ich ihn um seinen Samen anbettelte. Er war ganz ernst. »Das ist der Hummer, der um Freiheit fleht, an einem Abendstrand.«

Ich weiß nicht, wie es kam. Plötzlich überwältigte mich wieder eine dieser Wellen von Heiterkeit, die ich mein ganzes Dasein lang nur in der Nähe von Kawusabu erlebte. Aber diesmal war er darauf nicht gefaßt. Ich lachte und schüttelte mich unter seinem Körper und vibrierte. Die Tränen liefen über mein Gesicht. Und Kawusabu schloß die Augen und bäumte sich auf und schrie so laut, daß man es am anderen Ende der Welt noch hörte.

Fünf

Norderney
24. Dezember 1999
morgens

Am Morgen um sechs war es in der Küche so kalt, wie es nur in den Küchen sehr alter Häuser werden kann. Die brüchigen Kacheln an den Wänden schienen frostige Luft auszudünsten, an den Fensterscheiben blühten Eisblumen, alle betagten Einrichtungsgegenstände sahen plötzlich größer und unnahbarer aus, als sie waren. Roberta hatte die Nacht schlaflos verbracht, nun war sie froh, daß eine Zeit gekommen war, zu der man mit Anstand aufstehen und Frühstück machen konnte. Sie setzte den riesigen Wasserkessel auf, drehte den Heizkörper an und war erstaunt, daß sich nach einer Weile tatsächlich so etwas wie ein Hauch von Wärme im Raum verbreitete.

Der Kühlschrank stellte nur noch eine Erinnerung an das Leben der Möllers aus. Eine auffällig leichte Milchtüte, eine Pfütze Orangensaft in einer Flasche, zwei verdächtig wirkende braune Eier und die glitschigen Überreste einer Kartoffelmahlzeit in einer Plastikschale. Der Speiseschrank bot Knäckebrot und Marmelade, sonst nichts. Seltsam war nur, daß Möllers ihr so viel Haushaltsgeld hinterlassen hatten. In der Porzellandose auf dem Fensterbrett lag ein dickes Bündel Hunderter, daneben ein halbes Pfund Silbergeld. Ihr schlechtes Gewissen mußte wirklich riesig gewesen sein. Roberta seufzte und setzte sich an den Küchentisch, um einen Einkaufszettel zu schreiben.

Mariechen aß nur so viel wie ein Vogel, wahrscheinlich erwartete sie nicht mehr als eine Kerze auf dem Tablett und ein freundliches Gesicht. Wenn überhaupt. Und Yolanda wußte vermutlich nicht einmal, daß heute Heiligabend war. Außerdem nahm sie ohnehin kaum etwas anderes als Haferflocken mit Milch zu sich, was allerdings auch nicht mehr im Haus war. Bei Lichte betrachtet, war es Roberta selbst, die sich hungrig fühlte und die ein warmes Essen vermißte. Susewind hatte angedeutet, daß er sich erstens nichts aus Weihnachten mache, zweitens über die Feiertage überhaupt nichts vorhabe und drittens ein begabter Hobbykoch sei. Es war zu befürchten, daß er sich selbst einladen würde. Roberta guckte in die Luft. Und wer konnte schon wissen, ob nicht Graustein einmal vorbeischauen würde? »Eine Flasche Champagner«, schrieb Roberta, dann strich sie »eine Flasche« durch und schrieb »drei Flaschen.« Als der Wasserkessel pfiff, war die Einkaufsliste auf Ellenlänge angeschwollen.

Kaum hatte Roberta den Tee aufgebrüht, erschien Yolanda auf der Türschwelle. Sie war fertig angezogen, nur der Pullover war auf links gedreht und das Etikett schaute nach vorne. Sie setzte sich auf die Küchenbank und schob folgsam die Stückchen Knäckebrot mit Marmelade in den Mund, die Roberta ihr hinstellte, und trank den heißen Tee, ohne den Blick zu heben.

»Willst du mit mir zum Einkaufen kommen?« Roberta bezweifelte, daß Yolanda eine große Hilfe beim Tragen wäre, wahrscheinlich müßten sie zweimal laufen.

Yolanda hob kurz den Kopf und aß dann weiter, langsam und bedächtig.

»Möchtest du noch einen Tee?« Sie hielt die Kanne hoch und schaukelte sie leicht hin und her. »Tee?«

Yolanda kaute weiter.

»Oh, da fällt mir etwas ein. Ich habe oben in meinem Zimmer noch einen Apfel. Willst du den haben? Ich muß sowieso meine Jacke holen.«

Beim Wort »Apfel« hob Yolanda ruckartig den Kopf und starrte sie an. Sie sah, daß Yolanda wassergrüne Augen hatte wie eine Nixe, und sie schielte leicht. Plötzlich schien alle Farbe aus ihrem Gesicht zu weichen.

»Na, da hab ich ja das Richtige getroffen.« Irgendwie sah Yolanda nicht gut aus, fand Roberta. So starr. Vielleicht sollte sie Susewind bitten, einmal nach ihr zu sehen. »Du bekommst gleich deinen Apfel, Kleine.«

Yolanda öffnete den Mund wie zu einem Schrei.

»Ich lauf schnell nach oben und bin in einer Sekunde wieder da, o.k.?« Roberta sprang auf und wollte zur Tür rennen. Dann schrie sie auf. Unmittelbar hinter ihrem Stuhl stand ein großer dicker Mann mit wildem, schwarzem Haar und wutentbranntem Blick. Und bevor Roberta reagieren konnte, hatte er sie an den Schultern gepackt und geschüttelt.

»Hilfe! Was machen Sie mit mir?« Sie versuchte, um sich zu schlagen, aber er hielt ihre Arme fest. Yolanda hatte sich auf die Bank gekauert und das Gesicht in den Händen vergraben.

»Wo ist Melanie, das Rabenaas?« Er stieß die Worte zusammen mit einer Schnapsfahne hervor.

Solche Männer kannte Roberta zur Genüge. »In Florida, Sie Arschloch.«

Er ließ sie los wie eine glühende Kohle, starrte sie einen Moment lang an, dann stöhnte er auf, schlug die Hände vors Gesicht und fing an, bitterlich zu weinen. Der ganze große Körper zitterte und wackelte, und ein Strom von Tränen quoll zwischen seinen Händen hervor.

Roberta sah ihn verblüfft an. Eigentlich hatte sie sich Henri anders vorgestellt. Schlanker und jünger, und vor allem hübscher.

»Sie sind doch Henri, oder?«

Henri sah kurz auf und quittierte die Frage mit erneutem Schluchzen.

Yolanda zerbiß krachend ein Stückchen Knäckebrot.

Roberta war im Zweifel, ob sie ihn beruhigen sollte oder lieber hinausschmeißen. Auf jeden Fall schien er eine gewaltige Meise zu haben.

»Setzen Sie sich hin, Henri. Und beruhigen Sie sich doch.«

Aber Henri wollte weder das eine noch das andere.

»Melanie kommt ganz sicher bald zurück. In einer Woche ist sie wieder da. Das ist doch gar nicht so lange. Meine Mutter hat früher immer gesagt, daß gegen Ende des Jahres die Tage viel schneller vergehen.« Sie kam sich irgendwie blöd dabei vor, diesen ungeschlachten Mann zu trösten.

Henri zog den Schleim in der Nase hoch und wischte sich mit dem Ärmel seines dunkelblauen Troyers übers Gesicht. »Das ist es ja gerade.« Als er noch geweint hatte, war sein holländischer Akzent kaum wahrnehmbar gewesen, jetzt aber klang er, als fänden alle Sprechereignisse mit riesigen Mengen Spucke unmittelbar hinter den Zähnen statt.

Sie schob ihm einen Becher mit Tee hin. »Verstehe ich nicht.«

»Mensch, Meisje, wir haben Ostwind und zwanzig Grad Frost. Es fahren keine Schiffe mehr, und bei dem eisigen Wind können auch keine Flugzeuge landen. Wir sind vom Festland abgeschlossen. Wir sind gefangen, abgesperrt ...« Seine Stimme versank in einem erneuten Tränenfluß. »Im Wattenmeer ist schon alles voller Schollen.«

Roberta überlegte kurz. »Wissen Sie eigentlich, wo die Möllers den Schlüssel für die Vorratskeller versteckt haben? Melanie hat es mir gesagt, aber ich habe es wieder vergessen. Hatte nicht gedacht, daß wir den noch gebrauchen könnten.«

Aber er hörte sie gar nicht. »Melanie und ihre doofe Mutter sind mit dem letzten Schiff abgehauen. Und haben mich nicht geweckt. Das war gemein, gemein, gemein ...« Er schlug mit dem Kopf auf die Tischplatte.

Yolanda rückte mit ihrem Brot ein Stückchen zur Seite und aß teilnahmslos weiter.

Roberta betrachtete ihn interessiert. »Aber das ist doch schon zwei Tage her ...«

»Melanie hat immer gesagt, es darf mich hier nie einer sehen. Weil ich doch verheiratet bin und zwei kleine Kinder habe.« Er schluchzte. »Wir sind immer nur auf ihrem Zimmer gewesen und haben gepoppt.« Er schlug mit der Faust ein paarmal in seine flache Hand. »Und es ist doch Weihnachten.«

Männer, die unlogisch waren, beunruhigten sie. Aber Henri schien jetzt ganz friedlich zu sein. Sie lächelte ihn abwesend an. »Vielleicht taut es ja bald wieder, und Sie können zu Ihrer Familie nach Holland fahren.«

Er heulte auf. »Das habe ich vorgestern nachmittag doch auch gedacht, als ich zum Schiffsanleger ging. Und gestern morgen. Sogar gestern abend hätte noch alles gut werden können. Aber jetzt nicht mehr. Die Insulaner sagen, es dauert eine Woche. Oder länger. Im letzten Jahr waren die Inseln fast zehn Tage lang vom Festland abgeschnitten.«

»Könnte der Schlüssel zum Vorratskeller vielleicht irgendwo im Büro sein? Oder wissen Sie wenigstens, wie er aussieht? Ist das so ein großer?« Sie machte eine Geste mit den Händen. »Wie von einem Verlies?«

Henri starrte sie wütend an. »Es geht doch nicht um Fressen. Es geht um Überleben.«

»Glaub ich nicht.« Roberta wischte Yolanda mit dem Zeigefinger einen Marmeladentropfen von der Lippe.

»Aber ich. Meine Frau bringt mich um, wenn ich Weihnachten nicht zu Hause bin.«

»Aber heute ist doch schon Heiligabend. Das würden Sie ja noch nicht einmal schaffen, wenn es sofort taute.«

Henri heulte wieder auf und diesmal klang er wie ein Wolf in einer Falle. »Genau!« Dann sank er auf die Tischplatte und weinte hemmungslos.

*

Als Roberta über den Flur in der zweiten Etage zu ihrem Zimmer eilte, bemerkte sie wieder diesen seltsamen Geruch. Nicht unangenehm eigentlich. Eher altmodisch. Ein Hauch von Kölnisch Wasser und Lavendel und eine Ahnung Mottenmehl. Wenn es in diesem alten Kasten ein Gespenst gab, dann war dies sein Duft.

Sie blieb vor ihrer Zimmertür stehen und lauschte. War da nicht eben ein Geräusch gewesen? So, als mache sich jemand in ihrem Zimmer zu schaffen? Ein Schauder kroch über ihren Rücken. Unsinn. Dieser Henri hatte sie völlig nervös gemacht. Sie faßte sich ein Herz und drückte die Klinke hinunter.

Auf dem Bett saß Mariechen Rosenzweig, wie eine rüstige alte Dame. Sie trug ein kleines graues Wollkostüm und eine Seidenbluse, auf dem Revers prangte eine große Spinnen-Brosche. Die Reisetasche von Roberta lag kopfüber auf der Bettdecke, all ihre Habseligkeiten waren über das kleine Zimmer verstreut, der Kosmetikbeutel, das Tagebuch, ein Foto von Oskar und ihr in einer Kneipe, ein schwarzroter Büstenhalter und der kleine Teddybär.

Mariechen hob nur kurz den Kopf und machte sich weiter an dem elektrischen Damenrasierer in ihren Händen zu schaffen. »Das ist mal ein interessanter Gegenstand! Wir mußten uns früher noch mit Bienenwachs enthaaren.« Sie streckte eine Hand nach dem Apfel auf dem Nachttisch aus und biß vorsichtig hinein. »Und ich kann

Ihnen eines versichern. Kaltwachsenthaarung in der Schamzone ist nichts für Feiglinge.«

Roberta schnappte nach Luft.

»Nun echauffieren Sie sich nicht, Kindchen. Ich will Ihnen ja das dumme Ding nicht klauen.« Sie warf den Rasierer auf den Boden, wo er mit einem kleinen Knall in drei Teile zerfiel. »Ich suche nur den verdammten Vertrag.« Sie blitzte sie aus ihren lila Augen an. »Wo haben Sie ihn versteckt? Unter der Matratze?«

»Er ist hier.« Roberta nahm mit zitternden Fingern eine Klarsichthülle aus der Nachttischschublade.

»Aha!« Sie riß ihn ihr fast aus der Hand und begann sofort, ihn zu studieren. »Kenne ich zwar alles schon, den ganzen Quatsch, aber wir wollen doch mal sehen, ob da nicht auch ein Datum für die Übertragung der Firmenanteile vorgesehen ist.«

»Was haben Sie vor?« Roberta entspannte sich. Vielleicht hatte die Alte nachgedacht und wollte jetzt unterschreiben. Ein Gefühl der Euphorie breitete sich in ihrem Bauch aus. Sollte sie doch ruhig in ihren Sachen wühlen. Das wichtige war der Vertrag. Oskar würde es nicht fassen können.

»Ruhe, bitte.«

»Soll ich Ihnen vielleicht eine Brille holen?«

»Nein. Augen sind noch gut. Aber Tür zu, bitte. Zugluft hasse ich seit hundert Jahren.«

Roberta schloß langsam die Tür. »Aber Sie müssen doch schön im Bett bleiben, Frau Rosenzweig. Sie können hier doch nicht einfach herumgeistern.«

Auf so einen Satz schien sie nur gewartet zu haben. »Nein? Kann ich das nicht? Und warum, bitte schön, soll ich das nicht können?« Sie preßte die Worte zwischen den schmalen Lippen hervor. »Weil ich alt bin? Weil ich endlich sterben soll? Weil es für mich keinen Platz mehr gibt?« Sie starrte Roberta böse an.

»Sie könnten stürzen. Und sich verletzen.« Der Blick dieser Frau war unerträglich. »Oder so«, sagte Roberta leise.

Mariechen lachte bitter auf. »Stürzen. Hoho. Am Ende wäre ich dann vielleicht noch tot?«

»Ja«, sagte Roberta schlicht.

Die kleine alte Frau kam mittlerweile immer mehr in Rage. »Aber das wollt ihr doch alle. Ich soll endlich abkratzen, stimmt's?« Sie zitterte.

Roberta spürte, wie ihr die Tränen in die Augen stiegen. Sie mußte all ihre Kraft aufbieten, um überhaupt noch etwas hervorzubringen. »Das stimmt nicht. *Ich* will das nicht.«

Aber Mariechen ließ nicht locker. Sie schrie fast. »Aber warum lassen Sie sich dann auf so etwas ein? Einer alten Frau eine Unterschrift abpressen zu wollen? Haben Sie das nötig?«

»Oskar gibt mir Geld dafür. Dann kaufe ich mir ein Auto.« Sie schluckte.

»Auto? Welche Marke?«

»Weiß noch nicht. Irgend was Besonderes. Einen kleinen Japaner vielleicht.« Roberta kramte in ihrer Hosentasche nach einem Taschentuch, fand aber keines.

Mariechen musterte sie eine Weile, dann lächelte sie plötzlich. »Jetzt sagen Sie mir bitte eines. Was wollten Sie hier im Zimmer?«

»Ich?« Sie blickte auf ihre Schuhe. »Aber dies ist doch mein Zimmer.«

»Beantworten Sie meine Frage.« Mariechen sah sie aufmerksam an.

»Ich wollte für Yolanda einen Apfel holen. Und meine Jacke.«

»Aha. Wohin wollten Sie mit Ihrer Jacke gehen?«

Roberta war verwirrt. »Heute ist Heiligabend, und die Geschäfte machen bald zu. Ich muß einkaufen.«

»Einkaufen? Sehr gut.« Mariechen stemmte sich vom Bett hoch und kam erstaunlich sicher auf ihren klobigen schwarzen Pumps zu stehen. »Ich komme mit.«

Dann stopfte sie den Vertrag in ihre Handtasche und riß die Tür auf. »Worauf warten Sie noch? Und vergessen Sie Ihre Jacke nicht. Es ist kalt.«

*

Sie holten Mariechens Mantel aus ihrem Zimmer, einen flauschigen Pelz, der in einer Schonhülle steckte und dessen Härchen sich wie verwundert aufstellten, als Roberta den Reißverschluß nach unten zog und den Mantel herausnahm. In der Schublade lagen Handschuhe und ein dunkelroter Seidenschal. Eine Kopfbedeckung wollte Mariechen nicht aufsetzen.

»Sie werden sich noch erkälten.« Roberta fand es ihre Pflicht, so einen Satz zu sagen, aber es tat ihr im gleichen Augenblick leid.

»Hören Sie endlich auf, mich wie einen kleinen Idioten zu behandeln.« Mariechen schloß die Klippverschlüsse des Mantels mit energischen Fingern und warf sich den Schal um den Hals. »Ziehen Sie lieber das Kindchen an. Wir können Yolanda schließlich nicht unbeaufsichtigt hier zurücklassen.«

»Sie kennen Yolanda?« Das wäre nicht das erste Mal, daß Yolanda hier alleine im Hotel säße, dachte Roberta.

Mariechen ließ einen Grunzlaut hören. »Natürlich kenne ich das Kindchen. Dies ist wohl der vierte Jahreswechsel, den wir hier gemeinsam in Abschiebung verbringen. Oder glauben Sie etwa, daß ich die letzten Jahre im Koma verbracht habe?« Ihre Stimme stieg schon wieder gefährlich hoch an. »Ich war nur müde. Aber das ist jetzt vorbei. Nun glotzen Sie nicht so kuhäugig.«

Roberta beeilte sich, nach unten zu kommen, achtete

jedoch darauf, daß sie auf der Treppe immer einen Schritt vor Mariechen blieb, falls diese stürzen würde.

»Nun laufen Sie mir doch nicht ständig vor den Füßen herum«, schnarrte die Alte. »Sie sind wie ein schlecht erzogener Köter.«

Roberta schluckte.

In der Küche saß Yolanda in Anorak und Schal und Mütze eingemummelt und wartete. Ihr Blick war auf den Tisch geheftet. Neben ihr auf der Bank hockte Henri und malte Fische auf den Einkaufszettel.

»Wollen Sie vielleicht auch noch mit zum Einkaufen?« Sie spürte selbst, daß ihre Stimme genervt klang. Mariechen lächelte zufrieden.

Er schreckte hoch. »Was? Ich? Nee. Ich habe eben mit meiner Frau telefoniert.« Er sah wirklich blaß aus. »Sie hat gesagt, ich soll zum Teufel gehen.« Seine Stimme brach schon wieder.

Mariechen hob interessiert die Brauen.

»Also gut, wir gehen jetzt einkaufen.« Roberta schnappte sich den Einkaufskorb, tippte Yolanda an und hielt Mariechen die Tür auf.

»Wo ist eigentlich der Hummer?« rief Henri ihnen mit erstickender Stimme nach. »Bringt mal ein bißchen Mayonnaise mit.«

Roberta drehte sich auf der Schwelle noch einmal zu ihm um und zeigte ihm einen Vogel.

*

Der eisige Wind schlug ihnen direkt ins Gesicht. Winzige Schneeflocken wirbelten durch die graue Luft, die Bürgersteige waren mit Placken von weißem Eis bedeckt. Die weiten Straßen mit den zweistöckigen, roten Backsteinhäusern waren menschenleer. Nur ein Fahrradfahrer quälte sich mit gesenktem Kopf den Weg zur Promenade hinunter. Roberta nahm Yolanda bei der Hand, die sich das sogar gefallen ließ. Mariechen trippelte wie ein seltenes, cremefarbenes Tier neben ihnen her.

In Ernies Feinkostladen herrschte Hochbetrieb. Vor dem langen Glastresen drängelten dick eingemummelte Leute in Zweierreihen und riefen den vier wie Billardkugeln hin- und herschießenden Verkäuferinnen ihre Wünsche zu. An der Kasse stand ein würdiger, alter Herr im weißen Kittel und wünschte den bereits abgefertigten und nun schwer beladenen Kunden ein gesegnetes Fest. Wann immer sich die Ladentür öffnete und wieder schloß, kam ein Schwall trockener, kalter Luft herein. Jedesmal nahm dies jemand zum Anlaß, eine Bemerkung über das Wetter zu machen. Kalt wie noch nie sei es. Im Wattenmeer habe ein Tourist einen gefrorenen Schwan gefunden und wolle ihn nun ausstopfen lassen. Jemand sagte etwas auf Plattdeutsch. Die Einheimischen quittierten den Satz mit dröhnendem Gelächter. Roberta wich einen Schritt zurück und wäre fast in eine Pyramide von aufgeschichteten Kaviardosen gerutscht. Aber niemand nahm von ihnen Notiz.

Das Schiff würde in den kommenden Tagen auf keinen Fall fahren können, sagte jemand, der eine blaue Schirmmütze mit dem Emblem der Reederei auf dem Kopf trug. So früh wie in diesem Winter sei die Insel noch niemals vom Festland abgeschnitten gewesen, antwortete der Ladenbesitzer. Die Lebensmittel aber seien noch lange nicht knapp. Obwohl es im vorigen Jahr schon nach wenigen Tagen keine Milch mehr gegeben habe. Roberta sah, wie ein bärtiger Mann plötzlich sein Baby aus dem Buggy nahm, und statt dessen ein gutes Dutzend Milchtüten in den Fellsack lud. Hauptsache, es sei immer genug Bier da, tönte ein junger Bursche. Der Ladeninhaber an der Kasse nickte bei jedem neuen Detail ergeben mit dem Kopf und ließ unverdrossen die Kasse klingeln. Seine Frau verteilte Schokoladenweihnachtsmänner an die Hinausgehenden.

Einheimische wurden offenbar bevorzugt behandelt, kauften aber erheblich weniger ein als die Touristen. Roberta sah, wie ein Mann mit Pelzmütze seinen Korb aus der hinteren Reihe über den Verkaufstresen langte und ihn mit Brot und Aufschnitt füllen ließ. Einige der Kunden moserten auf Hochdeutsch. Andere machten Bemerkungen in dem Dialekt, den Roberta nicht verstand, und schütteten sich aus vor Lachen. In der vordersten Reihe entdeckte sie Susewind, der ihr zuwinkte. »Warte auf mich, ich muß dich etwas fragen.« Roberta nickte abwesend. Sie versuchte das Ende der Warteschlange auszumachen, kramte ihren Zettel hervor, der vor lauter gemalten Fischen kaum noch lesbar war, und stellte sich geduldig hinten an.

»Wer ist hier der Ladeninhaber? Ist das vielleicht ein gewisser Ernie Butt?« Mariechens Stimme war so laut und so schneidend, daß plötzlich alle Gespräche im Laden verstummten. Die Kunden drehten sich verblüfft nach ihr um. Sie stand klein und flauschig mitten im Raum wie eine Eiskönigin, die plötzlich erschienen war.

»Ernie Butt war mein Großvater«, sagte der ältere Herr an der Kasse und warf sich in seine weiße Kittelbrust. »Er wäre jetzt hundertzehn. Er hat das Geschäft gegründet.«

Mariechen musterte ihn von oben bis unten. »Meine Güte! Dann sind Sie am Ende der junge Emil?«

Der Ladeninhaber lächelte geschmeichelt. »Jung. Nun ja. Wie man es nimmt. Aber ich kenne Sie gar nicht, gnädige Frau.«

»Als ich Sie das letzte Mal gesehen habe, waren Sie ein junger Mann von vielleicht achtzehn oder zwanzig Jahren. Das muß Ende der fünfziger Jahre gewesen sein.«

»Ach, wirklich?« Die Frau des Ladeninhabers näherte sich Mariechen mit ihrem Karton voller Weihnachtsmänner. Einige Kunden nahmen ihre Gespräche wieder auf.

Mariechen nickte. »Ja, und Ihr Großvater machte sich

immer große Sorgen um Sie. Ich kannte ihn gut. Er lieferte mir immer mein Badener Quellwasser. Haben Sie eigentlich doch geheiratet?« Sie machte eine kleine Pause. Es war jetzt wieder ganz ruhig im Raum, nur die Wurstschneidemaschine lief noch. »Ich habe ihm damals ganz im Vertrauen unseren Chirurgen empfohlen, den alten Hofrat Cassius.« Sie schaute ihn aufmerksam an.

Der Ladenbesitzer trat unruhig von einem Fuß auf den anderen.

Mariechen lächelte liebenswürdig. »So eine Vorhautverengung war ja damals kein Pappenstiel. Ihr Großvater hatte Angst, daß Sie niemals würden Geschlechtsverkehr haben können. Und daß Sie nur deswegen Ihr Herz für die jungen Männer entdeckt hatten.« Einige der Kunden hatten sich abgewendet, andere starrten mit offenen Mündern.

Mariechen seufzte. Ihre Stimme war jetzt hoch und klar und hell wie ein Glöckchen. »Er hätte einer fremden Dame so etwas niemals anvertraut, wenn er nicht völlig verzweifelt gewesen wäre. Er bangte lediglich um die Zukunft seines Geschäftes!«

»Wir haben vier Töchter«, sagte die Frau des Ladenbesitzers nun würdevoll und zeigte mit dem ausgestreckten Finger hinter den Ladentisch, wo vier runde, rotwangige Frauen in ihren gestärkten Kitteln erstarrten. »Und alle sind ganz der Vater.«

»Ach, wirklich?« Mariechen sah gar nicht hin und hob würdevoll eine Hand. »Welchen Champagner können Sie uns heute empfehlen, Herr Butt? Von Veuve muß ich immer aufstoßen. Führen Sie Ayala?«

Der Ladenbesitzer zögerte einen Moment. Roberta konnte die kleinen Schweißtröpfchen auf seinen Wangen sehen. Doch dann überwog der Geschäftsmann in ihm, und er setzte ein gezwungenes Lächeln auf. »Wir führen vierzig Sorten Champagner. Wenn Sie sich bitte hierher bemühen wollen, gnädige Frau.« Er wedelte sie zum Spirituosenregal.

Die Frau des Ladenbesitzers schrie laut auf. »Momentchen mal, junges Fräulein, das geht aber nicht.« Yolanda war eben im Begriff, einen Kasten Pralinen, auf dem Pferde abgebildet waren, von der Zellophanhülle zu befreien. Zu ihren Füßen lagen zwei weitere aufgerissene Schachteln. Roberta versuchte sich zu ihr durchzudrängeln, aber der Kinderwagen mit den Milchtüten stand wie eine Barrikade vor ihren Beinen.

Mariechens Stimme war schneidend wie der Wind. »Packen Sie dem Kindchen die Pralinen ein, Frau Butt, und zeigen Sie ihr bitte, was Sie haben, Yolanda wählt selbst aus.« Sie atmete geräuschvoll durch die Nase ein. »Den Konfekt vom Boden möchten wir natürlich nicht.« Einige der Kunden kicherten. »Psst«, machte einer, »sei doch mal ruhig, was sie noch sagt.«

»Mensch, die Alte ist ja ein ganz schönes Kaliber.« Susewind wurde von der Menge näher an Roberta herangedrückt, als ihr lieb war. »Find ich gut von dir, daß du sie einfach so zum Einkaufen mitnimmst.« Er strahlte sie an. »Ich hab eine gute Nachricht für dich.« Er senkte die Stimme. »Dieser Butt will euren Hummer kaufen. Bietet ein irrsinniges Geld dafür.«

»Ach, sind Sie das mit dem Hummer?« fragte einer der Umstehenden, ein fleischiger Mann mit einem großen, runden Kopf. »Den Hummer nehme *ich*. Ich habe das heute morgen schon mit Emil klargemacht. Wo haben Sie das Viech denn?«

»Aber du wolltest ihn doch bei dir aufbewahren, bis Melanie zurückkommt?« Roberta sah Susewind stirnrunzelnd an. »Du kennst dich doch aus mit Meerestieren.«

»Jaaa«, machte Susewind gedehnt. »Wollte ich auch. Aber er hat mir heute nacht das Luftkabel von meinem

Aquarium durchgebissen. Fast wären mir die ganzen Muscheln erstickt.«

»Läßt du ihn denn frei ... herumkrabbeln?« Roberta gruselte sich schon wieder.

Susewind lächelte sie an. »Er hat mir leid getan in seiner Box. Außerdem hat er die ganze Zeit randaliert. Ich konnte ja nicht ahnen, daß er solche kriminelle Energie hat.«

»Also, was ist nun mit dem Biest? Butt hat gesagt, daß er zweihundert Jahre alt ist und so groß wie ´n Schäferhund.« Der Restaurantbesitzer grinste. »Den machen wir à la termidor, am glühenden Eisenstab, das sieht am besten aus. So meine sechzig Portionen krieg ich davon, schätz ich mal. Oder?« Er sah Susewind fragend an.

»Er ist etwa hundertzwanzig Jahre alt. Und so groß wie ...« Susewind sah sich suchend im Raum um. »So lang wie Ihr Bein ungefähr. Und auch so dick.«

Der Restaurantbesitzer sah erschrocken an sich herunter. »So lang, ach so. Und was wollen Sie dafür haben? Ich meine, wir können ja die Handelskette auch verkürzen, wenn wir uns nun schon mal so nett unterhalten.« Er reckte seinen Hals nach Emil Butt, aber der war eben dabei, Mariechen ein Tablett mit Rohmilchkäsen vorzuführen. »Der hört nichts. Der hat schon wieder ordentlich einen im Tee. Also, was ist, junger Mann? Ich müßte das jetzt auch wissen, wegen der Werbung. ›Komm mit mir zum Silvestertanz, ich zeig dir auch den größten Hummerschwanz.‹ Oder so. Die Werbung macht meine Frau.«

Susewind und Roberta starrten ihn an.

Er holte tief Luft. »Na gut. Sagen wir fünfhundert bar auf die Kralle. Steuer brauchen wir beide ja nicht.«

»Der Hummer ist nicht zu verkaufen.« Mariechens Stimme übertönte über alle Köpfe hinweg den tiefen Baß des Restaurantbesitzers. »Nicht an einen wie Sie.« Zwischen den Umstehenden bildete sich eine Gasse, die direkt von Mariechen zu Susewind führte.

Susewind lächelte sie an.

»Sie kommen doch heute abend zu uns zum Weihnachtsdinner, Herr Susewind?«

Er grinste. »Sehr gern, Frau Rosenzweig.« Dann beugte er sich zu Roberta. »Wenn ich das richtig sehe, muß ich das Weihnachtsdinner allerdings selber kochen.« Er kicherte.

Aber Mariechen hatte plötzlich Ohren wie ein Luchs. »Ganz recht, Herr Susewind, das müssen Sie.« Dann nickte sie Roberta kurz zu und wendete sich wieder an den Ladenbesitzer. »Meine Gesellschafterin hat auch noch einige Posten auf ihrem Zettel. Stellen Sie ihr bitte gleich alles zusammen.«

Gesellschafterin, dachte Roberta. Wie das klingt. Susewind stupste ihr den Ellenbogen in die Rippen. Der Ladenbesitzer riß ihr entnervt den Einkaufszettel aus der Hand und begann die einzelnen Waren laut zu verlesen. Seine Töchter flitzten und sammelten alles in den Korb. Die Menge schaute stumm.

»Die Waren lassen Sie in unsere Unterkunft bringen. Pünktlich um dreizehn Uhr, bitte. Wir haben noch einige andere Einkäufe zu erledigen.« Mariechen schritt zur Kasse und nestelte ein altmodisches, rosafarbenes Portemonnaie aus ihrer Manteltasche. »Nun werden wir sehen, ob wir nicht abgebrannt sind.«

Das war das Stichwort für Frau Butt. »Das allerdings sollte man sich vorher überlegen, wenn man schon so einen hochwertigen Einkauf macht«, stieß sie spitz hervor. Dann addierte sie mit flinken Fingern die Beträge auf der Registrierkasse und ließ es tüchtig klingeln. »Neunhundertneunzig Mark, auf den Pfennig genau.« Sie sah Mariechen triumphierend an. »Wir nehmen nur Bargeld.«

Mariechen nahm ihr Portemonnaie in beide Hände und

schien einen Moment lang zu überlegen. Sie sah sehr klein aus und sehr zart in ihrem dicken Pelz. Die anderen Kunden rückten langsam näher. Es war jetzt so leise, daß man eine Käsescheibe hätte zu Boden fallen hören können.

»Na?« machte Frau Butt und reckte den Hals ganz nahe über Mariechens Portemonnaie.

Mariechen hielt die Börse schräg, so, als wolle sie zeigen, wie leer sie sei. Sie ließ den Klipp aufspringen. Es zischte kurz. Und dann schoß eine gewaltige Stichflamme empor, bläulich lodernd wie ein Höllenfeuer. Einige der Umstehenden schrien auf, andere waren mit einem Satz bei der Tür. Frau Butt faßte sich an die Stirn, von der eine verkohlte Locke herabbaumelte. Einen Augenblick später war der Spuk vorbei. Einige Kunden kicherten.

Mariechen hielt ihr mit unbewegtem Gesicht einen Tausendmarkschein unter die Nase. »Hätte nicht gedacht, daß der Mechanismus noch funktioniert nach all den Jahren.« Sie hob dozierend einen Zeigefinger. »In den fünfziger Jahren haben wir einige tausend Stück davon im Monat verkauft. Die wirklich komischen Scherze drehen sich alle um die Grundbedürfnisse unseres Lebens. Um Neugierde. Um Geld. Um Ausscheidungen. Um Angst. Und um die Liebe.«

Dann nickte sie Roberta zu, nahm Yolanda bei der Hand und schritt durch die Tür, die ihr eilfertig aufgehalten wurde. »Ich wünsche Ihnen allen ein gesegnetes Fest. Ade.«

*

Als sie von ihrem Einkaufszug zurückkamen, stand Susewind mit zwei Plastiktüten in der Hand auf der Freitreppe des Hotels neben einer Schneewehe und wartete. Zu seinen Füßen stand die große weiße Hummerkiste. »Ich war nur ganz kurz in der Küstenstation. Ich dachte, du brauchst meine Hilfe vielleicht sofort.« Er zögerte. »Außerdem wollte ich Lobster nicht so lange alleine lassen. Falls er wieder irgendeinen Scheiß anstellt.«

»Lobster?« Der Eiswind pfiff um die Ecken. Roberta schloß schnell wieder den Mund. »Du hast dem Hummer einen Namen gegeben?«

»Nein, das heißt, ja. Lobster ist ja nur das englische Wort für Hummer.« Es war ihm sichtlich peinlich.

Mariechen musterte ihn stirnrunzelnd und streckte ihren kleinen, spitzen Finger nach der dickeren der beiden Plastiktüten aus. »Ich nehme an, in diesem Beutel befindet sich wenigstens Ihr Abendanzug, Herr Susewind.« Das Wort Beutel klang bei ihr wie Beutelratte. »Unser Weihnachtsfest beginnt pünktlich um siebzehn Uhr. Im übrigen habe ich nicht die Absicht, jetzt noch zu erfrieren.« Sie stieß die schwere Eichentür zur »Residenz« auf, entriß Roberta ihre Einkaufstaschen und wollte sich nicht helfen lassen. Mariechen und Yolanda zogen sich sofort in ihre Zimmer zurück.

Susewind wuchtete die Hummerkiste in die Küche und stellte sie unter den Tisch. Von Henri war außer einer leeren Flasche auf der Anrichte keine Spur zu sehen. Es war zu vermuten, daß er ebenfalls ein Mittagsschläfchen hielt. Roberta gähnte. Da schellte es am Hauptportal.

Die Waren, die ein Schwiegersohn der Butts mit dem Auto anlieferte, verstopften bald die ganze Küche. Überall standen Körbe mit Flaschen, Dosen und Gläsern voller Leckereien. Auf dem Tisch türmten sich in Wachspapier eingerollte Käse, Terrinen mit glänzenden Pasteten, duftende Früchte, ein Büschel tauglänzender Salate, ein riesiger Hase und ein Fasan im Federkleid.

Susewind stand zwischen all den Waren wie in einer Ausstellung. »Interessant«, sagte er und ließ ein Bund Porree durch seine Finger gleiten. »Was glaubt sie wohl, was wir damit machen sollen?«

Roberta sah ihn erschrocken an. »Keine Ahnung. Ehrlich gesagt, kann ich überhaupt nichts kochen. Ich hatte gedacht, daß du ...«

»Beruhige dich, war nur ein Scherz.« Er band sich die Küchenschürze um und fing sofort an, eine Handvoll Schalotten zu schälen und in kleine Stückchen zu hacken. »Vielleicht könntest du uns zumindest Kaffeewasser aufsetzen. Das silberne Ding mit der Nase ist der Kessel, der große Dicke in der Ecke nennt sich Herd. Der Kessel kommt auf einen der schwarzen Tupfen, dann suchst du das kleine Rad mit den vielen Zahlen und stellst es auf drei. Die Drei sieht aus wie ein Popo ...«

Roberta gluckste.

»In welchen Geschäften habt ihr eigentlich sonst noch eure Spur der Verwüstung hinterlassen?« Er schnippelte die Zwiebeln, ohne hinzuschauen, und griff dann nach einem Stück Speck von der Größe einer Bibel. »Das nehmen wir für den Fasan, der wird sonst trocken.«

»Wir waren noch in zwei kleineren Läden. Sie wollte unbedingt Geschenke kaufen.« Roberta steckte sich ein Stückchen Speck in den Mund. »Ich hatte das Gefühl, daß die ganze Insel hinter uns her war. Wie bei so einem modernen Theaterstück, wo das Publikum mitmachen muß. Kaum waren wir in einem Laden, kamen noch zwei Dutzend Kunden herein und glotzten.«

Susewind grinste. »Und hat sie die Nummer mit dem brennenden Portemonnaie noch mal abgezogen?«

»Nein. Aber als der Juwelier ihr ein Kompliment über ihre Brosche machte, spritzte da plötzlich Wasser raus.« Jetzt mußte Roberta plötzlich auch darüber kichern. Vorhin allerdings wäre sie am liebsten im Erdboden versunken. »Die Leute haben sich alle beölt vor Lachen.«

Susewind legte sich ein Handtuch auf die Knie, nahm den Fasan auf den Schoß und begann ihn zu rupfen. »Hat sie eigentlich gar keine Familie?«

Roberta mußte einen Moment lang überlegen. Dann schoß ihr plötzlich das Blut ins Gesicht. »O Gott. Oskar! Den hab ich völlig vergessen. Scheiße, den sollte ich doch anrufen. Was haben wir heute für einen Tag?«

»Heiligabend, wenn ich mich nicht täusche.« Susewind riß dem Fasan die bunten Schwanzfedern aus und legte sie ordentlich auf den Tisch. »Dieser Oskar ist dein Freund, nicht wahr?«

»Ja, das heißt, nein, das heißt doch. Er ist der Enkel von Mariechen. Ach, ich weiß nicht. Seit ich auf der Insel bin, weiß ich gar nichts mehr.«

»Enkel?« Susewind drehte den Fasan auf den Rücken und machte sich über die flaumigen Bauchfedern her. »Der muß ja steinalt sein.«

Roberta wedelte mit der Hand. »Er ist 52. So alt finde ich das eigentlich nicht.« Sie sah ihn kurz an, aber er rupfte unverdrossen weiter. »O.k. Er ist zu alt für mich. Außerdem ist er verheiratet.« Sie sah ihn trotzig an.

»Und warum schickt er dich über Weihnachten zu seiner Oma?« Der Fasan war jetzt fast nackt. Er hatte eine graue, fahle Haut, die aussah, als sei sie ihm ein paar Nummern zu groß. Susewind nahm ein schmales Messer und begann, ihm die Krallen abzusäbeln. »Hat kaum Haarwuchs. Ich denke, das Abflämmen ersparen wir ihm.«

Roberta zögerte. »Willst du auch ein Bier?« Sie lehnte sich weit hinüber zum Kühlschrank und angelte zwei Flaschen heraus. »Früher hatte ich mal einen Freund, der konnte die Bierflaschen mit den Zähnen aufmachen. Aber hier ist auch ein Öffner.«

Susewind sah sie stirnrunzelnd an. »Du lenkst ab.«

Sie prostete ihm schweigend zu und nahm einen tiefen Zug aus ihrer Flasche. »Puh, das tut gut. Soll ich dir etwas sagen? Oskar ist überhaupt nicht mein Typ. Ich wollte dir das eigentlich nicht erzählen. Aber ich träume von einem ganz anderen Typ von Mann.«

»Ach, wirklich?« Susewind ließ den Fasan sinken und schaute Roberta an.

»Ja, ehrlich.« Sie hickste und hielt sich zierlich die Hand vor den Mund. »Also, ich kann das jetzt nicht so ausdrücken. Aber ich meine eher jemanden, der den ganzen Tag draußen ist, der immer mit der Natur umgeht, mit den Elementen …«

»Dir schwebt also ein Naturbursche vor?« Susewinds Ohren röteten sich.

»Ja, genau.« Sie nickte und wurde ebenfalls rot. »Ich denke eben an einen richtigen Mann.«

Susewind legte das Messer aus der Hand und beugte sich zu ihr herüber. Der Fasan verschwand fast völlig unter seinem Oberkörper.

»Und stell dir vor! Irgendwie habe ich das Gefühl, daß ich so einen Mann vielleicht schon gefunden habe.«

Seine blauen Augen verdunkelten sich, wie das Meer bei Sonnenschein.

»Jetzt muß ich nur noch sagen, wer es ist.« Roberta schluckte.

Susewind legte seine Hand auf die ihre. »Das mußt du nicht.« Er atmete tief aus.

»Doch.« Sie lehnte sich zurück und himmelte gegen die weiße Zimmerdecke. »Ich denke an Graustein. Ich glaube, ich habe mich unsterblich in ihn verliebt.«

Sechs

Norderney
Heiligabend 1999

Am frühen Nachmittag klingelte das große schwarze Telefon in der Küche, und Graustein war dran. Roberta fiel fast der Hörer aus der Hand. Mehr als ein gehauchtes »Oh« brachte sie nicht über die Lippen. Susewind äffte sie sofort nach. Roberta stellte glücklich fest, daß auch Graustein ein bißchen befangen war. Er wolle eigentlich nur mal eine Frage stellen. Ob sie nicht vielleicht einen Weihnachtsbaum gebrauchen könnten? Seine Schwester habe ihm erzählt, daß in der »Residenz« groß gefeiert würde.

»Deine Schwester? Ich wußte gar nicht, daß du eine Schwester hast?« Roberta seufzte. Wenn dies ein schnurloses Telefon wäre und sie die Küche verlassen könnte, wäre das bestimmt der Anfang eines schönen langen Gesprächs. Sie zog an der knappen Strippe. Susewind grinste.

Graustein lachte kehlig. Durch das Telefon klang es, als mache er sich an ihrem Ohr zu schaffen.

Roberta mußte sich am Tisch festhalten, um nicht umzufallen. Sie zog Susewind an der Küchenschürze, damit er sich zu ihr umdrehte, dann formte sie mit dem Mund das Wort »Graustein«. Susewind sah sie mit zusammengekniffenen Augen an, warf ein Bündel Petersilie in die Küchenmaschine und begann, auf höchster Stufe zu hacken.

»Stell doch mal das Ding ab.« Sie war wütend, gab ihrer Stimme aber einen weichen Schmelz. »Wir hätten deinen Weihnachtsbaum sehr gerne. Wirklich. Das ist überhaupt *die* Idee.«

Susewind öffnete den Deckel und warf noch eine Handvoll Pfefferkörner in das rasende Mahlwerk. Es klang wie Schrapnellfeuer. »Hast du was zu mir gesagt, meine Liebe?«

»Was ist denn bei euch los?« Graustein brüllte in ihr Ohr. Besonders romantisch klang das nicht.

Roberta streckte die Hand nach der Küchenmaschine aus und riß mit einem Ruck das Kabel aus der Steckdose. Die Küchenmaschine trudelte einen beleidigten Schlußakkord. »Ach nichts. Wir bereiten nur das Abendessen vor.« Sie atmete tief ein. »Wenn du magst, kannst du ja vorbeikommen. Wir haben Fasan. Und Hasenpastete. Und die tollsten Sachen.«

»Hummer wohl auch, was?«

»Oh, du magst gerne Hummer?« Roberta sah, wie Susewind sich mit einem Ruck nach ihr umdrehte und den Kopf schüttelte. Dann bückte er sich zur Hummerkiste unter dem Tisch und schob sie noch weiter unter die Bank, so, als könne Roberta gleich vorschnellen und das Tier in einen Topf werfen.

Sie lauschte einen Moment lang in den Hörer. »Ach, du magst *doch* keinen Hummer? So ein Zufall. Ich nämlich auch überhaupt nicht.«

Susewind folgte dem Gespräch mit Kopfschütteln. »Frag ihn doch mal, ob er den Weihnachtsbaum gleich auf einen Ständer machen kann. Diese Typen haben doch immer jede Menge Werkzeug.«

Seltsamerweise hatte Graustein das gehört. »Sag deinem Freund, daß der Baum bereits auf einem Ständer ist. Und er steht auch schon bei euch vor der Tür. Die Butts hatten ihn noch übrig. Ich dachte, wenn ihr ihn nicht wollt, könntet ihr ihn ja einfach lassen, wo er ist.«

»Nein, nein, wir nehmen ihn gerne. Und wie gesagt, wenn du hier noch vorbeischauen willst …«

Susewind himmelte.

Roberta wendete sich ab.

»Wird schwierig«, sagte Graustein. »Ich bin heute abend bei meiner Schwester eingeladen.«

»Ach ja, deine Schwester.« Roberta lächelte, aber das konnte er ja durchs Telefon nicht sehen.

Trotzdem wurde seine Stimme plötzlich ganz weich. »Aber vielleicht komme ich am späteren Abend noch mal vorbei«, sagte er. »Geht es Yolanda gut?«

»Sie schläft.« Roberta zögerte. »Ich will sie so gegen vier wecken. Dann kann sie heute abend länger aufbleiben.«

»Dann bis später vielleicht.«

»Ja, vielleicht bis später.« Sie legte auf.

»Das war ja ein prickelndes Gespräch.« Susewind nahm ein Messer zur Hand und hackte ein gekochtes Hasenherz in kleine Stücke. »Oh, Sie haben eine Schwester, wie interessant, und ach, Sie haben auch schon einen Ständer …« Er wich nur knapp der Gemüsezwiebel aus, die in Kopfhöhe durch den Raum geflogen kam. »Übrigens bist du süß, wenn du mit Sachen wirfst.«

Roberta stöhnte und nahm einen Stapel Teller aus dem Schrank.

*

Bis um halb vier waren sie so weit, daß es in der »Residenz Inselfriede« nach Weihnachten aussah und auch so duftete. Der Wind trug das Läuten der Kirchenglocken zu ihnen herüber, draußen pfiff der Schnee um die Villa. Grausteins Tannenbaum war wirklich ein Traum, ein großes dichtes Wunder an Ebenmäßigkeit und Seidigkeit, das den trüben Aufenthaltsraum in einen festlichen Saal verwandelte. Roberta hatte einige der Eßtische zu einer langen Tafel zusammengestellt und mit einem riesigen weißen Tischtuch bedeckt. In der Wäschekammer fand sie in einem Schrank sogar einige dreiarmige Kerzenleuchter, glitzerndes Tafelsilber, Servietten aus besticktem Leinen und ganz unten in einem Karton eine große Menge alten Baumschmuck. Es war alles da.

»Wußtest du übrigens, daß bei uns in der Schweiz jede zweite Ehe dadurch gefährdet ist, daß die Männer einen Weihnachtsbaum nach Hause bringen, den die Frauen schrecklich finden? Zu schütter. Oder zu dürr. Oder zu buschig, irgendwas.« Susewind befestigte die letzte Kugel an einem der oberen Zweige und trat einen Schritt zurück. »Der ist perfekt!«

Roberta nickte. »Irgendwie ist das seltsam. Ich glaube, dies ist das erste Mal in meinem Leben, daß ich mich richtig auf ein Weihnachtsfest freue.«

»Das kannst du auch.« Susewind lächelte.

In diesem Moment flog die Tür auf, und Henri kam hereingestolpert. Sein dickes Gesicht war noch vom Mittagsschlaf verquollen. Aber er trug ein gebügeltes, weißes Hemd zu seinen Jeans, um den Hals ein blaues Seidentuch, und in der Hand eine Flasche Bier. »Mann, das riecht hier aber gut.« Er blickte Roberta aus glasigen Augen an. »Wenn ich euch was helfen kann? Ich kann eine sehr gute Hummersauce machen. Das Rezept ist von meinem Onkel aus Java. Ist echt scharf.«

»Nein!« Roberta schüttelte den Kopf. »Wir wollen den Hummer heute noch nicht essen. Wir haben genug andere Sachen.«

Henri zuckte enttäuscht die Schultern und ließ sich in einen der Sessel fallen.

Roberta musterte ihn einen Moment lang schweigend. Er sah traurig aus, aber es rührte sie, wie er sich bemühte, die Fassung zu wahren. »Das Schiff fährt wohl immer noch nicht?«

»Nee.«

»Vielleicht morgen.«

»Nee. Das friert sich richtig fest da draußen. Wir haben Ostwind und zehn Grad minus. Ich kann froh sein, wenn ich Silvester wieder zu Hause bin.« Es glitzerte schon wieder in seinen Augenwinkeln.

Sie seufzte. »Ich glaube, ich muß Yolanda mal wecken. Und dann muß ich unter die Dusche und mich umziehen. Wenn die Alte mich heute abend in Jeans und Pullover sieht, rastet sie aus.«

Susewind nahm Henri die leere Flasche ab und reichte ihm schweigend eine volle. »Laß dir Zeit. Wir kommen hier schon klar.« Er machte ihr ein Zeichen, das sie nicht verstand, und sie beeilte sich, aus dem Zimmer zu kommen.

Auf einen Auftritt unterm Weihnachtsbaum war sie wirklich nicht vorbereitet. Das Eleganteste, was ihre Reisetasche hergab, waren ein kurzer, roter Rock und ein enges, schwarzes Oberteil. Sie starrte in den Spiegel und strich sich die langen Haare aus der Stirn. Dann griff sie in ihren Kosmetikbeutel und nahm die schmale Friseurschere heraus.

*

Mariechen Rosenzweig saß in ihrem Sessel unter dem Fenster wie eine Königin. Sie trug ein hellblaues Kleid aus Shantungseide. Die Haare waren unter einer perlenbestickten Haube verborgen, die kleinen, schmalen Lippen rot geschminkt. Seltsam, dachte Roberta, daß sie gar nicht alt aussieht. Nur fremd.

»Kommen Sie herein, Kind. Es ist sehr freundlich, daß Sie mich in meinem Zimmer abholen.«

Roberta traute ihren Ohren kaum und kam zögernd näher. »Sie sehen toll aus.«

»Danke.« Mariechen kniff die Augen zusammen. »Sie

sehen auch toll aus. Die kurzen Haare stehen Ihnen sehr gut. Und die rote Farbe ist aufregend. Gefrorener Sonnenuntergang am ersten Abend im Winter. Das ist nicht von mir. Das hat ein Freund früher mal über *meine* Haare gesagt. Ich hatte das gleiche Rot wie Sie jetzt.« Sie lächelte.

Roberta wartete ab.

Und da kam es auch schon. »Bei mir kam das Wunder natürlich nicht aus der Tube«, sagte Mariechen zufrieden und stemmte sich aus ihrem Sessel hoch. »Eigentlich dachte ich, daß Herr Susewind mich in die Weihnachtsstube führen würde.«

Sie gingen schweigend nach unten, und Roberta wunderte sich, wie flink die Schritte der Alten waren. Fast war es so, als habe sie seit dem Einkaufsbummel heute morgen noch mal an Kraft und Zackigkeit gewonnen. Sie bestand darauf, ihre Tüte mit den Geschenken selbst zu tragen, und schwenkte sie sogar lässig hin und her.

Yolanda, Henri und Susewind saßen im Foyer und warteten. Als Mariechen sich näherte, sprangen die Männer auf die Füße. Susewind starrte Roberta an wie eine Erscheinung, fing sich aber sofort wieder und strahlte sie an. Zur Verblüffung aller plazierte Henri bei Mariechen einen gekonnten Handkuß, dann kam Roberta an die Reihe und schließlich Yolanda, die irritiert auf ihren Handrücken starrte. Susewind reichte Mariechen seinen Arm, den sie huldvoll ergriff. Roberta und Henri nahmen Yolanda in die Mitte, und Susewind riß die Tür zur Weihnachtsstube auf.

Am Baum blitzten Hunderte von roten Kerzen. Es duftete nach Zimt und nach Vanille. Und ein bißchen nach Meerwasser. Roberta traute ihren Augen nicht, als sie den Hummer sah. Er hockte friedlich in einer riesigen Plastikwanne unter dem Weihnachtsbaum, auf einem Bett aus Sand und Muscheln, umspült von fingerhohem Wasser. »Das war Henris Idee«, flüsterte Susewind. »Er meinte, wenn wir den Hummer schon nicht essen, kann er ja auch dabei sein.«

»Und wo habt ihr die Musik her?« Aus dem altmodischen Plattenschrank in einer Ecke des Saales perlten die Klänge von »Stille Nacht, Heilige Nacht«. Roberta fühlte einen Anflug von Rührung, und auch Susewind hatte feierlich gerötete Ohren.

»Die Schallplatten hat Henri gefunden. Ich hätte nie gedacht, daß der alte Kasten noch geht.«

»Psst«, machte Mariechen. »Laßt uns die Stimmung einen Augenblick genießen.« Sie standen stumm und lauschten. Auf die Musik, auf den Sturm, der ums Haus heulte, und auf ihren Herzschlag. Yolanda hielt Robertas Hand ganz fest. Aus dem Dorf erklang abermals Weihnachtsgeläut zu ihnen herüber. Henri schnüffelte.

*

Susewind hatte wie um sein Leben gekocht, und jede neue Speise, die er auftrug, wurde mit großem Oh und Ah begrüßt. »Köstlich, diese Hasenpastete«, sagte Mariechen und ließ sich noch eine Portion vorlegen. Dann verlangte sie nach einem weiteren Glas Champagner, nach mehr Salat, nach einer weiteren »von diesen wunderbaren Zwergkartoffeln«. Roberta konnte sich nicht erinnern, schon mal einen Menschen mit einem solchen Appetit gesehen zu haben.

Aber auch Henri schien durch das Essen, die Wärme und vor allem durch das Bier zu genesen. Nach einer Weile begann er, Schlagerplatten aus den fünfziger Jahren aufzulegen, die er im Schrank entdeckt hatte, und Mariechen ließ es sich nicht nehmen, mit Susewind einen Cha-Cha-Cha unter dem Weihnachtsbaum abzuschreiten.

»Hoffentlich kippt die mir nicht noch um.« Er war so beflügelt, daß er Roberta ständig etwas ins Ohr flüstern wollte. »Deine Haare sehen aufregend aus.« »Ich mag dein Parfüm.« Und: »Tanzt du wenigstens nächstes Weihnachten mit mir?« Wenn Roberta auswich, beugte er sich nahe zu Mariechen hinüber und flüsterte mit ihr.

Henri forderte Yolanda zu einem langsamen Walzer auf, den sie fest in seinen Armen liegend, aber mit unbewegtem Gesicht absolvierte. Roberta mußte sich eine Träne von der Wange wischen, als sie ihnen zusah. Dann gab es das Dessert, eine brennende Eisbombe, und Mariechen klatschte vor Vergnügen in die Hände. »Wenn wir die aufgegessen haben, machen wir endlich Bescherung.«

Yolanda kam als erste an die Reihe. Mariechen griff in ihre Einkaufstasche und förderte die kleine Schatulle zutage, auf der in goldenen Lettern der Name des Norderneyer Juweliers prangte. Yolanda öffnete das Kästchen ohne Hilfe und sah mit offenem Mund hinein. Der glitzernde blaue Stein war so groß wie ein Kandisstück, und er war in schlichtes Gold gefaßt und hing an einer geflochtenen goldenen Kette.

»Das ist ein Aquamarin, Kindchen«, sagte Mariechen, »der Stein, der die Menschen vor dem Wasser schützt. Er soll ein ganzes Leben lang Glück bringen.« Susewind half ihr, die Kette umzulegen, und Yolanda berührte den Stein den ganzen Abend lang immer wieder mit ihren Händen.

Henri hatte anscheinend nicht damit gerechnet, auch bedacht zu werden, und alle fürchteten, er würde wieder in Tränen ausbrechen, als er sein Päckchen in Empfang genommen und sich mit einem Diener bedankt hatte. Mit seinen großen Fingern schien er Mühe zu haben, die feine blaue Seidenschleife zu lösen. Dann hielt er plötzlich eine goldene Armbanduhr in den Händen. »Die soll Sie immer daran erinnern, daß Zeit etwas Relatives ist«, sagte Mariechen geheimnisvoll. »Und ich möchte mich damit für die vielen Stunden bedanken, die Sie in den vergangenen Tagen in meinem Zimmer gesessen haben, während meine Gesellschafterin, nun ja, anderes zu tun hatte.« Roberta spürte, wie ihr das Blut in die Wangen stieg, aber Mariechen schenkte ihr ein liebliches Lächeln. »Stellen Sie sich vor. Henri hat mir sogar mein Essen gebracht. Aber Sie müssen sich dafür nicht schämen, mein Kind. Ich habe die Zeit mit ihm sehr genossen. Er ist ein wunderbarer Zuhörer.«

»Kein Wunder, wenn man die Sprache kaum versteht«, flüsterte Susewind dicht an Robertas Ohr.

Mariechen sah ihn scharf an. »Und nun zu euch, ihr Lieben.« Roberta konnte sich nicht erinnern, gesehen zu haben, wie Mariechen heute morgen die beiden Päckchen erstanden hatte, die in identisches rotes Papier eingeschlagen waren. Roberta schälte ihren kleinen Karton aus dem Papier und öffnete ihn gespannt. Zum Vorschein kam ein winziges, silbernes Handy.

»Oh, ich hab genau das gleiche.« Susewind war außer sich vor Freude. »Funktionieren die schon?«

Mariechen nickte stolz. »Ich habe sie schon freischalten lassen. Henri war mir heute morgen sehr behilflich.«

»Vielen Dank.« Roberta hatte keine Ahnung, was sie mit einem Mobiltelefon anfangen sollte. »Es sieht sehr hübsch aus.« So ein Edelstein wie Yolanda ihn bekommen hatte, wäre ihr lieber gewesen.

Mariechen lächelte. »Aber das ist noch nicht alles.« Sie griff abermals in ihre Tüte und förderte die Klarsichthülle zutage, in der Oskars Vertrag steckte. »Liebe Roberta. Ich dachte mir, mit der Unterschrift mache ich Ihnen die größte Freude überhaupt. Und meinem lieben Oskar auch. Nun bekommen er und sein Bruder endlich die Firma. Und Sie können Ihre Fangprämie kassieren. Bitte schön.« Sie reichte Roberta den Vertrag und genoß sichtlich, wie diese sich wand. »Vielleicht rufen Sie ihn gleich mit Ihrem neuen Handy an und überbringen ihm die frohe Botschaft.«

»Das ist eine gute Idee.« Roberta spürte Susewinds Blick in ihrem Gesicht und errötete.

Aber Mariechen war noch nicht fertig mit ihr. »Vielleicht ruft Oskar *Sie* ja auch an. Ich gestehe, daß ich ihm heute morgen bereits Ihre Nummer gegeben habe.«

»Ach, er hat Sie angerufen?« Robertas Stimme war kaum noch zu verstehen.

»Natürlich hat er das. Es ist ja schließlich Weihnachten, nicht wahr? Da denkt man doch an all seine Lieben.«

Roberta konnte sich nicht erinnern, sich schon einmal so geschämt zu haben.

*

Susewind verstand ihre Aufregung um den unterschriebenen Vertrag überhaupt nicht. »Du hast doch gar nichts unternommen, um sie zu manipulieren«, sagte er, als Mariechen versunken mit Henri einen Walzer tanzte. »Ich glaube, sie hat in den letzten Tagen irgend etwas verstanden, von dem wir anderen nicht einmal die blasseste Ahnung haben. Das hat alles mit deinem Leben nichts zu tun. Du mußt kein schlechtes Gewissen haben.« Er sah sie treuherzig an und versuchte, den Arm um sie zu legen. »Freu dich doch, daß dieser Oskar dir eine kleine Prämie zahlen will. Und dann vergiß einfach alles.«

»Du begreifst überhaupt nichts.«

Aber er war ihr nicht böse. »Das kann schon sein.«

Sie ließ sich von ihm das Glas mit Champagner auffüllen, setzte sich in den Sessel unterm Fenster und starrte in den Schneesturm hinaus, bis die vorbeijagenden Flocken sie auf eine würdige Art müde und einsam machten. Nach einer Weile hatte sie sich soweit wieder beruhigt, daß sie den anderen sogar mit einer distanzierten Freude zuschauen konnte. Wie Henri Mariechen nach einem Tanz vorsichtig zu ihrem Platz zurückführte, wie Mariechen die kleine Runde mit Zaubertricks unterhielt. Wie Yolanda einmal aufstand und begann, ihren Körper zur Musik zu bewegen. Und wie Susewind mit den anderen lachte, aber Roberta wie Luft behandelte. Sie fühlte sich alt. Und die anderen waren jung. Sie griff in ihre Handtasche und holte die Schachtel mit den Tabletten hervor. »Wenn die Seele nicht mehr atmen kann …«, stand auf der kleinen grünen Packung. Am anderen Ende des Raumes tuschelten Susewind und Mariechen aufgeregt miteinander. Anscheinend beobachteten sie, wie Roberta sich eine der kleinen Pillen in den Mund schob und mit Champagner nachspülte. Aber das war ihr egal.

Graustein erschien um halb zehn im Hotel, Eiskristalle auf den Schultern und im Haar, und er brachte einen Schwall kalter Luft mit hinein. Roberta starrte ihn einen Moment lang an, dann löste sie sich aus ihrer Starre und sprang auf, um ihn zu begrüßen.

Er ergriff ihre Hand und schüttelte sie so kraftvoll, als ob sie ihm grade ein Pferd verkauft habe, dabei blickte er Yolanda an, die am Tisch saß und ihr Eis auslöffelte. Dann fühlte er anscheinend den bohrenden Blick von Mariechen zwischen den Schulterblättern, und beeilte sich, ihr ebenfalls die Hand zu reichen und frohe Weihnachten zu wünschen.

»Danke für den wundervollen Baum«, sagte Mariechen, griff in ihre Tüte und förderte ein kleines Päckchen hervor, das sie ihm überreichte. »Ich war mir nicht ganz sicher, ob Sie heute abend noch zu uns kommen würden. Aber da unsere liebe Roberta in letzter Zeit so von Ihnen schwärmt …«

Roberta biß sich auf die Lippen. Susewind schnitt eine Grimasse. Graustein aber wickelte schweigend sein Päckchen aus. Es war ein kleiner Silberrahmen mit einem Foto darin.

»Erkennen Sie Ihren Vater?« fragte Mariechen. »Das Bild muß Mitte der fünfziger Jahre aufgenommen worden sein. Er pflegte uns immer mit der Kutsche zum Schiff zu bringen, wenn wir wieder Abschied nehmen mußten. Er war ein rechtschaffener Mann. Wir mochten ihn alle sehr.«

Graustein schien sich wirklich zu freuen. »Ich habe dieses Foto noch nie gesehen.«

Mariechen lächelte. »Erkennen Sie den finsteren kleinen Jungen auf meinen Knien? Das müssen Sie sein, Herr Graustein. Ich denke, Sie waren etwa zwei Jahre alt.«

Roberta machte einen langen Hals. »Süß!« sagte sie dann.

Jetzt ging der Bilderrahmen reihum. »Meine Kinder sind drei und vier«, nuschelte Henri mit hörbarem Kloß in der Kehle. Susewind nahm ihm sofort das Foto weg. »Ich finde, Graustein hat sich kaum verändert. Vielleicht nur etwas in der Größe, oder?« Yolanda drehte das Bild in den Händen und schob es achtlos von sich weg. Dann stand sie auf und verließ den Raum.

»Findest du nicht, daß sie ein bißchen oft Pipi machen geht?« flüsterte Susewind jetzt wieder an Robertas Ohr.

Sie beobachtete, wie Graustein das Bild wieder in das Papier einschlug und es sorgfältig in seiner Jackentasche verstaute. »Was hast du gesagt? Ach so. Ich weiß nicht. Leg doch noch mal diese romantische Musik auf, Henri.« Sie versuchte vergeblich, Grausteins Blick aufzufangen. Henri wankte zum Plattenschrank und warf sich davor auf die Knie.

»Vielleicht noch einmal die Comedian Harmonists«, rief Mariechen und winkte mit ihrem Champagnerglas. »Und ich brauche noch einen Drink.« Ihre Wangen waren zart gerötet, wie bei einem jungen Mädchen.

Henri griff mit dem Arm in den Plattenschrank und wühlte. Das ganze alte Möbel begann zu schaukeln. Die gläserne Tischlampe auf dem Zierdeckchen wankte hin und her. Das letzte, was Roberta sehen konnte, war, daß die Lampe wie ein Lemming am Rand des Schrankes stand und hinabzublicken schien.

In diesem Moment zerriß ein Zischen die Luft, so, als habe ein zorniger Gott mit der Peitsche geknallt. Scherben splitterten. Henri fluchte. Das Deckenlicht flackerte. Dann verlosch es ganz. Für einen Moment lang erstarben alle Gespräche.

»Verdammt, een kortsluiting«, grummelte Henri aus dem Plattenschrank.

Mariechen kicherte. »Seht nur, Kinder, wie romantisch ein Kurzschluß ist. Wie festlich der Baum jetzt aussieht. Ohne künstliches Licht ist Weihnachten doch viel schöner.«

»Und viel dunkler.« Graustein erhob sich aus dem Schatten neben dem Baum und marschierte zur Tür. »Ich geh mal nach Yolanda gucken. Sie ängstigt sich bei Dunkelheit.«

»Eigentlich nicht«, sagte Roberta beleidigt. »Sie sitzt gern im Dunkeln, glaube ich.«

»Aber vielleicht nicht gerade auf dem Klo.« Susewind machte sich an der Tasche seines Dinnerjackets zu schaffen und knipste Sekunden später eine kleine Taschenlampe an. »Romantik hin oder her. Ich denke, wir suchen mal den Sicherungskasten.«

Als Roberta sich erhob, spürte sie plötzlich, wieviel sie getrunken hatte. Sie schwankte wie ein Seemann. Aber Susewind war sofort zur Stelle, um ihren Arm zu ergreifen. Roberta seufzte und schüttelte ihn ab. Dann leuchtete er ihr den Weg, und sie folgte ihm wie ein Schaf.

Offenbar war im kompletten Haus der Strom ausgefallen. Sogar der brummende Kühlschrank in der Küche war verstummt. Die schwanenhalsförmigen Wandlampen beugten sich im Schein der Taschenlampe über sie wie gefräßige Schlangen, die Blumenmuster der Tapete bewegten sich auf sie zu.

»Vielleicht gucken wir doch erst mal nach Yolanda.« Roberta beeilte sich, mit Susewind Schritt zu halten.

Aber Yolanda war nicht auf der Toilette und auch nicht in ihrem Zimmer.

»Yolanda!« rief Susewind mit erstaunlich lauter Stimme.

»Mensch, hör auf, die antwortet doch nicht. Ich weiß noch nicht einmal, ob sie überhaupt sprechen kann.« Roberta spürte, wie die Angst in ihr hochstieg. »Hoffentlich ist sie nicht wieder abgehauen und zum Wasser gelaufen.«

Susewind blieb stehen und leuchtete auf den Boden. Sie fühlte seinen Atem in ihrem Gesicht. Wahrscheinlich würde er gleich versuchen, sie in die Arme zu nehmen.

Aber das tat er nicht. Er leuchtete den roten Teppich entlang, von seinen Füßen bis hin zu einem verschwommenen Punkt am Ende des Ganges. »Ich faß es nicht!«

Jetzt konnte Roberta es auch sehen. Dort hinten bewegte sich etwas. Ein großes Tier, dessen Schatten sich im Nichts verlor. Es lief nur sehr langsam, aber es strebte voran. Den langen Flur entlang, vorbei an Dutzenden von Türen verlassener Gästezimmer. Der Panzer des Hummers scharrte über den Kokosteppich, die riesigen Scheren waren seine Stützen, wie Krücken. Die langen Fühler kratzten an der Wand entlang. Roberta unterdrückte einen Schrei.

Susewind war völlig außer sich. »So etwas habe ich noch nie gesehen. Sieh doch, wie er sich bewegt. Wie auf dem Grund des Meeresbodens. Er weiß nicht, daß er auf dem Trockenen ist.«

Sie folgten ihm langsam.

»Nicht zu nah ran«, flüsterte Susewind. »Ich will sehen, was er vorhat.«

Roberta war nicht in Versuchung, dem Hummer näher als unbedingt nötig zu kommen. Sie fühlte nach Susewinds Hand, bekam aber nur die Taschenlampe zu fassen.

Susewind schlich voran wie ein Detektiv. »Horch mal, was ist das für ein Geräusch?« Roberta blieb stehen, aber alles, was sie hörte, war ihr rasender Herzschlag.

»Lacht da jemand?«

»Nein, ich glaube nicht.« Sie hatte sich schon wieder abgewendet. Ein Schauer kroch ihren Nacken hinab. »Ich finde, wir sollten zu den anderen zurückgehen.«

»Sei doch mal leise.« Susewinds Stimme vibrierte.

Die Tür zu einem der Zimmer stand weit offen. Er leuchtete hinein.

Der Hummer hockte regungslos auf der Mitte des Teppichs, wie ein riesiges plastisches Ornament. Neben seinem Kopf lag ein Paar Reitstiefel. Susewind ergriff Robertas Hand.

Sie hörten seinen schnellen Atem, bevor sie ihn sahen. Graustein sprang auf die Füße, in den Lichtkegel hinein. Susewind ließ den Schein der Taschenlampe langsam nach oben gleiten. Roberta wich einen Schritt zurück.

»Yolanda lag hier auf dem Bett«, stammelte Graustein. »Ich wollte sie gerade zurückbringen.«

Roberta hörte seine Stimme wie durch Sturmgeheul. Dann spürte sie, wie Susewind ihre Hand fester umklammerte und sie ins Zimmer zog. »Das solltest du dir ansehen.«

Er ließ den Lichtkegel durchs Zimmer wandern. Grausteins mächtiger Körper verdeckte halb den Blick auf das Bett. Er wich nicht von der Stelle. Sie sahen, daß die Bettdecke zurückgeschlagen war, und sie sahen Yolandas Beine. Die waren nackt. Yolanda machte ein Geräusch, das wie ein kehliges Kichern klang. Graustein schwieg.

Susewind zögerte. Roberta hätte später nicht sagen können, ob Sekunden vergingen, Minuten oder ganze Stunden. Sie stand und starrte.

Graustein begann vor ihren Augen zu schmelzen, bis er klein war und zitterte, ein Junge, der die Hände rang.

In diesem Moment ging das Licht wieder an. »Ich hab den verdammten Sicherungskasten gefunden!« tönte Henris Stimme von weit her.

Susewind schnappte sich den Hummer, der nun völlig leblos wirkte, und drängte Roberta aus der Tür. »Ich meine, sie ist achtzehn Jahre alt«, sagte er unvermittelt. »Sie ist nicht so wie wir. Aber ein Kind ist sie auch nicht mehr.«

Dann gingen sie zu den anderen zurück.

*

Roberta erlebte den Rest des Festes wie einen dunklen Film aus einem fremden Land.

Als sie in die Weihnachtsstube zurückkehrten, dackelten Mariechen und Henri um den Baum herum, hielten einander an den Händen und bewegten sich zu dröhnender Punkmusik. Offenbar versuchte Henri, Mariechen beizubringen, wie man ganz für sich allein tanzt, aber Mariechen griff immer und immer wieder nach seinem Arm. Jetzt sahen sie aus wie zwei betrunkene Wanderer im ewigen Eis, die ohne einander nicht mehr stehen konnten.

»Ach, ist das herrlich«, seufzte Mariechen und ließ sich in einen Sessel sinken. Henri kam fast mit zu Fall, und sie lachte laut auf.

Susewind schenkte Roberta schweigend einen Whisky aus der Hausbar ein, er selber genehmigte sich einen doppelten. Der Hummer hockte wieder reglos in seiner Wanne. Yolanda fläzte sich an den Tisch und zöpfelte an ihren Haaren. Graustein stand eine Weile mit einer Bierflasche in der Hand herum, verabschiedete sich aber bald.

»Um mal was Konstruktives zu sagen«, begann Susewind, »ich finde, mit dem Hummer muß etwas passieren. Er kann doch nicht ewig in dieser Wanne sitzen.«

»Das macht er ja gar nicht.« Mariechen schenkte dem Tier einen zärtlichen Blick. »Er will nicht immer in der dummen Wanne sitzen. Er geht auf Wanderschaft. Ich finde das gut.«

»Ich auch. Aber es ist nicht artgerecht. Wenn wir ihn nicht essen wollen …«

»Nein!« rief Mariechen, und Susewind hob begütigend die Hand.

» … dann müssen wir ihn irgendwo hinschaffen, wo er überleben kann.« Er nahm einen Schluck aus seinem Glas. »Am besten wäre, man würde ihn wieder dahin zurückbringen, wo er hergekommen ist.«

Henri hatte das Tanzen mit Mariechen anscheinend ernüchtert. So klar wie jetzt war er den ganzen Abend lang nicht gewesen. »Das geht nicht«, stieß er hervor.

»Also gut. Was passiert heute nacht mit ihm?«

Mariechen streckte den Arm aus und stopfte sich einen von Susewinds selbstgebackenen Zimtkeksen in den Mund. Sie kaute zierlich und wischte sich dann mit der Serviette über den Mund. »Wie sieht es eigentlich genau in Ihrer Küstenstation aus, Herr Susewind? Gibt es da nicht riesige Bassins mit Seehunden?«

Er überlegte lange. »Seehunde dürfen wir nicht mehr halten. Und das Bassin ist auch nicht besonders groß. Außerdem steht jede Menge Unrat darin herum. Leere Ölfässer, Kanister, irgendwelche Schläuche. Und schmutzig dürfte es auch sein. Das kostet Stunden, das Becken richtig herzurichten.«

»Stunden?« Mariechen lächelte. »Stunden haben wir.« Dann stellte sie sich plötzlich auf die Füße und klatschte in die Hände. »Erhebt euch, ihr Lieben, wir machen eine kleine Expedition.«

*

Kurz vor Mitternacht hatte der Sturm etwas nachgelassen, aber es war immer noch bitterkalt. Winzige Eisflöckchen wirbelten durch die Nacht und legten sich wie

Schimmel auf Mariechens Pelzmantel und auf Robertas rote Haare.

Susewind und Henri trugen die Kiste mit dem Hummer, Mariechen hatte sich bei Yolanda eingehakt, Roberta stapfte verdrossen hinter ihnen her.

In der Fußgängerzone leuchteten die Kerzen eines riesigen Weihnachtsbaumes unter dicken Schneemützen hervor, die Auslagen der Geschäfte glitzerten ohne Sinn, und irgendwie erschien es Roberta, als müsse die kleine Stadt längst wieder zum Alltag zurückgekehrt sein, als hätten alle leuchtenden Engel, grinsenden Weihnachtsmänner und augenrollenden Rentiere in den Schaufenstern das Signal zum Verschwinden verpaßt.

Sie stapften tapfer weiter. Henri und Susewind unterhielten sich leise, bis Mariechen plötzlich stehen blieb und eine kleine Tüte aus ihrer Manteltasche hervorkramte. »Steckt euch alle ein Bonbon in den Mund. Dann sprecht ihr nicht mehr so viel und könnt euch nicht erkälten. Wir haben das früher immer so gemacht, wenn der Wind pfiff.« Sie scharten sich um Mariechen, und jeder bekam eine Veilchenpastille zum Lutschen. Yolanda spuckte die ihre sofort in den Schnee. »Und nun weiter«, kommandierte Mariechen. »Ihr seid viel zu langsam. Ich werde vorangehen.« Sie zog Yolanda am Arm, die ohne Widerstand folgte.

»Ist es noch weit?« Robertas Füße fühlten sich an wie gefrorenes Holz, ihre Wangen brannten.

»Ja, ziemlich«, rief Susewind an seiner Veilchenpastille vorbei. Sie schlugen die Straße Richtung Kirche hin ein. »Das Schlimmste kommt noch. Wir müssen ganz durch die Dünen.« Mariechen schüttelte verständnislos den Kopf. »Schaut euch lieber den Vollmond an. So schön habe ich ihn nie zuvor gesehen.«

Es war ein kalter, weißer Wintermond, und sogar die Wolken schienen es eilig zu haben, an ihm vorbeizujagen. Roberta schauderte und senkte den Kopf.

Plötzlich erklang Glockengeläut, und einen Augenblick später quollen Menschen in dicken Wintermänteln und tief in die Stirn gezogenen Mützen auf die Straße, die nach der Mitternachtsmette aus der Kirche strebten. Die Luft füllte sich mit einem Schwall von Worten, mit gerufenen Wünschen für gesegnete Weihnachten, mit Lachen und mit festlichem Schweigen. Sie drängten sich ihnen entgegen. Mariechen mußte einige Male stehenbleiben und den Strom der nach Hause Eilenden vorbeilassen. Einige der Kirchgänger blickten sie erstaunt an, andere lächelten oder machten eine Bemerkung über die Kiste, die Henri und Susewind für einen Moment auf dem Bürgersteig abgestellt hatten, um sich die Hände zu wärmen.

»Na, da kriegen wir ja heute nacht noch etwas Leckeres zum Essen«, sagte ein Mann mit tiefer Stimme und stieß mit dem Fuß gegen die Hummerkiste. Roberta erkannte den Restaurantbesitzer, den sie heute morgen beim Einkaufen getroffen hatten. »Fünfzig Mark bar auf die Hand, und das Viech badet bei mir in Zitronenbutter«, bellte er.

Ein anderer Mann blieb neben ihm stehen und lachte. »Ganz schöner Preisverfall, was?«

Henri sah die beiden interessiert an.

Susewind bückte sich, um die Kiste allein aufzuheben. »Kommt, laßt uns weitergehen.«

Der Restaurantbesitzer taumelte einen Schritt auf Roberta zu. Trotz der Kälte konnte sie den Dunst von Korn riechen, der seinem Mund entströmte.

»Kommt mal alle her!« rief er nun und wurde von seiner eigenen Armbewegung fast zu Boden gerissen. »Hier ist heute nacht noch eine Auktion.« Er rülpste und faßte Roberta um die Taille. »Wenn dieser rothaarige Düwel noch mit dabei ist, biete ich hundert.« Dann zeigte er auf Mariechen. »Kriege ich Rabatt, wenn ich die Alte auch noch auf die Hörner nehme? Sagen wir zwanzig für alles zusammen?« Einige der Leute, die neugierig stehengeblieben waren, lachten.

»Kommt, Kinder, wir gehen weiter«, sagte Mariechen mit fester Stimme und versuchte sich durchzudrängen. Vor ihr stand Emil Butt, eingehakt unter dem Arm seiner Frau, und glotzte, ohne einen Schritt zu weichen. Dann öffnete er plötzlich den Mund und lachte. »Der Champagner hat ja wohl geschmeckt, junge Frau. Da kommt doch wieder Leben in die alten Knochen, was?«

»Sie haben ja getrunken!« Die Empörung machte Mariechens Stimme kalt und schneidend.

»Du aber auch. Und nicht zu knapp.« Er streckte die Hand nach Mariechen aus, aber sie funkelte ihn an, und er hielt mitten in der Bewegung inne.

Seine Frau packte ihn fester und zog ihn weiter. »Ist ja ekelhaft, in dem Alter«, murmelte sie.

Im Gehen drehte er sich noch einmal zu ihnen um. »Morgen ist der Hummer nur noch zwanzig Mark wert. Und übermorgen kriegen wir ihn für lau.« Die Umstehenden grinsten und wendeten sich zum Gehen.

»Und ich hol ihn mir einfach, wenn ich Lust dazu habe«, grölte der Restaurantbesitzer. »Das hier ist unsere Insel. Und unser Hummer.« Dann spuckte er in den Schnee und war im nächsten Moment um eine zugige Ecke herum verschwunden.

Roberta trat unruhig von einem Fuß auf den anderen. »Vielleicht sollten wir lieber ins Haus zurückgehen.«

Alle sahen Mariechen an. Sie stand wie eine Säule aus Eis und aus Pelz. Und einen Moment lang schien alles möglich zu sein. Daß sie zusammenbrechen würde. Daß sie umkehrte. Das sie in Zorn entbrannte. Aber sie lächelte nur.

»Auch wenn ihr das noch nicht verstehen werdet. Dies ist eine wunderschöne Nacht.«

Dann gingen sie einfach weiter.

1957

Wir beerdigten Daniel Katzky an einem strahlendblauen Morgen im März. Der Lago Maggiore glitzerte im frühen Vormittagslicht, in den zartgrünen Bäumen raschelte der Wind, und die Vögel sangen. Dies war so ein Tag, an dem er seinen altmodischen hellen Sommeranzug getragen haben würde und den Strohhut. Er hätte an der Uferpromenade in seinem Lieblingscafé gesessen, den Flaneuren zugeschaut und einen Campari Orange getrunken, oder zwei. Nach einer Weile wäre Mingji mit einem Arm voller Einkaufstüten erschienen und hätte sich lächelnd zu ihm gesetzt. Sie hätten geschwiegen und in die Sonne geblinzelt. Katzky war in den letzten Jahren seines Lebens ein stiller alter Mann geworden. Aber wenn wir telefonierten, lachte er und sagte, es ginge ihm gut.

Sie hatten Shanghai 1943 gemeinsam verlassen und sich in Hongkong niedergelassen, wo Katzky zunächst als Produzent von vermutlich nicht ganz jungendfreien Filmen und später als Immobilienhändler arbeitete. An das mörderische Klima konnte er sich jedoch niemals gewöhnen, und nach dem ersten größeren Herzanfall beschlossen Mingji und er, in die Schweiz zu gehen, wo er in dem kleinen Haus in den Hügeln oberhalb von Ascona noch vier Jahre lebte.

Ich blickte auf die schwarz bestrumpften runden Waden meiner Töchter, die vor mir hergingen. Beide hatten sich bei meinem dünnen Schwiegersohn unterhakt, und in meiner Position als Schlußlicht des Trauerzuges konnte ich nicht erkennen, welche von beiden nun mit ihm verheiratet war und welche das Leben eines ewigen Fräuleins führte. Sie weinten und schluchzten, und Hugos viel zu weiter Beerdigungsanzug wies auf beiden Schultern Tränenplacken auf.

Nicht etwa, daß mein Freund Katzky ihnen wie ein Vater gewesen wäre. Aber sie hatten ihn gern gemocht, und das war für ihre Verhältnisse schon ein großes Gefühl.

Anna und Maja sahen sich auch mit Mitte Dreißig immer noch teuflisch ähnlich. Sie waren jetzt Matronen geworden, ernst, erschöpft und kinderlos, und als Anna ihren Hugo heiratete, zog Maja ins Nachbarhaus ein und gab ebenfalls ihren Beruf auf. Sie lebten sehr komfortabel im Frankfurter Westend, und ich sah sie gewöhnlich nur zu Weihnachten, wenn sie zu dritt ihren alljährlichen Besuch in Hamburg absolvierten und bald wieder verschwanden.

Ich denke, daß unsere verzwickten Familienverhältnisse ihnen zeitlebens einfach zu anstrengend waren. »Kann bei dir denn niemals etwas *normal* sein, Mama?« war eine ihrer stehenden Wendungen, und dann wechselten sie einen dieser Blicke, den sie schon als Kinder hatten, und schüttelten beide ihre Köpfe. Daß ich nach dem Krieg mit Hochdruck begonnen hatte, unsere Firma wieder aufzubauen, erschien ihnen sinnlos. Unsere Produkte waren ihnen peinlich. Daß Artur Rosenzweig, ihr leiblicher Vater immerhin und zumindest auf dem Papier immer noch mein Ehemann, Anfang der fünfziger Jahre unvermittelt aus Amerika zurückkehrte und in der Firma eine Anstellung als Ingenieur haben wollte, fanden sie empörend. Und mit Kawusabu, meinem ewigen fernen Geliebten, brauchte ich ihnen gar nicht erst zu kommen. Sie hatten ihn nur einmal kurz gesehen, als er für eine Woche nach Hamburg kam, und vom Fleck weg unmöglich gefunden.

Nur daß sie ihren Halbbruder mieden, mehr noch als den Rest der sogenannten Familie, konnte ich gut verstehen. Karlchen hatte sich zu einem bitteren Mann entwickelt, der seine schwere Kriegsversehrung niemals verwinden konnte. Er ging zwar pflichtschuldig seinem Beruf als Augenarzt nach, aber den Rest seiner Zeit verbrachte er in einem Taumel aus Alkohol und Aggression, und soweit ich gehört hatte, betrog ihn seine Frau, und seine beiden Buben fürchteten ihn. Ich hatte von allem Anfang an die Angst, daß Oskar und Otto mißraten könnten. Wie mein ganzer Clan. Es war ein böser Scherz.

Wir gingen einen kleinen Hügel hinauf. Die Trauerweiden wiegten sich in einem leisen Frühlingswind, eine Lerche schoß in den hellblauen Himmel hinein. Katzky wäre für diesen Tag auch mit Regenwetter zufrieden gewesen. Mir fiel ein, wie er mich getröstet hatte, als ich damals Shanghai verlassen mußte, um mich um meine Firma zu kümmern, und um meine Kinder, die mich nicht brauchten. »Sie haben hier ein paar schöne Wochen verlebt. Behalten Sie sie in Erinnerung und leben Sie weiter.« Wir waren immer beim Sie geblieben und immer auf Distanz. Nun erschien es mir plötzlich, als habe ich vergessen, ihm zu sagen, wie wichtig er mir war. Wie sehr ich seinen Rat in geschäftlichen Dingen brauchte. Und seine Freundschaft, die niemals aufdringlich war.

Solange wir würdig dahinschritten, war es leicht, die Haltung zu bewahren. Nun aber kam der Trauerzug kurz zum Stehen, weil ein anderer den unseren kreuzte. Das Innehalten war unerträglich. Am Ende des Weges war zwischen mannshohen Monumenten schon das ausgehobene Grab zu sehen. Katzkys Sarg, der von sechs dunkel Livrierten getragen wurde, erschien mir zwischen all den Statuen plötzlich klein und schäbig, die Sargträger waren nicht würdig genug, der ganze schlichte Trauerzug zu wenig angemessen. Ich mußte die Sonnenbrille abnehmen und mir über die Augen wischen. Vielleicht habe ich auch einmal leise aufgeschluchzt. Anna und Maja drehten sich entgeistert zu mir um. Dann setzten sie sich wieder in Bewegung. Ich blieb einen Moment lang zurück. Ich konnte nicht mehr.

»Krieg bitte keinen Schreck«, sagte eine leise Stimme. »Ich bin so schnell zu dir gekommen wie ein Vogel, der aus dem Wald flieht beim ersten Aufflammen des Feuers.«

Ich sah Kawusabu fassungslos an, und zum ersten Mal seit dem Beginn unserer Liebe mußte ich nicht lachen über seine blumigen Worte, sondern weinen. Er nahm mich fest in die Arme.

»Woher wußtest du, daß ich hier bin?«

»Ich weiß alles. Mingji hat ihre Abneigung gegen mich überwunden und mir ein Telegramm geschickt. Aber Flugzeuge sind langsam, wenn man es eilig hat. Und wie ich nun weiß, sind Privatflugzeuge noch langsamer. Und Tokio ist weit.«

»Ja«, sagte ich. »Tokio ist weit.« Wir hatten uns zwei Jahre lang nicht gesehen.

*

Ich denke, daß Kawusabu und ich uns im Laufe unserer dreißig Jahre währenden Liebe etwa ein Dutzendmal an verschiedenen Orten auf der Welt getroffen haben. Ein gewöhnliches Liebespaar hätte sich vielleicht auf der Hälfte der Strecke getroffen, aber die Hälfte lag in unserem Fall irgendwo in Sibirien, und so landeten wir zahlreiche Male in Indien, wo wir klassische Kulturreisen absolvieren, auf Elefanten reiten und in Palästen schlafen mußten, um einander nah zu sein. Ich wäre auch nach Japan gereist, aber das stand nicht zur Debatte. Reiche Männer wie Kawusabu hatten vermutlich das Gefühl, daß ihnen ihr ganzes Land gehöre. Selbst wenn wir uns in irgendeinem entlegenen Zipfel seiner Heimat getroffen hätten, wäre es für ihn wohl so gewesen, als trieben wir es in seinem Garten, direkt unter den Augen seiner Frau.

Drei- oder viermal besuchte er mich in Hamburg, wo er ehrfurchtsvoll in meinem Haus umherging wie in einem Museum, und wo ihm alles, aber auch alles, über die Maßen gut gefiel. Fast war es so, als wollte er von mir eine Einladung erschmeicheln, für den Rest seines Lebens in diesem Haus wohnen zu dürfen. Aber das schien nur so. Kawusabu war schon verheiratet gewesen, bevor wir uns kennenlernten, er hatte Kinder, und er würde sich unter keinen Umständen scheiden lassen.

Ob dies mit seiner japanischen Erziehung zusammenhing oder ganz allgemein mit seinem Charakter, das habe ich niemals herausgefunden.

Bestimmt aber hatte sein Verhalten eine Art Echo in meinem Verhältnis zu Artur Rosenzweig. Als Artur nach dem Krieg nach Deutschland zurückkehrte, weil er in Amerika gescheitert war, sagte ich ihm, daß ich formal immer noch an meinem Status als verheiratete Frau festhielt und mich keineswegs von ihm scheiden lassen wollte. Artur nahm das hin. Mit diesem depressiven Kopfschütteln, das er sich irgendwann in den vergangenen zwanzig Jahren in Übersee angewöhnt hatte. Er verstand mich nicht, aber das mußte er ja auch nicht. Er bezog eine eigene kleine Wohnung auf dem Firmengelände und ging mir möglichst aus dem Weg.

Ich aber wollte unbedingt verheiratet bleiben. Gerne auch unglücklich. Ich hielt es für besser, wenn es auch in dieser Hinsicht eine Parität zwischen Kawusabu und mir gab. Gegensätze gab es schon genug.

Besonders unerträglich war seine Liebe zum Autofahren. An diesem Frühlingstag des Jahres 1957 wurde ich den Verdacht nicht los, daß er auch deswegen an meine Seite geeilt war, weil er hoffte, in der Schweiz würde es Serpentinen geben. Meistens plante Kawusabu unsere Zusammenkünfte in aller Welt mit Hilfe eines kleinen Taschenkalenders, in dem sich auch ein Blatt mit einer Weltkarte befand. Japan hatte dort etwa Scampigröße. Die Schweiz war mit bloßem Auge kaum noch zu erkennen. »Ich möchte mit dir einen hohen Berg bezwingen«, sagte Kawusabu, als wir den Friedhof in Ascona verließen. »Und nachmittags gehen wir dann an der Seepromenade ein Eis essen.« Wir lächelten uns an, jeder den anderen aus einem anderen Grund.

Anfang März hatte sich der Frühling bereits im Tal ausgestreckt und tastete nun nach den Hügeln. In den tief eingeschnittenen Tälern und auf den Almen im Hinterland war es jedoch immer noch bitterkalt. Und auf dem Pizzo Leone lag Schnee. Kawusabu hatte sich in Zürich überstürzt einen fleischfarbenen Opel Kapitän gekauft, mit dem wir nun die engen Straßen hinaufschaukelten, »wie ein welkes Blatt auf dem Ozean, wenn der Sturm naht«, wie er heiter bemerkte. Mir hingegen wurde von Kurve zu Kurve schlechter, und ich betete, daß wir eine Reifenpanne hätten oder daß Kawusabu auf die Idee käme, das Auto auf seine Eignung als Liebesnest zu testen. »Schau mal, die Wolke«, sagte ich, »sieht die nicht aus wie ein Hummer?« Aber er schüttelte nur den Kopf. Dann begann es zu schneien.

Und innerhalb von Minuten verwandelte sich die ganze Welt. Die laublosen Kastanien reckten ihre Zweige dem wattigen Himmel entgegen, die farnbedeckten Hänge verschwanden unter einem Schleier, die Luft wurde schwer und feucht. Die Straße war aus Sahne. Unsere Reifen drehten durch. »Bald sind wir wie Hänser und Greter«, sagte Kawusabu, »finden nicht mehr aus dem Wald heraus.« Die Aufschriften der Straßenschilder waren schon nicht mehr zu erkennen. Vielleicht stand aber auch gar nichts darauf, und wir fuhren in die Leere hinein.

»Ich finde, wir sollten umkehren.«

»Das finde ich auch«, sagte Kawusabu nach einer Weile. »Aber der Wagen ist zu groß, um ihn hier zu wenden.«

»Was soll das denn heißen?«

Er lachte. »Daß wir weiterfahren müssen. Oder stehenbleiben. Aber stehenbleiben ist nicht gut. Rutscht.«

»Da ist Licht.« Ich reckte den Hals und stieß mir den Kopf an der Fensterscheibe.

»Hab ich schon gesehen. Da bleiben wir für eine Nacht.«

»Aber es sieht nicht aus wie ein Gasthaus.«

Kawusabu musterte mich aus seinen schmalen Augen. »Ich weiß nicht, wie hier ein Gasthaus aussieht. Ich bin Japaner.« Er parkte den Wagen, und wir stapften durch den Schnee zu dem Haus, in dem wir die gefährlichste Nacht unseres gemeinsamen Lebens verbringen sollten.

*

Es war ein altes Tessiner Bauernhaus mit einem Dach aus schweren Steinblöcken und kleinen Fenstern. Aber es war ein Gasthaus, auch wenn es eigentlich noch geschlossen hatte. Der Wirt, ein rotwangiger Mann mit riesigen, baumelnden Händen, sah uns verwundert an, dann stieß er die Tür zur Schankstube auf, wo bereits ein anderes Pärchen vor dem Feuer hockte und sich die Hände wärmte. Die Mannikowskis aus Düsseldorf stellten sich selber vor. Und sie blickten uns dabei so strahlend an, als dächten sie, nun sei der Abend gerettet.

»Aus Japan kommen Sie? Wie interessant! Und den ganzen Weg mit dem Opel Kapitän? Ist das nicht schrecklich weit?« Die dunkel umrandeten Augen von Carmen Mannikowski weiteten sich.

Der junge Herr Mannikowski gab seiner Frau eine kleine Kopfnuß. »Sei still, Pussi, du siehst doch, daß der Wagen vor der Tür steht.«

Kawusabu konnte es nicht fassen. »Und wie hat es Sie hierher verschlagen?«

»Wir haben uns hier oben kennengelernt. Vor zwei Jahren«, sagte Pussi. »Ich hatte Sandaletten an, mit hohen Absätzen.«

Horst Mannikowski hielt schon wieder den Kopf schräg, blieb aber friedlich. »Den Knöchel hat sie sich verstaucht. Schon hatte ich sie am Hals.« Er lachte herzlich, dann legte er Kawusabu eine Hand auf die Schulter und senkte die Stimme ein wenig. »Sie ist Friseuse. Im Kopf ein bißchen verdreht, wie ich immer so schön sage, aber im Bett, wenn Sie wissen, was ich meine ...«

Kawusabu nickte ernst.

Ich fand diese Leute furchtbar und wäre am liebsten sofort wieder aufgebrochen. Aber draußen schneite es ohne Unterlaß. Der Wagen war schon unter einer weißen Haube verschwunden.

»Morgen können Sie weiterfahren«, sagte der Wirt. »Oben taut es schon. Der Frühling ist bereits zu stark.« Er brachte zwei große Holzbretter mit Wurst und Schinken, eine riesige Schüssel mit dampfenden Makkaroni und einen großen Krug Wein. Pussi bediente sich sofort mit großem Appetit. Aber auch Horst und Kawusabu ließen sich nicht lange nötigen.

»Wie haben Sie Ihren Mann eigentlich lieben gelernt?« fragte Pussi mich und kaute konzentriert an einer riesigen Schinkenscheibe. »In Japan?«

Ich schüttelte den Kopf. Es kam sehr selten vor, daß wir für ein echtes Ehepaar gehalten wurden, obwohl wir immer nur ein Zimmer buchten und auch in der Öffentlichkeit kein Hehl aus unserer Liebe machten. Da, wo wir uns trafen, kannte uns ja ohnehin niemand.

»In Hamburg«, sagte Kawusabu schnell. Unsere Blicke trafen sich, und er lächelte.

»Ach?« Die Mannikowskis nickten und kauten.

»Es war ein Vierteljahr nach Kriegsende. Da habe ich ihr einen Hummer geschickt.«

»Uuuhh!« machte Pussi. »Zwicken die nicht?«

»Doch.« Kawusabu füllte sich den Teller noch einmal mit Nudeln.

Wir hatten diese Geschichte noch nie jemandem anders außer uns selber erzählen können. »Er war in einer riesigen Holzkiste«, sagte ich. »Und er wurde morgens um fünf geliefert. Zum Glück wurde es gerade hell. Das war im September 1945. Fünf Jahre, fünf Monate und fünf Tage nach unserem Abschied in Shanghai.«

»1945 war ich sieben«, sagte Pussi.

Horst nickte zustimmend.

»Du mußt jetzt erzählen, wie die beiden Lieferanten von ›Hummer Pedersen‹ geguckt haben, als du in die Kiste geschaut hast und dann im Nachthemd durch den Garten getanzt bist«, sagte Kawusabu und pustete die Nudel auf seiner Gabel.

»Ja«, sagte ich. »Und am Zaun blieb der Postbote stehen.«

»Vergiß nicht zu erzählen, wie das Wetter an diesem Tag war«, sagte Kawusabu. Er konnte vor Lachen fast kein Wort mehr hervorbringen.

Pussi und Horst starrten uns an, dann legte Horst seinen Löffel neben den Teller und rückte ein Stückchen von uns ab.

»Es regnete«, sagte ich. »Es regnete wie verrückt.«

Kawusabu bog sich auf seinem Stuhl, dann machte er mir ein Zeichen mit den Fingern an seinen Lippen.

»Den Hummer hatte ich im Arm«, sagte ich. »Und dann habe ich ihn geküßt.«

»Den Hummer«, sagte Horst trocken. »Den haben Sie geküßt.«

Ich nickte.

»Sie müssen wissen, daß das nämlich ein geheimes Zeichen zwischen uns war.« Kawusabu schüttelte sich. »Seit Shanghai.«

Horst stand langsam auf. Aber Pussi grübelte noch. »Wofür war denn das ein Zeichen? Was mit Liebe?«

Ich spürte, wie ich errötete, aber wahrscheinlich war das nur der Wein. »Nicht erzählen«, sagte ich zu Kawusabu, »du siehst doch, daß das Mädel ja noch fast ein Kind ist.«

»Ach, das«, sagte Pussi, »das kenn ich schon.« Dann

folgte sie ihrem Horst auf ihr Zimmer, und wir waren allein mit unserem Gelächter und mit unseren Geschichten.

*

In dieser Nacht lagen wir Arm in Arm, wie immer in den letzten Jahren. Aber anders als sonst konnte ich nicht einschlafen. Oben auf dem Berg grummelte es. Vom Dach tropfte der Schnee.

»Was ist mit dir?« Er streichelte meine Haare. »Denkst du an Katzky?«

Wenn er bei mir war, konnte ich auch im Dunkeln sehen. Ich sah seinen konzentrierten Gesichtsausdruck, die schmalen Augen, mit denen er mich musterte, den weichen Mund. »Ich wollte Katzky so gern noch etwas zeigen. Einen neuen Scherzartikel, der gerade erst fertig geworden ist. Aber als ich in Ascona ankam, war er schon nicht mehr ansprechbar. Er ist dann in der gleichen Nacht gestorben.«

Kawusabu nickte. »Zeig ihn mir.«

Ich zögerte einen Moment. »Das ist es ja. Es ist ja ohnehin etwas für dich. Aber eigentlich wollte ich es dir erst zum Geburtstag schenken.«

»In Ordnung. Ich nehme es rückwirkend zum vorigen Geburtstag an. An dem wir uns nicht gesehen haben.« Er drehte sich im Bett herum und knipste die Nachttischlampe an. »Und ich habe auch etwas für dich. Ebenfalls rückwirkend.« Er angelte nach seinem Jackett und holte einen gefalteten Papierbogen aus der Innentasche, den er mir überreichte.

»Was ist das?« Ich mußte mir die Brille aufsetzen, um die kleine Schrift entziffern zu können. Unten auf dem Bogen prangte das rote Siegel eines Notars. Ich las und las und ließ mich wieder in die Kissen zurücksinken.

Kawusabu lächelte. »Freust du dich?«

Ich war so aufgeregt, daß ich nur noch stammeln konnte. »Mändelchen AG. Das ist die Firma, die mein Vater aufgebaut hat. Die meine Schwägerin Meta mir dann nach Karls Tod weggenommen hat. Du weißt. Karl Käfer, das war doch mein erster Mann.«

»Ich weiß alles. Du hast es mir schon damals in Shanghai erzählt.« Er fand es offenbar ausgesprochen erheiternd, wie aufgeregt ich war.

»Aber woher wußtest du ...?«

»Daß du dir die Firma zurückwünschst? Das war doch klar. Ich habe mir schon damals in Shanghai vorgenommen, sie dir eines Tages zurückzukaufen. Leider mußte ich dazu erst einmal warten, bis der Laden pleite war.«

»Oh, die Mändelchen AG ist pleite?«

Er nickte. »Sie existiert quasi nur noch auf dem Papier. Aber es ist mir gelungen, dreißig Prozent der Anteile zusammenzukaufen. Die andern sind alle im Besitz von Privatanlegern.«

»Vielleicht kann ich die Pluto AG und die Mändelchen AG fusionieren lassen? Oder ich baue mit der Mändelchen AG noch einmal etwas ganz Neues auf?«

Kawusabu zuckte die Schultern. »Laß dir Zeit damit. Eines Tages wirst du eine Idee haben, die nicht zu übertreffen ist. Und einstweilen ist es ein Symbol für meine Liebe zu dir.« Er nahm mich in die Arme, ließ mich aber sofort wieder los. »Was ist jetzt mit meinem Geschenk?«

Ich wand mich ein bißchen, und das hatte seinen Grund. Kawusabu piekte mich mit dem Finger in die Rippen. Also wühlte ich mich unter dem riesigen Federbett hervor, tapste zu meiner Reisetasche und öffnete sie. »Mach die Augen zu.«

Er blinzelte.

»Du mogelst. So geht das nicht. Dreh dich bitte richtig um.«

Er wälzte sich stöhnend auf den Bauch.

Der Knallbüstenhalter lag in einem gepolsterten Kästchen auf dem Boden der Tasche, denn Artur, der ihn nach meinen Vorgaben konstruiert hatte, glaubte, daß er völlig erschütterungsfrei transportiert werden müsse. Wenn der Knall-BH in der Tasche losginge, könne es durch Selbstentzündung zu einem Brand oder einem anderen Unglück kommen.

Ich zog das Nachthemd über den Kopf und schlüpfte schnell in den Büstenhalter. Er sah wirklich wunderbar unschuldig aus, weiß, seidig, mit einer kleinen Spitze an den zarten Trägern. Den dazugehörigen Schlüpfer, der an den Seiten Chiffoneinsätze hatte, würde man heute als Slip bezeichnen. Er war winzig klein. Wie beim Büstenhalter waren die Brennelemente in den kleinen Seidenapplikationen versteckt. Zunächst hatten wir mit Knallstäbchen experimentiert, von der Art, die man auch in Zigaretten steckt. Dann jedoch stellte sich heraus, daß der Effekt ein stärkeres Geschütz benötigte, ganze Knallschnüre nämlich. Damit man den Artikel auch mehr als einmal wirkungsvoll einsetzen konnte, hatten beide Wäschestücke mehrere Tunneleinzüge, durch die man ganz einfach neue Knallschnüre einfädeln konnte. Wir wollten zu Weihnachten 1957 mit dem Verkauf beginnen, hatten aber schon jetzt mehrere tausend Vorbestellungen. Außer im Labor, im Kreis von einem Dutzend weiß bekittelten Mitarbeitern, war er noch niemals ausprobiert worden.

»Was ist jetzt?« murmelte Kawusabu aus dem karierten Kopfkissen hervor. »Ich schlafe gleich ein.«

»Du kannst dich jetzt umdrehen.« Ich ging die paar Schritte zum Bett zurück und setzte mich auf unsere Bettkante.

»Oh«, machte Kawusabu und strich mit der Hand über meinen Busen. »Das ist eine Pfirsichknospe, die unter dem Schnee blüht.«

Ich wich ein bißchen zurück. »Vorsicht, bitte.«

Er sah mich stirnrunzelnd an. »Vorsicht? Nein, vorsichtig geht das nicht.« Er tastete nach dem Verschluß des BHs an meinem Rücken und ich überlegte, ob wir den Artikel nicht doch lieber mit einem Vorderverschluß herausbringen sollten.

Jetzt hing der Büstenhalter an seinen Trägern locker über meinen Armen. Kawusabu setzte sich im Bett auf und begann, meine Brustwarzen zu küssen. Das paßte nicht ganz in den von mir geplanten Ablauf. Denn einer von uns beiden sollte den Knall-BH jetzt auf den Boden werfen.

»Moment, bitte.« Ich stand vorsichtig auf.

Kawusabu packte mein Handgelenk und ließ mich sofort wieder los.

In diesem Augenblick rutschte der BH zu Boden. Ich konnte gerade noch aufs Bett springen, in die Arme des verblüfften Kawusabu. Vielleicht lag es an der Stille der Berge rund um uns herum. Oder an der Akustik des alten Bauernhauses. Jedenfalls war die Detonation unglaublich. Kawusabu starrte mich an, dann beugte er sich über den Rand des Bettes, wie über die Reling eines Bootes, und blickte auf den Boden. Unten im Haus erklang die Stimme des Wirtes, auf der Treppe die von Pussi Mannikowski. Ich nutzte den Moment, um mir den Slip auszuziehen und ihn hinterher zu feuern. Es krachte noch lauter als beim ersten Mal, und außerdem stank es nach Schwefel. »Das ist wunderbar. Laß uns das noch mal machen.« Er umschlang meine Taille und zog mich auf sich. In diesem Augenblick pochte es an der Tür.

»Ja, bitte«, sagte Kawusabu.

»Da hat es einen fürchterlichen Knall gegeben«, rief der Wirt. »Aber bei Ihnen war das ja sicher nicht?«

»Nein, nein, nicht bei uns.« Wir hielten einander umschlungen und kicherten.

»Hier bleibe ich nicht«, schrie Pussi Mannikowski auf der Treppe. »Ich gehe!« Dann hörte man das Scharren von gezogenen Gepäckstücken. »Nun bleib doch, Pussi«, rief

Horst Mannikowski. Schritte auf der Treppe. Das Klappen der Außentür. Dann Stille.

»Meinst du, wir könnten es draußen noch einmal versuchen?« flüsterte Kawusabu. »Oder brennt das nur einmal?«

Ich sah ihn lange an. »Nein. Das brennt immer wieder.«

*

Es war ganz leicht, die Knallschnüre zu wechseln. Kawusabu war dafür, daß ich über dem BH und dem Slip nur meinen Pelzmantel tragen sollte. »Hier ist ja sowieso niemand«, sagte er, als wir die Treppe hinunter nach draußen schlichen.

Es hatte aufgehört zu schneien und, wie der Wirt gesagt hatte, es taute. Die steile Wiese hinter dem Haus war von schwerem Schnee bedeckt. Die Nacht war mondlos. In der Luft lag ein Hauch von künstlicher Wärme.

»Komm, wir gehen ein paar Schritte durch den Schnee.« Kawusabu zog mich den Hang hinauf bis zu einem kleinen Holzschober, der sich etwa hundert Meter oberhalb des Gasthauses dunkel gegen den Himmel abhob. Neben dem Schuppen fanden wir ein geschütztes und sogar schneefreies Plätzchen unter einem kleinen Vordach. »Hier sind wir ungestört und niemand kann uns hören.«

Kawusabu war wie immer unbeirrbar. »Zieh dich aus.« Er zögerte. »Nein, ich zieh dich aus.« Er öffnete die Verschlüsse des Pelzmantels und ließ seine Hände über meinen nackten Bauch gleiten. Dann bückte er sich, zog langsam meinen Slip herunter und hielt ihn in die Höhe.

»Ich glaube, man muß ihn auf einen harten Untergrund werfen«, sagte ich. Und ich betete, daß der Mechanismus auch im Schnee funktionieren würde.

Kawusabu war so außer sich, das er das offenbar gar nicht hörte. Er schleuderte das Höschen am ausgestreckten Arm um seinen Kopf wie ein Lasso. Und dann ließ er es plötzlich los. Es flog hoch in den Himmel hinein, bergauf. Es verschwand in der Dunkelheit. Von da an hatten wir noch zwei Sekunden, um uns vor der Lawine in Sicherheit zu bringen.

Die folgende Detonation war zwar viel leiser als diejenige im Haus. Aber wir spürten sofort, daß dies etwas anderes war. Kawusabu riß mich an sich, zog mich in den Schuppen und barg mich unter seinem Körper. In diesem Moment donnerte es und grollte. Der Berg wütete. Er atmete aus. Der Boden begann zu vibrieren, die Fensterläden rissen aus den Angeln, eine Wand zerbarst und begrub uns unter einem Haufen splitteriger Bretter. Aber die Lawine stürzte ins Tal, ohne uns wirklich etwas anzuhaben. Ich hatte einen Kratzer am Knie. Kawusabu ärgerte sich, daß sein schwarzer Kaschmirmantel eine Triangel am Rücken abbekommen hatte. Das Gasthaus blieb unbeschädigt.

Kawusabu und ich fuhren noch in der gleichen Nacht mit dem Auto nach Ascona zurück und von dort aus gen Süden, nach Italien. »Die beiden jungen Leute aus Düsseldorf haben mir sehr gut gefallen«, sagte Kawusabu, während wir durch den Schneematsch ins Tal zurückgurkten.

»Ach wirklich?« Ich fand sie ordinär.

»Nicht, daß sie mit unseresgleichen etwas zu tun hätten«, sagte Kawusabu nun und nahm meine Hand. »Aber sie haben tatsächlich geglaubt, daß wir ein altes Ehepaar sind. Dafür soll der Himmel sie immer beschützen.«

Später hörten wir, daß der Wagen der Mannikowskis von der Wucht des Schneebretts gegen einen Felsen gedrückt und zerstört worden war. Beide waren jedoch unverletzt geblieben.

In der Zeitung stand, daß ein anonymer Wohltäter ihnen ein neues Auto geschenkt habe, da sie sich aus eigener Kraft keines leisten könnten. Es sei ein fleischfarbener Opel Kapitän. Und er war in der Zeitung abgebildet.

Sieben

Norderney
27. Dezember 1999

Am Montag nach Weihnachten hatten die Kopfschmerzen endlich soweit nachgelassen, daß Roberta aufstehen und sich in der Küche einen Zwieback einweichen konnte. Sie legte die Hände an ihre pochenden Schläfen. Die eiskalte Luft, die durch das geöffnete Küchenfenster ins Zimmer strömte, machte alles wieder schlimmer.

»Wir haben früher in solchen Fällen immer einen sauren Hering gegessen«, sagte Mariechen und warf das Fenster wieder zu. Die Scheiben klirrten. »Oder man nimmt einen Café rigide. Wissen Sie, was das ist? Einen Löffel Kaffeepulver mit einem Löffel Honig vermischen und runter damit.«

Roberta verzog das Gesicht. Der Schmerz schoß von der Rückseite ihrer Ohrmuscheln bis in den Nacken hinein. »Haben Sie eigentlich gar keinen Kater?«

Mariechen schien ihre Frage nicht zu hören. Sie trippelte emsig in der Küche auf und ab, stellte Teller auf den Tisch, schmierte Brote und wischte mit dem Putzlappen über den Teekessel. »Wenn wir die Ausfahrt mit der Pferdekutsche machen, sollten wir alles an Decken und Pelzen mitnehmen, was wir nur haben. Es sieht zwar sonnig aus, aber am Strand beißt der Wind.«

Roberta versuchte, den Kopf zu heben und Interesse zu heucheln. »Vielleicht ist es aber doch besser, den Ausflug zu verschieben.« Sie hatte Mühe, einen klaren Satz zu sprechen. »Zu kalt. Und Yolanda. Kann sich erkälten«, murmelte sie.

Mariechen sah sie belustigt an. »Ach wirklich? Und auf wann sollen wir den Ausflug verschieben? Auf den Sommer vielleicht? Ich sage Ihnen eines, Kindchen. Einen schöneren Wintertag als den heutigen gibt es nicht. Eisblaue Luft und nur wenige Grade unter Null. Dieser Tag ist perfekt.«

Roberta seufzte und versuchte, ihre schmerzenden Gedanken zu einem Gegenargument zu formieren. In diesem Augenblick klingelte das silberne Handy in ihrer Westentasche. Sie nahm es mit spitzen Fingern hervor und sah es entsetzt an.

»Das ist bestimmt Herr Susewind«, sagte Mariechen begeistert. »Ich wußte, daß er doch noch mitkommen möchte.«

Aber es war nicht Hans Susewind. Es war Oskar. Und er brüllte. Roberta hielt das Handy erschrocken am ausgestreckten Arm, näherte sich dann aber vorsichtig wieder. »Hallo«, sagte sie zaghaft.

»Ja doch, ich bin es«, rief Oskar genervt. »Wir sind auf der Eisbahn in Moritz. Sei doch mal leise, Hasi. Warum muß dieses Weib immer schreien wie angestochen? Nicht zum Aushalten dieser Krach.«

»Dann geh doch woanders hin, wo es leiser ist.« Roberta erschrak über ihre eigenen Worte, aber offenbar hatte er ihr ohnehin nicht zugehört »Ich meine, ich freue mich sehr, daß du anrufst. Frohe Weihnachten auch noch.«

»Ist doch mal 'ne gute Nachricht, das mit Oma«, rief Oskar nun. »Als sie heute morgen angerufen hat, war hier vielleicht was los! Otto hat sich gleich 'nen neuen Porsche bestellt. Das muß er dann ja immer haben. Hoffe mal, seine Frau verklemmt sich mit ihrem dicken Arsch nicht auf dem Beifahrersitz. Dann kann er immer mit ihr durch die Stadt gurken, haha. Aua! Sie hat mich gekniffen.«

Roberta schloß die Augen. »Ich wußte gar nicht, daß deine Großmutter dich schon … Ich meine, wann hat sie dich denn angerufen?«

In der Leitung erklang ein Schmatzlaut.

»Was hat er gesagt?« fragte Mariechen. »Fragen Sie ihn mal, was er jetzt mit der Firma machen will.«

»Was habt ihr jetzt eigentlich mit der Firma vor?« fragte Roberta mechanisch. Sie versuchte sich vorstellen, wie Oskar in Skianorak, Steghose und Moonboots gekleidet auf einer Eisbahn stand, aber das Bild verschwamm vor ihren Augen.

»Mit der Firma? Wenn ich an dieser Stelle mal Joseph Beuys zitieren darf: Det tät ik verkoofen, würde ich mal sagen.« Im Hintergrund wurde gejohlt. Oskar zog etwas Schleim in der Nase hoch und räusperte sich. »Mal ganz im Ernst. Der Scheiß kommt natürlich sofort nach dem Urlaub weg. Muß man natürlich langsam und vorsichtig machen, sonst fallen die Aktien. Unser Broker sagt, sechs bis acht Wochen müssen wir rechnen, um den ganzen Kram abzustoßen. Oma saß ja doch noch auf 'nem ganz fetten Polster. Otto dachte zwar immer, sie hätte noch ein paar mehr als fünfhunderttausend Aktien gehalten. Aber so reicht das ja auch erst mal. Kurs steht bei über zehn Mark. Na ja. Und dann Heidewitzka, Herr Kapitän.«

Mariechen rutschte unruhig auf dem Stuhl hin und her. »Kann man das nicht mal laut stellen?«

Roberta legte den Finger auf die Lippen und schüttelte den Kopf.

Oskar räusperte sich. »Da fällt mir ein, daß wir über deine sogenannte Provision auch noch mal reden müssen. Otto meint, die Nachricht von Oma kam so schnell, daß sie mit deinen, nun ja, mit deinen Bemühungen wohl nicht viel zu tun gehabt haben kann.«

»Aber ich habe doch die Unterschrift!« Roberta spürte, wie die Wut ihr die Kehle zuschnürte.

»Was sagst du, Hasi?« rief Oskar in den Hörer hinein, aber ehe Roberta einen Ton herausbrachte, schnarrte seine Stimme schon weiter: »Also, haha, meine Frau meint, du darfst einmal mit mir, haha, ich meine, ... umsonst!« Er lachte so laut, daß es im Handy gurgelte und zischte. Die Obertöne einer Frauenstimme überschlugen sich. »Aber das eine Mal hat sie schon hinter sich ...!« kreischte die hohe Stimme nun. Eine andere Stimme fiel ein. Oskar schien mit dem Ersticken zu kämpfen. »Na, du hörst ja, was hier los ist. Wir wollen gleich mal was Kleines mampfen gehen. Ich würde ja gern mal wieder 'ne Currywurst essen. Aber da komm ich bei den Weibern nicht mit durch. Die wollen jetzt immer was Feines. Hummer ist der beste Koch, würde ich mal sagen. Ich mach jetzt Schluß. Wir sehen uns ja dann. Wiederhören, mein Schatz.« Damit brach seine Stimme ab.

Roberta hätte das Handy am liebsten in den Mülleimer geschmissen. Statt dessen feuerte sie es auf die Fensterbank, wo es neben einer vertrockneten Stubenfliege liegenblieb.

»Und?« fragte Mariechen und rührte in ihrer Kaffeetasse.

Roberta schluckte und atmete durch den Mund aus.

Mariechen musterte sie stumm. »Hab ich mir eigentlich schon gedacht, daß die beiden die Aktien verkaufen wollen. Mit ihren eigenen Anteilen haben sie das schon vor Jahren so gemacht. Dachten immer, ich merke es nicht.«

Irgendwie beruhigte das Gespräch Roberta. »Oskar hat mir aber erzählt, daß Otto und er ihre Firmenanteile ihren Frauen überschrieben haben.«

Mariechen winkte ab. »Ja, ja, das hat er mir auch mal

irgendwann erzählt. Aber ich hab's natürlich nicht geglaubt. Der Junge zieht immer die Nase kraus, wenn er lügt. Ist Ihnen das noch nicht aufgefallen? Das macht mein ganzer Clan so. Sehr praktisch. Wenn ich die Anteile damals nicht nach und nach wieder zusammengekauft hätte, wären die Kurse schon 1969 in den Keller gegangen.«

Je konzentrierter sie Mariechen folgte, desto weniger mußte sie an Oskar denken. An ihre Kopfschmerzen. An die Sache mit Graustein. An ihr ganzes verdammtes Leben. »Dann gehören Ihnen ja immer noch mehr als fünfzig Prozent an der Pluto AG«, sagte Roberta.

Mariechen lächelte. »Kluges Kind. Gut aufgepaßt. Oder machen Sie nur etwas Gehirnjogging, damit Sie nicht an Ihre eigenen Probleme denken müssen?«

Roberta schüttelte den Kopf und versuchte sich zusammemzunehmen. »Und das bedeutet, daß Sie Heiligabend nicht *alle* Anteile auf Oskar und Otto übertragen haben, sondern nur einen gewissen Prozentsatz. Oder wieviel Prozent des ganzen sind fünfhunderttausend Stück?«

»Die beiden sollen zum ersten Januar dreißig Prozent bekommen. Und ich halte dann noch weitere dreißig Prozent, was allerdings niemand weiß. Außer Ihnen, jetzt. Der Rest ist im Besitz von Kleinaktionären, nehme ich mal an.«

»Und warum machen Sie das alles?«

»Die Frage müßten Sie sich nach dem Gespräch mit Oskar eigentlich selbst beantworten können. Ich traue der ganzen Bande nicht. Mag ja sein, daß es mein eigen Fleisch und Blut ist. Aber was heißt das schon? Wer weiß, wie ich mich verhalten würde, wenn meine Großmutter auf einem Geldsack säße, und ich nur noch wenige Wochen zu leben hätte?«

Roberta spürte, wie ihr die Sinne schwanden. »Nur noch wenige Wochen zu leben? Wer? Oskar?«

Mariechen zuckte die Schultern. »Was weiß ich, was

mit ihm los ist? Aber irgendeinen Grund muß sein schweinisches Verhalten doch haben, oder? Da hab ich mir gedacht, daß er vielleicht irgendeine grauenhafte Krankheit hat. Und daß seine Uhr tickt.«

»Das denken Sie sich ja nur aus!« Roberta errötete vor Entsetzen.

»Ja«, sagte Mariechen schlicht. »Das denke ich mir nur aus, damit ich keine Rachegedanken hegen muß.«

Um Punkt zwölf näherte sich Pferdegetrappel auf der Strandstraße, dann hörte man Grausteins tiefe Stimme, die mit einem »Hoho!« die Kutsche vor dem Hotel zum Halten brachte.

»Ich finde, Graustein und Yolanda sehen fast aus wie ein altmodisches Ehepaar, das mit dem Treck nach Westen fährt«, sagte Mariechen und blickte aus dem Küchenfenster. »Wie Yolanda so würdevoll in ihren Schal eingemummelt ist. Und wie er den Arm um sie gelegt hat. Wirklich hübsch.«

Roberta zog ein Taschentuch hervor und schneuzte sich die Nase. »Machen Sie ruhig weiter so. Es tut mir nicht mehr weh.«

Mariechen warf ein Stück Kandis in ihre Tasse. »Huh, wie theatralisch.«

»Gefühle wird man ja wohl noch haben dürfen, oder?«

»Gefühle? Das nennen Sie Gefühle? Daß Sie sich an einen einsamen Mann heranmachen, von dem jeder weiß, daß er immer nur dieses eine behinderte kleine Mädchen gern gehabt hat?« Mariechen schien sie mit ihren lila Augen fast durchbohren zu wollen. »Platonisch, natürlich.«

Roberta schüttelte stumm den Kopf.

»Oder meinen Sie etwa Ihre Gefühle für Oskar, meinen braven Enkelsohn? Vielleicht darf ich Sie einmal fragen, um welche Art von Gefühlen es sich da gehandelt hat? Hatten Sie vielleicht das Gefühl, im Leben ein bißchen zu schlecht weggekommen zu sein? Oder war es das Gefühl, auf die Schnelle ein paar Mark machen zu können?« Sie beugte sich mit auf den Tisch gestützten Ellenbogen weit vor, so als wolle sie Roberta fressen. »Hatten Sie das Gefühl, daß Oskar eine leichte Beute wäre, für eine wie Sie? Ein dicker armer Tropf, der für ein paar Streicheleinheiten seine ganze Firma verschenkt?« Ihre Stimme drohte sich zu überschlagen, aber dann ließ sie sich plötzlich zurückfallen und verschränkte die Arme vor der Brust.

»Pardon, das war vielleicht ein bißchen heftig.«

»Das Gefühl habe ich allerdings auch.« Roberta sprang auf, rannte aus der Küche und stieß in der Tür mit Graustein zusammen. »Mach Platz, du Penner«, murmelte sie und drängelte sich an ihm vorbei.

»O Mann, habt ihr hier dicke Luft?« Er führte Yolanda an den Tisch und beobachtete lächelnd, wie sie sich sofort eine Handvoll Kekse in den Mund stopfte.

»Roberta holt sich nur flink ihre Jacke«, rief Mariechen mit lauter Stimme. »Sie ist gleich wieder da.«

Und das war sie auch. Und sie sah so wütend aus, daß Graustein zurückwich.

»O Scheiße«, sagte er nur und versuchte dann, das Thema zu wechseln. »Kommt Henri gar nicht mit?«

»Er hat heute morgen einen Anruf von Herrn Susewind bekommen«, sagte Mariechen bedauernd, »Henri wollte nicht sagen, was los war, und ist gleich verschwunden. Vermute mal, die beiden wollen sich nur vor unserem Winterpicknick drücken.«

Graustein nickte verständig. Es war ihm im Gesicht abzulesen, daß die Kutschfahrt für ihn auch nur ein Job war.

»Wenn Sie wollen, fahren wir kurz an der Küstenstation vorbei und sammeln die beiden ein.«

»Ach, ich weiß nicht. Wenn die Herren nicht wollen …«

Mariechen ließ sich von Graustein in ihren Pelz helfen und kontrollierte, ob Yolanda auch warm genug angezogen war.

»Sie hat Skiunterwäsche an«, sagte Graustein ungefragt, und Mariechen runzelte die Stirn.

»Hier liegt ein Handy auf der Fensterbank. Wem gehört das?«

Roberta schnappte es sich und stopfte es in die Tasche ihres Anoraks.

*

Sie wäre am liebsten neben der Kutsche hergetrabt, so wütend war sie. Aber nach einigen hundert Metern am Strand zähmte der Eiswind ihren Bewegungsdrang. Sie nahm sich einige Decken und hüllte sich bis zur Nasenspitze darin ein, so wie die anderen. Im Schutz des nach hinten geschlagenen Verdecks saßen sie Seite an Seite, Yolanda, Mariechen und Roberta, wie Drillinge in einem riesigen Kinderwagen, und lächelten in den babyblauen Himmel hinein.

Die Kälte bügelte Mariechens Falten glatt und fältelte Yolandas Elfenbeinteint, sie trocknete Robertas Tränen und trieb den anderen beiden Frauen das Wasser in die Augenwinkel, sie machte ihnen allen rote Nasen, und Graustein, den machte sie zu einem schnüffelnden Kind. »Tausend Meter noch, dann drehen wir um, dann haben wir den Wind von achtern«, rief er und ließ die beiden Pferde in einen losen Trab fallen.

Die Nordsee schwappte schwer und dunkelblau, nur am Horizont kräuselten sich kleinere Wellen. Am Spulsaum hatten sich einige Salzwasserschollen aufgetürmt, die so locker waren, daß sogar die gelegentlich landenden Schwäne darin einbrachen wie in Blätterteig. Eine Gruppe von ihnen schaukelte auf dem Wasser dahin und erhob sich mit großem Trara in die Lüfte, als die Kutsche sich näherte.

»Schaut doch, wie hübsch sie sind«, rief Mariechen.

»Gibt schon viel zu viele Schwäne hier. Das sind nur

Luftratten!« grummelte Graustein. »Sind zu nichts nütze.«

Roberta spürte einen Anflug von Sonnenbrand auf den Lippen.

»Hoho!« Graustein griff nach der Bremse und brachte das Fuhrwerk zum Stehen. »Was ist denn das?«

Roberta blinzelte in die Sonne »Was? Ich sehe nichts.« Hinter ihren geröteten Lidern tanzten weiße Flecken.

»Ein Boot«, sagte Mariechen und lüpfte ihren Hintern aus dem Polster in die Höhe. »Ein kleines Boot. Malerisch, nicht wahr? Schau mal, Yolanda. Kannst du es sehen?« Aber Yolanda interessierte sich nur für den Rücken von Graustein, den sie beständig ansah.

»Scheiße, die Leute im Boot winken. Da stimmt was nicht.« Graustein sprang auf die Bank des Kutschbocks und hielt sich eine Hand schützend vor die Augen. »Ich werd verrückt. Das ist ›Polarsternchen‹, das Boot von der Forschungsstation. Ist denn Susewind von allen guten Geistern verlassen?«

Roberta konnte noch immer nichts erkennen.

Mariechen hatte die ganze Zeit gestarrt. »Der andere Mann ist Henri«, sagte sie jetzt. »Ich erkenne ihn an seiner Kopfform. Meine Kinder hatten auch alle diese unglaublich runden Schädel.«

Roberta fühlte, wie sich ein Ring um ihren Magen zog. »Na und? Vielleicht machen Susewind und Henri eine kleine Tour. Das gleiche, was wir tun. Nur zu Wasser statt zu Lande.« Eigentlich klang das wie eine kluge Erklärung.

Aber Graustein war ehrlich empört. »Hast du eine Meise? Du redest wie dieser Susewind, dieser Schweizer. Du hast echt keine Ahnung. Da, wo die jetzt sind, wäre es sogar im Sommer gefährlich. Jedenfalls mit einem so kleinen Ruderboot. Was meinst du, was da für eine Strömung ist? Das ist ein Himmelfahrtskommando! Mag der Teufel wissen, was die da machen!«

»Warum fragen wir sie nicht einfach?«

Roberta zog ihr Handy aus der Tasche und wählte Susewinds Nummer. Graustein und Mariechen beobachteten sie gespannt. Es klickte in der Leitung, dann sagte eine atemlose Stimme: »Ja, bitte? Ich meine, bist du es, Roberta? O Scheiße.« Er schrie plötzlich auf, dann brach die Verbindung ab.

Roberta wählte erneut, und er war sofort wieder dran. »Das war echt knapp. Eben wäre uns fast der Hummer über Bord gegangen.«

»Der Hummer?« fragte Roberta. »Der Hummer?« echoten Mariechen und Graustein.

»Henri und ich wollten ihn eigentlich auswildern«, schrie Susewind. »Aber wir kommen nicht weit genug nach draußen. Hier ist es zu flach für ihn. Hier hätte er keine Chance.« Roberta preßte das Handy dichter an ihr Ohr. Susewind atmete schwer. »Leider weiß er das aber nicht. Er versucht dauernd, aus dem verdammten Boot herauszukrabbeln. Vorhin hat er Henri schon gekniffen.«

»Und das, wo du doch kein Blut sehen kannst.«

Einen Moment lang hörte man nichts als das Knarren der Riemen, dann sagte Susewind: »So schlimm war das nicht.«

»Dann kommt doch jetzt einfach zurück.«

»Was glaubst du eigentlich, was wir hier machen? Henri sagt, seit ein paar Minuten haben wir ablandige Strömung. Und außerdem ist diese Nußschale nicht ganz dicht. Im Moment pullt Henri, und ich schöpfe.«

»Vielleicht kann ich einen Seenotrettungskreuzer anrufen. Oder so.« Roberta war sich nicht ganz sicher, ob es so etwas wirklich gab.

»Kluges Mädchen.« Dies war heute schon das zweite Mal, daß das jemand zu ihr sagte. »Vergiß es«, sagte Susewind. »Der nimmt Bergungsgebühren von uns. Das kann kein Mensch bezahlen. Eigentlich hätte ich das Boot von der Küstenstation auch gar nicht so einfach nehmen dürfen.«

»Dann hol ich ein paar Insulaner zur Hilfe. Die haben doch alle eigene Boote.«

In diesem Moment schaltete Graustein sich ein. »Vergiß es«, sagte er. »Vergiß es«, brüllte auch Susewind an Robertas Schläfe. »Ich hab vorhin schon diesen Herrn Butt angerufen, den Kaufmann, du weißt schon. Das war der einzige, von dem ich wußte, daß er sein Schiff auch im Winter draußen läßt. Er sagt, er rettet uns sehr gerne, wenn er dafür den Hummer kriegt.«

»Aber das ist doch Erpressung!« Roberta war so empört, daß sie mit dem Fuß gegen die Holzverkleidung des Wagens trat. Die beiden Pferde zuckten zusammen und schüttelten die Mähnen.

»Erpressung ist es nur, wenn man es beweisen kann, und das kann man nicht. Im übrigen, meine Liebe, muß ich dir sagen, daß hier gleich ein Mord geschieht!«

»Was?«

Susewind lachte kurz auf. »Henri wird mich über Bord werfen, wenn ich ihm nicht sofort helfe. Seine Augen sind schon halb aus den Höhlen getreten vor Wut.«

»Vor Kraft, du Arschloch«, tönte es im Hintergrund.

»Wir machen jetzt noch mal einen gemeinsamen Versuch«, stöhnte Susewind. »Ansonsten, good bye, my love.«

»Das ist ja schrecklich.« Roberta bekam vor Aufregung kaum noch Luft. »Was kann ich denn nur tun?«

»Sie treiben immer weiter ab«, vermeldete Graustein von seinem Beobachterposten aus.

»Ich weiß, was du tun kannst«, grölte Susewind unvermittelt in Robertas kaltes Ohr. »Du kannst sagen, ›bitte komm zu mir‹, dann schaffe ich es bestimmt.«

»Du hast vielleicht Galgenhumor.« Sie wartete. Am Horizont blitzte die Gischt. »Also gut. Bitte, komm zu mir.« Ihre Stimme war ohne Ton und ohne Leidenschaft. Nur ein bißchen heiser.

Mariechen legte die Stirn in Falten. Graustein verkniff sich ein Lachen.

Roberta wendete sich ab, so gut das in der engen Kutsche ging, und hielt die Hand schützend vor ihren Mund. »Bitte, bitte«, sagte sie leise. Dann brach das Gespräch ab.

Trotzdem dauerte es noch fast eine Stunde, bis das winzige »Polarsternchen« den Strand erreicht hatte. Susewind und Henri hatten Eiszapfen in den Haaren und an den Nasenspitzen und ihre Hände sahen aus, als trügen sie hellblaue Gummihandschuhe.

»So was Beklopptes wie euch hab ich noch nie kennengelernt«, sagte Graustein und verstaute den Hummer in der Gepäckkiste am Heck des Pferdewagens. »Was habt ihr euch nur dabei gedacht?«

Aber Henri konnte vor lauter Kälte gar nicht mehr sprechen, und Susewind schüttelte nur trübe den Kopf. »Www-wir wwwwollten den Hummer wwwwieder auswwwwildern«, stieß er dann hervor. »Heute nacht ist bei mir eingebrochen worden. Die wollten uns den Hummer klauen. Aber ich habe die Burschen gehört und weggejagt.«

»Ihr müßt sofort was Trockenes anziehen«, sagte Graustein und knallte mit der Peitsche. »Am besten, wir fahren zur Küstenstation.« Das Pferdefuhrwerk ruckte und setzte sich langsam in Bewegung. Dann schnalzte Graustein mit der Zunge, und die beiden grauen Rösser fielen in Trab.

Susewind hockte auf der Rückbank. Zwischen Yolandas weichem Jungmädchenkörper und Mariechens unverhohlener Bewunderung unter der Felldecke sitzend, erholte er sich blitzartig. Und auch Henri, der sich mit Roberta unter einen Pelz drängte, taute sichtlich auf. »Pfoten weg«, sagte Roberta mehr als einmal streng.

»Zwischen meinen Schenkeln ist es auch nicht wärmer als da draußen.«

Yolanda verzog das Gesicht zu einem Lachen, blieb aber stumm.

Sie jagten über den leeren Strand dahin und sahen in der Ferne einige Spaziergänger die Dünenkette hinunterwandern, wie Ameisen so klein.

»Jetzt kommen sie und gucken, was los ist«, sagte Graustein finster. »Ich wette, die haben die ganze Zeit mit Feldstechern in ihren Hotels auf der Lauer gelegen und beobachtet, wie das Boot mit den Wellen kämpfte.«

Mariechen blickte an ihrer Seite aus der Kutsche heraus. Roberta konnte sehen, wie sich manchmal ihre Lippen bewegten.

»Was haben Sie vor?« fragte Roberta unvermittelt und rückte ein Stückchen von Henri ab.

»Wie bitte?« Mariechen schüttelte langsam den Kopf, dann grub sie in ihrer Handtasche nach einem Notizblock, fand aber keinen. »Ich glaube, so geht das hier nicht mehr weiter.«

*

In der Küstenstation war es mollig warm. Der Kanonenofen in der Ecke glühte fleißig, die Doppelscheiben in den Fensterhöhlen zeigten den Winter so künstlich distanziert wie eine Schaufensterdekoration. In den Muschelbecken gurgelte quellklares Wasser, die Aquarien glitzerten. Alles blitzte vor Sauberkeit und Helligkeit. Susewind und Henri verzogen sich in die hinteren Räume, um trockene Sachen anzuziehen.

»Ihr kennt euch ja hier aus«, rief Susewind. »Das heißt, falls ihr überhaupt noch eine Erinnerung an die Weihnachtsnacht habt.«

Roberta stöhnte. Sie wußte nur noch, daß sie auf einer

Kiste gesessen und Susewind dabei zugeschaut hatte, wie er das Hummerbecken herrichtete. Aber wo waren die anderen in dieser Nacht gewesen? Auch betrunken? Schon nach Hause gegangen? Die Kopfschmerzen kehrten zurück, wenn sie nur daran dachte.

Mariechen jedenfalls benahm sich, als sei sie ein steter Gast. Sie ließ es sich nicht nehmen, sofort den großen Teekessel aufzusetzen und im Kühlschrank nach Eßbarem zu suchen. »Meine Güte, Herr Susewind, mit Ihren Vorräten können Sie ja ganze Kompanien bewirten.«

»Man weiß ja nie, was alles passiert«, rief Susewind aus seinem Schlafzimmer. »Im Küchenschrank müßte noch ein Kuchen stehen.«

»So sind die Schweizer«, sagte Mariechen anerkennend.

»Haben in der Schweiz nicht sogar die Hunde immer was zu saufen dabei?« fragte Graustein. Aber Mariechen war damit beschäftigt, Yolanda von Susewinds Computer wegzuscheuchen. »Laß das bitte, Kind, das könnte kaputtgehen.«

Susewind streckte den Kopf um die Ecke. »Lassen Sie sie nur. Yolanda kann sehr gut mit dem Computer umgehen. Sie hat doch neulich nacht stundenlang daran gespielt.«

Roberta sah mit Genugtuung, daß offenbar auch Mariechen einen Filmriß hatte. »Ach, wirklich?« sagte sie nur. Aber es war ihr anzusehen, daß sie sich an nichts erinnerte.

Yolanda schaltete den Computer ein und streckte sofort die Hand nach dem Modem aus, so als habe sie ihr Leben lang nichts anderes getan, als elektronische Geräte zu bedienen. Klick, machte es. Dann wählte sie sich ins Netz ein. Sphärische Töne summten durch den Raum. Graustein musterte sie schweigend und wandte sich dann ab. »Ich bin überhaupt nicht für den ganzen Internetkram«, ließ er vernehmen. »Das lenkt die Leute doch nur von der Natur ab.«

Roberta starrte ihn an. Seine riesige Statur, das ebenmäßige Gesicht, die völlig haarlose, glatte Haut. Männer wie er wirkten immer auf eine unangenehme Weise nackt, selbst wenn sie vollständig angezogen waren. Sie seufzte. Wer war er, und was hatte sie in ihm gesehen?

»Was kann so eine Kiste einem denn schon bieten?« fragte Graustein und legte eine Hand auf Yolandas Schulter. »Das ist doch alles nur Schrott.« Er zögerte. Und zum ersten Mal hörte Roberta, wie er das Wort direkt an Yolanda richtete. »Mach das Ding aus«, sagte Graustein sanft. »Das ist schlecht für dich.« Aber Yolanda gehorchte ihm nicht. Sie schaltete zwischen unzähligen bunten Seiten hin und her, so als suche sie etwas, und wüßte nicht, was.

»Graustein hat recht«, sagte Roberta und ging vor einem großen Becken in die Knie. »Die natürlichen Dinge sind viel aufregender. Zum Beispiel dieser Fisch. Wie aus Silber. Wie mit Diamanten besetzt. So etwas Schönes habe ich noch nie gesehen.«

»Wenn ich nicht wüßte, daß du Friseuse bist, würde ich mich jetzt verarscht fühlen«, sagte Graustein. »Das ist ein Hering.«

Aber Roberta war nicht beleidigt. »Trotzdem schön«, sagte sie, ohne Graustein anzusehen. »Mehr Schein als Sein, sozusagen.« Sie lachte ihn an, und plötzlich errötete er.

»Das muß ich mir von dir dummer Kuh nicht sagen lassen«, stieß er hervor. »Du hast doch überhaupt nichts verstanden.«

Roberta wich erschrocken zurück. »Was ist denn jetzt auf einmal los?«

»Was los ist? Was los ist? Mehr Schein als Sein, was? Das ist eine Unverschämtheit!« Graustein machte ein paar drohende Schritte auf sie zu und hob die Fäuste. Dann fing er den Blick von Hans Susewind auf, der plötzlich im Raum stand und sich das Hemd zuknöpfte. Graustein ließ die Hände langsam wieder sinken. Drehte sich um die eigene Achse und verschwand Türen knallend ins Freie. Einen Moment später stob der Wagen mit den beiden grauen Pferden vor dem Blumenfenster vorbei.

Mariechen hatte mitten in der Bewegung innegehalten. Sie hielt das Gesicht in Robertas Richtung, aber der Blick ihrer veilchenblauen Augen war ins Leere gerichtet. Der dampfende Kessel in ihrer Hand baumelte. Sie stand starr.

»Ist alles in Ordnung mit Ihnen, Frau Rosenzweig?«

Es dauerte eine Ewigkeit, bis sie antwortete. »Ja«, sagte sie dann. »Sie sind wirklich ein kluges Kind, Roberta.«

Acht

Küstenstation Norderney
27. Dezember 1999
abends

Seit einigen Minuten hatte sich die Atmosphäre in der Küstenstation verändert. Roberta konnte die Spannung fast nicht ertragen, wußte aber auch nicht, was los war. Susewind lief von einem Raum zum anderen, um dem Hummer in seinem Wasserbecken einige von seinen lebenden Muscheln zu bringen. »Was soll's?« murmelte er. »Ich hab die Arbeiten ja ohnehin bald abgeschlossen. Dann sind die Dinger wenigstens noch zu was gut.« Er fischte mit einem Tuchsieb Plankton aus einem der Aquarien und trug es tropfend durch die Station bis in den ehemaligen Seehundskeller.

Henri tigerte mit der Bierflasche in der Hand vor seinen Füßen herum. Yolanda hämmerte auf der Tastatur des Computers herum. Mariechen eilte emsig auf und ab, um den Tisch zu decken, den Napfkuchen in Stücke zu schneiden und Weißbrot zu grillen. Sie stellte eine Käseplatte auf den Tisch, verteilte Gläser, musterte die Weinvorräte im Küchenschrank und entschied sich nach langem Hin und Her endlich für eine Flasche Bordeaux.

»Soll ich die Flasche aufmachen?« Henri hatte sein Schweizer Taschenmesser schon aufgeklappt in der Hand.

»Nein, nein. Was meinen Sie, wie lange ich das nicht

mehr gemacht habe?« Sie drehte den Öffner in die Flasche, klemmte sie zwischen ihre Knie und zog mit Schwung den Korken heraus.

Roberta beobachtete sie staunend. »Sie sind so ... so anders heute«, sagte sie dann.

Sie nickte. »Ich weiß. Das liegt daran, daß ich einen Plan habe.«

»Es geht um den Hummer, nicht wahr?« Susewind stopfte sich ein Stück Kuchen in den Mund. Der Ausflug hatte ihn hungrig gemacht. »Ich finde auch, daß da endlich was geschehen muß.« Sie saßen alle um den großen runden Tisch in der Küstenstation. Nur Yolanda konnte sich nicht vom Computer loseisen.

»Nein«, sagte Mariechen nach einer Weile. »Es geht um meine beiden Enkelsöhne, Oskar und Otto. Ich habe mich entschlossen, sie voll zu linken.«

»Sie wollen was? Sie voll linken?« Roberta hatte so einen Ausdruck noch niemals aus dem Munde einer alten Frau gehört. »Versteh ich nicht.«

»In meiner Zeit gab es gar kein Wort für diesen Vorgang, weil wir es nicht brauchten. Keine Großmutter auf der ganzen Welt hätte versucht, ihre Enkel um ihr Erbe zu bringen. Aber ich werde es tun.« Sie nahm einen tiefen Schluck Rotwein und sah triumphierend in die Runde. »Ich werde die beiden einfach ausbooten, so wie sie das mit mir versucht haben.«

Susewind hörte auf zu kauen und sogar Henri hielt inne. »Warum wollen Sie so etwas tun?«

»Das ist eine sehr interessante Frage, meine Lieben. Und man könnte sie auf die unterschiedlichste Art beantworten.« Sie streckte die Hand nach Henris Tabaksbeutel aus und begann mit flinken Fingern, sich eine Zigarette zu drehen. »Geben Sie mir bitte Feuer?«

Henri fiel fast das Sturmfeuerzeug aus der Hand. Die Flamme zitterte. Mariechen nahm einen tiefen Zug und lehnte sich zurück. »Aber ich werde die Frage nicht beantworten. Heute noch nicht.«

Sie starrten einander an. Roberta war die erste, die sich wieder fing. »Aber wie soll denn das gehen? Sie haben den beiden doch Weihnachten dreißig Prozent der Firmenanteile überschrieben? Oder wollen Sie den Vertrag einfach in der Luft zerreißen?«

Mariechen schüttelte den Kopf. »Nein, nein, das wäre doch völlig stillos. Ich mache die Sache auf meine Art. Wie Sie wissen, meine Liebe, habe ich selber noch etwa die gleiche Menge in Reserve, an die dreißig Prozent. Bis vor drei Tagen dachte ich eigentlich, das wäre dann noch einmal eine schöne Überraschung für die beiden. Nach meinem Tod. Allerdings funktioniert das Leben an der Börse etwas anders. Es ist grausam. Wer nicht wach ist, wird gefressen.«

»Sie haben also Angst, daß Otto und Oskar all ihre Anteile verkaufen, und daß die Kurse dann sinken und Ihre eigenen Anteile quasi wertlos werden? Dann vererben Sie eines Tages etwas, was kaum noch Wert hat.« Roberta war selbst überrascht, wie klar ihre Gedanken waren. »Das wäre natürlich bitter«, fügte sie noch hinzu. »Aus Ihrer Warte.« Susewind lächelte ihr bewundernd zu.

»Richtig. Aber das Bittere an der Sache liegt in einem ganz anderen Bereich«, sagte Mariechen. »Das Bittere daran ist, daß ich in den vergangenen dreißig Jahren fast nur im Bett gelegen habe. Daß ich mich schon aufgegeben hatte. Nicht einmal sterben konnte ich mehr, so müde war ich. Ich habe immer fest daran geglaubt, daß Otto und Oskar meine Firma eines Tages wirklich gerne leiten wollen. Es war das einfachste, so zu denken.« Sie lächelte in die Runde. »Aber Otto und Oskar wollten von Anfang an etwas ganz anderes: Sie wollten nur das Geld haben. Aufhören zu arbeiten. Die Beine hochlegen und sich ausruhen.« Sie schluckte kurz und drückte die Zigarette im Aschenbecher aus. »Genau wie ich in den letzten Jahren. Es macht letztlich keinen Unterschied, ob ein Mensch mit dreißig müde ist, mit fünfzig oder mit hundertundvier.« Sie blickte Roberta aus ihren lila Augen lange an. »Mehr Schein als Sein, wie Sie ganz richtig gesagt haben. Ich war in den letzten Jahren eben niemand mehr. Nur noch eine quäkende Alte.« Roberta spürte, daß ihr schwindelig wurde.

»O Gott«, sagte Susewind. »Das klingt aber traurig.«

»Stimmt. Aber diese Zeiten sind jetzt vorbei. Ich fange einfach noch einmal von vorne an.«

»Wie meinen Sie das?«

Mariechen funkelte sie an. »Sagen Sie es ruhig, mein Kind. Sagen Sie: Wie kann ein Mensch mit einhundertvier Jahren noch einmal von vorne anfangen? Ich werde Ihnen sagen, wie das geht. Ich werde noch einmal eine Firma gründen.« Sie machte eine kleine Pause. »Und Sie alle werden mir dabei helfen.«

»Ich hab keine Kohle«, sagte Henri schnell, aber es klang wie: »Ich hab keine Lust zum Arbeiten.« Er ließ eine neue Flasche Bier aufschnappen und nahm einen langen Zug. »Ihr seid alle verrückt.«

Mariechen lächelte. »Wenn ich nicht spätestens morgen aktiv werde, habe ich ebenfalls keine Kohle mehr. Otto und Oskar werden nach ihrer Rückkehr aus dem Skiurlaub nichts Eiligeres zu tun haben, als ihre Anteile zu verkaufen. Und von dem, was meine dann noch wert sind, kann ich mir vielleicht noch grade einen Marktstand kaufen. Nein, nein. Wir müssen den beiden zuvorkommen.«

»Sie wollen Ihre eigenen Anteile verkaufen?« Roberta wußte nicht, wieso sie das so erschreckte. »Aber dann haben Sie doch Ihre ganze Firma verloren. Alles, was Sie aufgebaut haben.«

Mariechen nickte. »Die Firma steht ohnehin am Abgrund, und es würde Jahre dauern, das Programm zu ändern. Meine einzige Chance ist der Neubeginn. Wenn ich jetzt nicht handle, werden Otto und Oskar handeln. Und ich habe nicht die Absicht, gegen diese Milchbubis zu verlieren.«

Susewind stützte den Kopf in die Hände. »Eine neue Firma fliegt einem auch nicht durch die Luft zu. Das dauert doch alles seine Zeit.«

Sie nickte wieder. »In meinem Alter gibt mir keine Bank mehr Kredit. Das weiß ich selbst. Aber vielleicht brauche ich so etwas auch gar nicht. Ich habe lange nicht daran gedacht. Aber jetzt weiß ich, daß ich in all den Jahren eine Chance hatte, die quasi neben mir gelegen und geschlafen hat. Es ist die ehemalige Firma meines Vaters, die Mändelchen AG. Ich möchte niemanden mit Details langweilen. Nur so viel: Wir haben die Firma niemals liquidiert, und sie notiert sogar noch an der Börse. Jedenfalls nehme ich das an. Meine Anwälte hatten den Auftrag, jährliche Aktionärsversammlungen abzuhalten, und offenbar gibt es überall noch ein paar Spinner, die das mitgemacht haben.«

Roberta schwirrte der Kopf. »Das ist aber ein hübscher Name. Und was stellt die Mändelchen AG her?«

»Nichts. Bisher. Früher einmal haben wir Holzspielzeug gemacht. Zauberdosen, in denen ganze Armeen von kleinen Soldaten aufmarschierten, hübsche Dinge. Nach dem Krieg gehörte der Laden dann meiner Schwägerin, aber ein Freund hat mir die Firma zurückgekauft und geschenkt.«

»Das muß ja ein toller Mann gewesen sein.«

»Ja, das war er auch.« Fast war es, als ob dieser Satz Mariechen aus dem Konzept bringen würde. Sie schloß die wimpernlosen Lider und lehnte sich zurück. Roberta traute sich kaum zu atmen. Draußen heulte der Wind ums Haus. Henri seufzte.

Dann gab sie sich plötzlich einen Ruck und legte die Arme auf die Tischplatte. »Aber das ist alles lange her. Die Mändelchen AG ist jetzt, wie man heute sagen würde, eine virtuelle Firma. Der Wert ist der Name. Die Geschichte. Vielleicht auch nur einfach die Phantasie, die man in sie hineinlegen kann.«

»Daß es so etwas gibt?« Roberta konnte es kaum glauben, aber ein Blick auf Susewind sagte ihr, daß er der Sache traute.

»Ich selbst habe nur an die dreißig Prozent der Aktien«, fuhr Mariechen fort. »es dürften zweihunderttausend Stück sein. Jedes Stück ist nur noch ein paar Pfennige wert. Wenn wir durch den Verkauf der Anteile der Pluto AG ein bißchen Kapital haben, werden wir alles an Mändelchen-Aktien zusammenkaufen, was der Markt hergibt. Und sobald wir auf über fünfzig Prozent kommen, können wir bestimmen, wohin der Hase läuft.« Sie nickte Susewind zu. »Sie erinnern sich an unser Gespräch in der Weihnachtsnacht, Herr Susewind?«

Susewind errötete und nickte dann. »Die Idee mit den Tabletten. Ich habe auch oft daran denken müssen. Es war so eine verzauberte Nacht. Eine Nacht, in der einem die Ideen nur so zuflogen.«

»Ihr wollt Pillen drehen?« Henri rülpste.

»Nicht Pillen drehen. Pillen verpacken«, sagte Susewind ernsthaft. »Wir sind darauf gekommen, weil Roberta doch immer ihre pflanzlichen Antidepressiva einnimmt. Diese kleine grüne Schachtel, mit der sie immer herumspielt. Da wird man schon traurig, wenn man nur die Packung in der Hand hat. Frau Rosenzweig meinte, daß dieses Mittel Tränenform haben müßte.« So wie Roberta ihn anstarrte, wurde er immer leiser. »Ich selbst war allerdings eher dafür, eine rote Dose in Form eines lachenden Mundes dafür zu entwerfen.«

»Und meine Herzmedikamente«, sagte Mariechen heiter, »die müßten in einer herzförmigen Dose untergebracht sein, und die gerontologischen Mittel in einem kleinen Totenkopf.«

Henri lachte laut auf. »Und Tabletten gegen Seekrankheit in einer Kotztüte, was?«

Sie hatten nicht bemerkt, daß Yolanda vom Computer aufgestanden war und plötzlich bei ihnen stand. Sie griff in ihre Hosentasche und legte ein daumengroßes Plüschäffchen auf den Tisch, das sich die Ohren zuhielt. Sie starrten das Tierchen an, dann sagte Mariechen: »Yolanda möchte, daß ihre Medizin in so einem Äffchen steckt.«

Roberta spürte, wie ihr die Tränen in die Augen schossen. »Stimmt das, Yolanda? Möchtest du das wirklich?« Yolanda blickte ihr ins Gesicht. Ihre grünen Augen schielten leicht. Dann legte sie Roberta vorsichtig eine Hand auf die Schulter.

»Meine Mutter bekommt ihre Chemotherapie gegen ihren Krebs in einem busenförmigen Döschen«, sagte Susewind leise. »In einem schönen runden heilen Busen.«

»Man könnte auch einen kleinen roten Krebs entwerfen, dessen Panzer aufklappbar ist ...«

»Was?« Roberta war nah daran, die Fassung zu verlieren. »Aber das ist doch irgendwie ...«

»Pietätlos?« fragte Mariechen. »Nein, das ist es nicht. Es ist nur eine andere Art, mit Krankheit umzugehen. Denken Sie doch nur an die vielen Kinder, die ohne Medizin gar nicht mehr leben können. Wie gut wäre es, wenn zum Beispiel ein Asthmaspray aussähe wie eine Wolkenprinzessin, die einem neuen Atem einhaucht?«

»Und was ist mit diesem Zeug für die Potenz?« fragte Henri. »Wie soll das aussehen?«

Mariechen antwortete nicht. Sie lachte. Dann sagte sie: »Ich bin mir sicher, daß die Mändelchen AG da eine ganz besondere Verpackung auf Lager hätte.«

*

Susewind hatte die ganze Zeit lang ein bedeutungsvolles Gesicht gemacht, so als habe er noch eine Idee auf Lager, und genauso war es auch. »Warum wollen wir mit den Transaktionen eigentlich bis morgen warten? Warum machen wir es nicht heute?«

Mariechen musterte ihn und schüttelte dann den Kopf. »Die Börse hat lange geschlossen, mein Lieber. Außerdem müßte ich mich erst einmal daran erinnern, wie die Brokerfirma hieß, über die ich damals immer meine Geschäfte abgewickelt habe. Wahrscheinlich sind die schon lange alle tot.« Sie blickte ins Leere und schüttelte dann bedauernd den Kopf. »Kann ein Mensch eigentlich hundertzwanzig Jahre alt werden und immer noch an der Börse tätig sein?«

Susewind konnte sich ein Lachen kaum verkneifen und erntete dafür einen bösen Blick. »Ich glaube, wir brauchen keinen Broker im klassischen Sinne. Wir machen das auf eine andere Art.« Er wies auf Yolanda, die schon wieder am Computer hockte und fleißig auf der Tastatur klickerte. Alle Blicke ruhten jetzt auf ihr. Sie sah sich schnell nach hinten um, schüttelte ihre langen Haare und schrieb einfach weiter.

»Online-Broking«, sagte Henri. »Machen wir in Holland schon lange.«

Roberta sah ihn genervt an. »Fische im Netz verkaufen, was?«

Aber er nickte. »Die Trawler von unserer Flotte haben eine eigene Homepage, ›net 2 fish‹ heißt die. Da können die Angehörigen zum Beispiel sehen, welches Schiff gerade auf welcher Position fischt. Und die Großhändler können abrufen, wer welche Menge gefangen hat und verkaufen will. Manchmal ist der ganze Fang schon weg, wenn noch die Schleppnetze draußen liegen.« Er lächelte in die Runde. »Gut, was? Und ist immer alles gleich bezahlt.«

Mariechen hörte angespannt zu, wendete sich dann aber wieder an Susewind. »Muß man sich da denn nicht irgendwo anmelden?«

Susewind nickte. »Bestimmt muß man das. Und ich weiß nicht genau, wie lange es dauert, ein elektronisches Depot zu eröffnen. Einen Tag oder zwei. Vielleicht auch nur ein paar Stunden. Aber dann müßte man eigentlich alle An- und Verkäufe weltweit an allen Börsen vom Computer aus abwickeln können. Ich denke, es ist einen Versuch wert.« Sein Blick wanderte zu Yolanda, die mit der Leichtigkeit einer Pianistin vor der Tastatur saß, den Blick in die Weiten der Cyberwelt gerichtet. »Ich glaube, ich spinne«, rief er plötzlich aus. Er sprang auf die Füße, sein Weinglas schwankte gefährlich, und war mit einem Satz bei Yolanda. Die anderen starrten ihn irritiert an. »Schaut euch das an«, rief er nun. »Yolanda ist schon dabei, ein Depot einzurichten. ›Name: Mariechen Rosenzweig‹«, las er. »Ich glaube, sie weiß das Geburtsdatum nicht.«

»Dreizehnter Februar«, sagte Mariechen würdevoll und stand langsam auf. »Das genaue Jahr möchte ich bitte selber hineintasten.«

»Eingeben«, sagten Henri und Susewind wie aus einem Munde.

»Eingeben, danke.« Sie schob Susewinds grünen Bürostuhl an den Computer heran und ließ sich langsam darauf nieder. »Zeigst du mir, wie das geht, Yolanda?«

Yolanda rückte unwillig ein paar Zentimeter zur Seite und legte behutsam Mariechens Hände auf die Tastatur. Einen Moment lang war Stille, dann erklang das zögernde Klicken der Tasten. Sie standen jetzt alle hinter ihr und verfolgten jede ihrer Bewegungen. »Adresse?« murmelte Mariechen. »Ich werde meine alte Hamburger Adresse angeben. Es ist zugleich der Firmensitz der Mändelchen AG gewesen. In den letzten Jahrzehnten wohl nur mehr eine Briefkastenfirma, wie ich gestehen muß.«

»Das wichtigste ist, daß schnell eine möglichst große Geldsumme ins Depot kommt. Sonst werden keine Aufträge abgewickelt.« Susewind hielt kurz inne und schob einen Finger an seine Nasenflügel. »Vielleicht können wir das über Ihre Kreditkarte regeln. Haben Sie so etwas, Frau Rosenzweig?«

Mariechen wackelte unwillig mit dem Kopf. »Natürlich habe ich eine Kreditkarte. Ich lebe ja schließlich nicht auf dem Mond. Oder was glauben Sie, womit ich die Servicerechnungen im Altersheim bezahlt habe? Mit meinem Lächeln?«

Plötzlich sollte alles sehr schnell gehen. Henri sprang, um Mariechens Handtasche zu holen. Roberta angelte die Kreditkarte aus dem Portemonnaie und war darauf bedacht, es möglichst weit von sich wegzuhalten.

»Nun machen Sie schon, Sie Dummerchen«, bellte Mariechen. »Oder haben Sie etwa Angst vor der Stichflamme?« Sie lachte laut auf. »Der Zündmechanismus geht doch nicht von selber los, Sie kleines Schaf. Es gehört eine Patrone dazu. Und die wird seit vierzig Jahren nicht mehr hergestellt.« Aber Roberta blieb trotzdem vorsichtig.

Nach wenigen Minuten hatten sie alle Felder des Formulars ausgefüllt, eine große Summe auf das neue Depotkonto eingezahlt und die Übertragung von Mariechens altem Aktiendepot auf das neue Online-Konto angeordnet. »Das beste wird sein, wenn wir für Rückfragen die E-Mail-Adresse der Küstenstation eingeben«, sagte Susewind. »Das ist das einfachste.« Sie starrten auf den Schirm, auf dem nun das Logo der Brokerfirma erschien.

Roberta schwirrte der Kopf. »Und nun?« fragte sie in die Stille hinein.

»Warten«, sagte Susewind knapp. »Es ist jetzt halb zehn. Und es ist Montag. Wenn wir Glück haben, sitzt da irgendwo eine einsame Seele und bearbeitet das heute noch. Und dann bekommen wir bald eine Nachricht.«

Mariechens Nacken war vor Aufregung gerötet. Hinter dem Verschluß der dreireihigen Perlenkette hatten sich kleine, dunkle Flecken gebildet. »Und wenn es nun nicht klappt?«

»Dat klappt«, brummte Henri fachmännisch. »Wenn die Brüder Geld riechen, klappt dat noch heute nacht.«

Und er hatte recht.

Es war lange nach Mitternacht, sie hatten eben die zweite Flasche Rotwein aufgezogen, als aus dem Lautsprecher des Computers ein metallisches Klingeln ertönte. Roberta spürte, wie sich die Härchen auf ihren Armen aufrichteten. »Wir haben eine E-Mail bekommen«, stellte Susewind fest. »Laß mich mal ran, Yolanda.« Aber Yolanda saß wie festgeklebt auf ihrem Stuhl, starrte auf den Bildschirm und bot ihm mit ihren kleinen spitzen Ellenbogen Paroli. »Also gut, dann mach du es.«

Die Mitteilung war so kurz wie schmucklos. Ein namenloser Depotmanager begrüßte Mariechen Rosenzweig im Kreis der modernen Anleger. Im Depot lägen fünfhunderttausend Stück Aktien der Pluto AG im Gesamtwert von 2,5 Millionen Euro. Barbestand zwanzigtausend Euro. Transaktionen könnten im Intradayhandel sofort ausgeführt werden. Geöffnete Börsen: zur Zeit nur Tokio.

»Tokio«, flüsterte Mariechen mit tiefem Timbre. »In Tokio ist es jetzt hell.«

Roberta rückte sich eine Holzkiste vor den Computer, Susewind und Henri stützten sich je auf eine ihrer Schultern, bis sie schmerzten. Aber das war ihr egal. Die Spannung im Raum war kaum noch erträglich. Yolanda sprang auf und eilte zur Toilette, war aber nach kurzer Zeit zurück und machte den anderen ihren Platz vor dem Bildschirm streitig. Mariechen saß wie eine Statue an Yolandas Seite. »Und nun?« fragte sie nach einer Weile.

»Nun ist die Frage, ob die Pluto AG auch in Tokio gehandelt wird.« Susewind hatte den Satz noch nicht zu Ende gesprochen, als Yolandas Finger bereits wieder über die Tastatur flogen.

»Woher kennst du dich eigentlich mit solchen Sachen aus?« Roberta konnte das Schweigen und das Warten vor dem hellen Bildschirm nicht ertragen.

Susewind sah sie nicht einmal an. »Was? Ach so. Ich hab während des Studiums mal ein bißchen damit herumgespielt. War mir dann aber doch zu riskant. Aber wenn ich das richtig sehe, hat unsere liebe Yolanda eine Menge Erfahrung mit diesen Dingen.« Yolanda saß jetzt tief gebeugt über der Tastatur. Die Spitzen ihrer langen schwarzen Haare berührten die kleinen quadratischen Buchstabenfelder unter ihren Händen. Dann ging plötzlich ein Ruck durch ihren Körper und sie starrte auf den Bildschirm.

Susewinds Stimme überschlug sich fast. »Da ist es«, rief er. »Pluto AG. Keine Umsätze in den letzten vier Wochen.«

Mariechen schaute sich ängstlich zu ihm um. Ihre Augen waren klein und wäßrig, die Lider gerötet.

»Aber das macht nichts, glaube ich«, fügte er schnell hinzu. »Wir geben einfach mal eine kleine Verkaufsorder ein.«

Yolandas Körper schien jetzt zu funktionieren, als sei sein Organismus mit dem ihren verbunden.

»Sell: 50 000«, gab sie ein und zögerte.

Mariechen nickte.

Yolanda griff mit einer schnellen Bewegung nach Mariechens Hand und legte ihren kleinen spitzen Zeigefinger auf die Entertaste.

»Und jetzt?« Mariechens Fingernagel vibrierte.

»Ich glaube, sie will, daß Sie es selber tun.«

»Ja, das muß ich auch.« Es klickte nur einmal ganz leise. Sonst passierte nichts. Sie saßen und starrten.

»Ich glaube, ich höre das Meer rauschen«, sagte Roberta.

Henri beugte sich nach hinten und griff nach einer frischen Flasche Bier. »Quatsch. Das ist die Lüftung von dem Computer.«

»Oh, wirklich.« Sie schwieg betreten.

Dann machte es »ping«. Yolanda schnellte herum und sah sich triumphierend zu ihnen um.

Mariechen kniff die Augen zusammen. »Was ist jetzt los? Was soll das bedeuten?« Ihre Stimme drohte sich zu überschlagen. Roberta sah, wie kleine fahle Schweißperlen auf ihren grauen Schläfen glänzten.

»Geschafft«, vermeldete Susewind. »Der Auftrag ist ausgeführt. Allerdings haben wir einen ziemlich schlechten Kurs bekommen. Wir hätten ein Limit setzen müssen.«

Mariechens Euphorie verbreitete sich im Raum wie die Sonne. »Das macht nichts. Wir machen sofort weiter.«

Yolanda hatte den nächsten Verkaufsauftrag schon eingetippt. »Sell: 50 000.«

»Ich will kein Limit«, erklärte Mariechen und drückte auf die Entertaste, bevor Susewind ihre Hand festhalten konnte. »Ich will nur, daß es schnell geht. Und dann fangen wir noch heute nacht an, die Mändelchen AG zurückzukaufen.«

»In Tokio?«

»Ja, in Tokio.«

Yolandas Hände sausten über die Tasten. »Maendelchen AG. Buy: 50 000.« Mariechen bediente ihre Entertaste jetzt schon ohne hinzuschauen. Ihr Blick war fest auf den Schirm geheftet. »Das ist wunderschön«, stieß sie nach einer Weile hervor.

»Ihr seid alle verrückt«, ließ Henri mit schwerer Zunge vernehmen und gab seinen Posten an Robertas Schulter auf, um sich an den Tisch fallen zu lassen. »Das muß man doch ganz langsam machen.«

»Keine Zeit.« Mariechen schien wie in einem Rausch zu sein. »Wieviel haben wir jetzt?«

Susewind schüttelte sorgenvoll den Kopf. »Ich denke auch, daß wir für heute Schluß machen sollten. Die Aktien der Pluto AG sind schon um dreißig Prozent gefallen. Und Mändelchen kostet nicht mehr zehn Pfennig. Die kosten jetzt schon vier Mark. Außerdem sind wir da anscheinend auf eine Mine gekommen.« Er streckte seinen runden Finger nach dem Bildschirm aus und tippte auf eine Zahlenkolonne am unteren Bildrand. »Beim Verkauf der Pluto AG sind schon reichlich Leute aufgesprungen. Und beim Kauf der Mändelchen-Aktien auch. Hier ...« Er klopfte mit dem Fingernagel auf das Glas des Bildschirmes. »Das sind doch nicht alles unsere Orders. Das ist ein Volumen von über einer Million Deals. Durchschnittliche Größe sind nur fünfhundert Stück. Das heißt, da sind lauter Kleinaktionäre am Werk. Die sind gefährlich. Die kann kein Mensch einschätzen.«

»Die sind wie Ebbe und Flut«, murmelte Henri. »Erst kommt ganz viel und dann fließt plötzlich alles wieder weg.«

»Pfoten weg«, sagte Mariechen.

»Umsatz jetzt eins Komma fünf Millionen Stück. Da wittern noch andere ein Geschäft.«

Mariechen hielt inne, dann schüttelte sie den Kopf. »Das kann ich gar nicht glauben. Wer soll sich denn für eine virtuelle Firma interessieren?«

»Um Interessen geht es da nicht. Eher um Hoffnung. Wenn genug Leute das gleiche glauben, kann es wie eine Lawine sein.«

Mariechen seufzte enttäuscht.

Er zögerte. »Aber wenn ich mich nicht sehr irre, kann man auch eine Art Brokersboard aufrufen, wo solche Fragen immer sofort diskutiert werden. Vielleicht erfahren wir da etwas. Mach das doch mal bitte, Yolanda.«

»Aber das kostet doch nur Zeit.« Mariechen sah so aus, als hätte sie ihr am liebsten die Hände festgebunden. Schien sich jedoch noch zügeln zu können.

Yolanda tippte und schaltete. Sie warteten und starrten, bis sich ein weiteres buntes Bild aufgebaut hatte. »Da ist es ja«, sagte Susewind stolz. »An die zwei Dutzend Postings zur Pluto AG und noch mal genausoviel zu Mändelchen. Die fragen sich, was da abgeht. Und machen erst mal alle mit.«

»Aber wer sind denn nur all diese Leute?« Mariechen machte ein ratloses Gesicht. »Sie kennen uns doch gar nicht.«

»Sie müssen sich ein elektronisches Board so vorstellen wie eine Pinnwand. Ein Schwarzes Brett im Cyberland, irgendwo im Weltall vielleicht. Jeder kann dort eine Mitteilung machen. Und überall auf der Welt kann sie gelesen werden.«

»Vielleicht haben Sie recht, Herr Susewind«, sagte Mariechen leise. »Vielleicht müssen wir jetzt erst einmal anfangen zu rechnen. Ich will ja nicht nur meine Enkel mit sinkenden Kursen ärgern. Schließlich soll unser Erlös ja auch reichen, um Mändelchen zurückzukaufen.«

»Sag ich doch«, ließ Henri von seinem Beobachterposten am Tisch vernehmen. »Setzt euch doch erst mal hierher und trinkt einen Schluck. Ihr seid ja alle total durchgedreht. Ein wilder Mann kann keine Fische fangen.«

»Sehr wahr.« Susewind ließ sich seufzend neben ihm nieder.

»Haben Sie mal einen Bogen Papier für mich, Herr Susewind? Ich muß mir das mal genau durchrechnen.« Sie war ganz blaß geworden. Susewind schob ihr schweigend einen Block über den Tisch und lächelte Roberta zu. Nur Yolanda wollte vor dem Bildschirm sitzen bleiben.

Das Pochen an der Tür war so leise, daß Roberta zunächst dachte, es sei wieder irgendein Geräusch aus dem Computer. Susewind hob irritiert den Kopf und blickte zur Tür. Aber da öffnete sie sich auch schon, und eine kleine, gelb gekleidete Gestalt betrat den Raum.

»'n Abend zusammen«, sagte eine Stimme unter der Pudelmütze hervor. »Ich hab hier noch Licht gesehen, und da dachte ich, ich komme mal einfach vorbei.«

Er riß sich die Mütze vom Kopf und deutete eine kleine Verbeugung an. »Wir Insulaner machen das so. Wenn noch Licht ist, kann man reinkommen.«

Sie waren alle so mit ihren Gedanken beschäftigt, daß sie kaum Notiz von ihm nahmen. Sie sahen ihn an, nickten und versenkten sich wieder in sich selbst.

Nur Henri hob drohend den Kopf. »Du bist doch dieser Kaufmann Butt, du Arschloch, oder? Paß mal auf, daß nicht dein Licht gleich ausgeht. Nachts um halb zwei.«

Butt dienerte ein weiteres Mal. »Ganz recht, ich meine, nett, daß Sie mich erkannt haben.«

»Sie mich auch«, brummte Henri und nahm einen Schluck aus der Flasche. »Was will der tote Fisch eigentlich hier?«

»Nur kurz Moin sagen«, ließ Butt vernehmen und drehte die Mütze in seinen Händen. »Ich dachte auch, wegen neulich, nach der Kirche ...«

»Sie sprechen von Weihnachten, Herr Butt, nicht wahr?« Mariechen hielt den Blick auf ihren Block geheftet und addierte emsig Zahlenreihen. »Wenn Mändelchen nicht über acht Mark geht, schaffen wir es. Vorausgesetzt, daß der Kurs von Pluto nicht unter sieben Mark sinkt.«

Susewind machte einen langen Hals und beugte sich über die Aufzeichnungen. Dann nickte er. »Könnte knapp werden.«

Mariechen sah ihn aus großen Augen an. »Aber das darf nicht passieren.«

»Nein«, sagte Susewind schnell. »Das darf es nicht.« Er stützte den Kopf in die Hände und blickte zur Decke hinauf. »Hoffentlich waren wir da jetzt nicht zu übereifrig. Wie stehen die Kurse jetzt, Yolanda?«

Roberta zeigte ihm einen Vogel und erhob sich von ihrem Platz. »*Ich* sage es euch gleich.«

Yolanda rückte ein Stückchen zur Seite, als sie Roberta hinter sich spürte.

»Was schreibst du denn da die ganze Zeit, Yolanda?«

Yolanda wies auf den Bildschirm, auf dem sich offensichtlich eines der Boards befand, von dem Susewind gesprochen hatte. »Was ist eigentlich mit Mändelchen los?« schrieb dort ein Unbekannter unter dem Codenamen »Blondmops.« Jemand postete: »Nie gehört. Was machen die eigentlich?« »Satte Gewinne heute nacht«, schrieb ein gewisser »Maribalu« und hatte hinzugefügt: »Ich hab mir die vor vier Wochen einfach mal so ins Depot gelegt. Leider nur für ein paar Mark. Jetzt schon 7000 Prozent Gewinn. Morgen bestell ich mir 'nen Porsche.«

Aber Yolandas Finger zeigte auf eine andere Mitteilung: »Wer auch immer dies liest: Wer kennt Mariechen? Was hat sie vor? Wo befindet sie sich zur Zeit?« Unterschrieben war die Mitteilung einfach mit »Kawusabu«.

Roberta lächelte. »Was für seltsame Namen sich die Leute im Netz geben. Und sogar ein Mariechen ist dabei. So ein Zufall. Oder hast *du* das geschrieben?«

Yolanda schüttelte wild den Kopf. Dann rollte sie den Text des Bildschirms etwas weiter herunter.

»Ach, hier ist ja eine Antwort. Die ist also von dir. Die hast du daraufhin geschrieben?«

Yolanda nickte.

»Mariechen ist keine alte Frau«, las Roberta leise. »Sie hat lila Augen und ein Feuerportemonnaie. Unsere Insel heißt Norderney, aber sie ist vom Eis eingeschlossen. Der dicke Mann, der Roberta immer anlächelt, hat Muscheln in vielen Aquarien. Niemand darf unseren Hummer klauen. Wenn wir ein Mändelchen hätten, könnten wir ganz kleine Pferde erfinden mit Medizin für Menschen, die immer weglaufen wollen. Pluto ist böse. Pluto soll weg. Yolanda.«

Roberta streichelte ihr über die Haare, die weich waren wie Seidenfäden. »Das hast du aber hübsch geschrieben, Kleine«, sagte sie dann. »Hast du es schon abgeschickt?«

In diesem Moment drückte Yolanda auf die Entertaste.

Roberta seufzte. »Na, ist ja auch egal. Ich nehme mal an, daß es irgend jemand liest und sich sehr über deinen Brief freut.« Roberta gab ihr einen kleinen Stups. Und plötzlich hatte sie das Gefühl, daß es stimmte, was sie da sagte. Irgendwo auf der Welt freute sich jemand wie verrückt über eine Nachricht aus einem anderen Universum.

»Meine Enkel haben zu Weihnachten auch einen Computer bekommen«, ließ Emil Butt vernehmen. »Für Spiele.«

Mariechens Stimme war ganz kalt vor Ungeduld. »So, Kinder, nun laßt uns lieber noch mal nach den Kursen schauen. Und Sie, Herr Butt, was auch immer Sie am heutigen Abend zu uns geführt haben mag, setzen Sie sich gefälligst hierher und halten Sie den Mund. Vielleicht kann ihm mal jemand ein Bier geben.«

»O ja, gerne«, stammelte Butt. »Bier ist immer gut. Was ich nämlich noch sagen wollte, wegen dem Hummer. Ich persönlich bin nicht für Gewalt. Und ich weiß auch nicht, wer da bei Ihnen eingebrochen haben soll. Ich mache Ihnen für den Hummer einen wirklich guten Preis! Emil Butt ist immer seriös. Was halten Sie von tausend?«

Mariechen blickte nur kurz auf. Ihr Blick war wie aus Eis. Butt verstummte sofort. »Na, denn man Prost«, murmelte er und rückte ein Stückchen von Henri ab. »Auf die gute Nachbarschaft.«

»Ruhe bitte, jetzt. Yolanda: Die Kurse!« Sie versammelten sich wieder vor dem Computer.

»Sieht irgendwie nicht gut aus«, sagte Susewind nach einer Weile. »Die Mändelchen-Aktien sind richtig teuer geworden. Sind auf über zwanzig Mark gestiegen.«

Roberta nickte. Wenn man erst einmal wußte, wie es ging, war es ganz leicht, die Tabellen mit den blinkenden Kursen zu lesen.

»Wie viele Pluto-Aktien haben wir noch?« fragte Mariechen mit heiserer Stimme. Yolanda rief sofort die Seite mit dem Depot auf, und Mariechen streckte das Gesicht so nah gegen den Bildschirm, als wolle sie ihn liebkosen, damit er bessere Ergebnisse zeigte, und ihre Nasenspitze berührte das schwarze Glas. »Nur noch zehntausend Stück. Und wir brauchen noch mindestens hunderttausend Mändelchen-Anteile.« Sie zog sich enttäuscht wieder zurück. »Der Kurs ist auf unter zwei Mark gesunken. Das reicht doch nie und nimmer. Was haben wir nur getan?«

Susewind seufzte. »Wir waren zu schnell. Wir hätten die Sache ganz langsam angehen lassen müssen.«

Mariechens dünner, runder Rücken zitterte, und Roberta legte ihr eine Hand auf die Schulter. »Vielleicht müssen wir einfach ein paar Tage warten, bis sich die Kurse wieder etwas beruhigt haben. Ich wette, die Mändelchen-Aktien kosten morgen nur noch die Hälfte.« Sie überlegte einen Moment, dann sagte sie. »Also, wenn ich mir für ein paar Pfennige einige von solchen Anteilen gekauft hätte, sagen wir mal vom Weihnachtsgeld oder so, dann hätte ich sie heute nacht wieder verkauft. Wär vielleicht ein Auto dabei über. Oder eine Reise.« Sie strich mit der Hand über ihre kurzen Haare. »Und das machen andere Leute genauso. Die wollen das Geld doch auf dem Konto haben und nicht nur irgendwelche Zahlen auf dem Bildschirm.«

Susewind lächelte ihr zu. »Genau. Gewinnmitnahmen nennt man das. Ich glaube auch, daß es die in den nächsten Stunden geben wird. Und dann werden die Anteile wieder billiger, und wir können weiterkaufen.«

»Aber nein!« Mariechen sah jetzt wirklich verzweifelt aus. »Die Pluto-Aktien werden sehr lange brauchen, bis sie sich wieder erholt haben. Und wir haben nur noch sehr wenige. Das kann nicht klappen.«

Sogar Yolanda schien zu nicken.

»Ihr habt kein Kapital mehr«, ließ Henri mit der Bierflasche an den Lippen vernehmen. »Dat kenn ich. Nur wer flüssig ist, kann flüssig bleiben. Prost!«

»Das ist ja ein Spruch.« Roberta sah wütend zu ihm hinüber.

»Wie gesagt, der Hummer bringt tausend«, murmelte Emil Butt, »falls die Herrschaften etwas klamm sind.«

»Halt du deine Schnauze«, sagte Henri. »Trink dein Bier und red kein Scheiß, o.k.?«

Yolanda tippte unbeirrt weiter.

»Was macht sie denn nun?« Mariechen wollte lieber auf die Echtzeitkurse starren.

In diesem Augenblick erschien das Logo der Deutschen Bank auf dem Schirm. »Privatkonten. Name des Kontoinhabers: Yolanda von Prix. Kontostand: Hunderttausend Euro.«

»Mann, du bist ja gut bei Kasse«, sagte Roberta bewundernd. »Ich hätte gar nicht gedacht, daß du geschäftsfähig bist ... ich meine, verzeih mir.« Sie wurde über und über rot. »Bestimmt hast du das Geld von deinen Eltern geerbt, oder?« Aber Yolanda schien es nicht gehört zu haben. Ihre Finger rasten über die Tastatur, dann flimmerten die Zahlen auf dem Schirm und einen Augenblick später war ein neuer Kontostand zu sehen: »Null.«

»Kind, was hast du gemacht?« Mariechen hielt Yolandas Arm fest, aber da war es schon lange zu spät.

»Ich glaube, sie hat Ihnen eben ihr ganzes Geld überwiesen«, sagte Susewind mit verhangener Stimme. »Und wenn ich es mir recht überlege, ist das eine phantastische Idee. Ich meine, wir glauben doch alle an dieses Projekt. Bitte steh mal kurz auf, Yolanda.«

Sie reagierte sofort und machte den Platz am Computer frei.

»Aber das geht doch nicht«, rief Mariechen schwach.

»Mit so einer hohen Summe kann ich natürlich nicht aufwarten«, sagte Susewind und rief die Homepage seiner Bank auf. »Aber kleine Mäuse sind auch Mäuse. So. Da haben wir ja das schöne fette Konto. Elftausendvierhundert Schweizer Franken, alles mit ehrlicher Arbeit verdient. Und tschüs.« Er lachte. »Mir war, ehrlich gesagt, nie ganz wohl dabei, das Geld einfach so auf einem Konto verschimmeln zu lassen. Bitte, Roberta, du bist dran.«

»Aber das ist ja Nötigung!« rief Mariechen.

»Ich hab nur Schulden«, tönte Henri vom Tisch her. »Und nicht einmal sehr viele.«

»In Ordnung!« Roberta ließ sich an der Tastatur nieder. »So ein Konto wie ihr hab ich nicht. Aber ich habe eine Kreditkarte mit fünftausend Mark Limit. Das Geld können wir nehmen. Es ist genau der Betrag, der auf meinem Sparbuch ist. Ich gleiche das dann später aus.«

»Ach Kinder, ihr werdet alle mit mir untergehen.« Mariechen schwankte und mußte von Susewind gestützt werden.

»Werden wir nicht.« Roberta war über den Klang ihrer Stimme selber ganz erstaunt. »Aber ich bin dafür, daß wir möglichst schnell Mändelchen-Aktien nachkaufen. Wer weiß, bis wohin die noch steigen.«

Yolanda beugte sich über ihre Schulter und tippte die Webadresse des Online-Brokers ein. Eine quälende Minute später hatte sich die Anzeigetafel der Börsenbewegungen aufgebaut. »Juchu! Sie sinken wieder. Da waren wirklich Gewinnmitnahmen.«

»Aber sie sinken nicht weit genug. Wir schaffen es nicht.« Mariechen war nur noch ein Hauch.

»Aber wir versuchen es. Das wolltet ihr doch auch?«

Susewind nickte feierlich. Yolanda schaukelte mit ihrem Stuhl.

»Für den Hummer biete ich eintausend«, schnarrte Emil Butt. »Dann können Sie sich einen neuen Computer kaufen.«

»Halt die Schnauze.« Henri streckte fahrig einen Arm aus, als wolle er nach einer Fliege schlagen, konnte Emil Butt aber nicht erreichen. Er seufzte.

»Sie müssen wissen, wie wichtig so ein Hummer für unsere Insel ist«, versetzte Butt mit neuem Mut. »Wir glauben, daß er über hundert Jahre alt ist. Ein Wunder. So etwas gibt es nur auf Norderney. Das ist pure Werbung für uns. Wir könnten neben der Kurhalle ein Meerwasseraquarium für ihn bauen. Das wäre eine echte Sensation. Oder ihn kochen und ein Festmahl für Gäste aus der ganzen Welt veranstalten.« Er war ganz aus dem Häuschen. Aber niemand hörte ihm zu.

Roberta starrte auf den Schirm. »Mist. Die Aktien sind schon auf zweiundzwanzig. Wir waren nicht schnell genug. Was soll ich tun?«

»Kaufen«, sagte Susewind. »Was wir haben, das haben wir.«

»Ich bin für Abwarten!«

Susewind hatte jetzt zwei runde rote Flecken auf den Wangen. »Es ist, als ob noch irgend jemand außer uns die ganze Firma aufkaufen wollte. Jemand mit unendlich viel Geld. Was passiert da eigentlich? Ich verstehe das nicht.«

Mariechen grunzte nur.

Roberta zitterte. »Also, was soll ich denn nun tun? Wir brauchen eine *Entscheidung*!«

Da griffen zwei eiserne Hände nach Robertas Armen und zogen sie mit ungeheurer Kraft auf die Füße. »Aua!

Yolanda! Du tust mir weh!« Yolandas Augen funkelten. Roberta wich erschrocken zurück. Eine Sekunde später saß Yolanda wieder vor dem Bildschirm. Mariechen war erstarrt. Susewind hob eine Hand, um Yolanda wegzuziehen, hielt aber mitten in der Luft inne, so als habe sie ein unsichtbares elektrisches Feld um sich herum aufgebaut, das sie vor Berührungen schützte. Ihre Finger rasten. Der Bildschirm flackerte. Es klickte. Dann sah sie sich triumphierend zu ihnen um. Ihr kleines weißes Gesicht glänzte von Schweiß. Sie atmete schwer. Dann sank sie vornüber auf die Tastatur. Es knallte. Der Bildschirm wurde schwarz.

»Yolanda!« Robertas Schrei war so laut, daß Henri vom Tisch auffuhr. Emil Butt hob erschrocken den Kopf und sprang auf die Füße.

»Keine Angst, sie ist nur ohnmächtig geworden.« Susewind nahm sie in die Arme und trug sie zum Sofa. »Hoffe ich wenigstens.«

Henri machte einen langen Hals. »Hat sich nur aufgeregt, die Kleine, würde ich mal sagen.« Er ließ sich wieder auf den Stuhl fallen. »Kein Wunder, nachdem sie euer ganzes Geld auf den Kopf gehauen hat.«

»Aber das ist doch jetzt nicht wichtig.« Roberta kniete neben Yolanda auf dem Boden und hielt ihre Hand, die heiß und feucht war. »Yolanda!« schrie sie. »Sag doch was!«

Yolanda hustete. Dann öffnete sie den Mund. Susewind starrte sie an. Roberta wagte nicht zu atmen. Und dann hörten sie es. Yolanda sagte: »Nein.« Sie sagte es laut und deutlich. Ihre Stimme war ganz hoch, wie die einer Elfe. »Das wollte ich nicht.«

In diesem Augenblick fühlte Roberta einen dumpfen Aufprall neben sich auf dem Boden. Mariechen war neben sie gesunken. Die Knie stachen weiß und eckig aus den dunklen Perlonstrümpfen hervor. Im Fallen war eine

Naht an ihrem Rock geplatzt, heraus blitzte ein Stückchen bläulich geäderter Haut. Die alte Frau legte ihren Kopf auf Yolandas Bauch und schlang die Arme um sie. Und dann weinte sie. Roberta sah, wie die Tränen Yolandas rosafarbenes Sweatshirt durchnäßten. Mariechens Schultern zuckten, die weißen Haare lagen naß auf ihrem Nacken.

Susewind ließ sie eine Weile gewähren. Dann wischte er sich selbst eine Träne ab und sagte: »Es gibt keinen Grund, traurig zu sein, Frau Rosenzweig. Kommen Sie. Stehen Sie wieder auf.« Er löste ihre Hände vorsichtig von Yolandas Körper, und sie ließ es geschehen und sich zum Tisch zurückführen, wo sie abermals den Kopf in die Arme legte und auf die Tischplatte sinken ließ.

»Wir schaffen das schon.«

»Das sagen Sie!« Sie war fast nicht zu verstehen.

»Wir werden einen Kredit aufnehmen, und dann kaufen wir die restlichen Mändelchen-Aktien, und alles wird gut.«

»Das wird nicht gehen.« Sie klang nicht mehr störrisch. Nur noch müde. »Es ist alles aus, alles verloren.«

Roberta blickte Yolanda an, die die Lider geschlossen hatte und in einen tiefen Schlaf der Erschöpfung gefallen war. »Ich mach uns jetzt einen Tee, und dann beraten wir, was zu tun ist.« Sie wunderte sich selbst, wie ruhig sie war. »Wo ist eigentlich dieser komische Herr Butt?«

»Rausgegangen, als ihr alle so geweint habt«, sagte Henri glasig.

Susewind stutzte. »Hier aus der Vordertür raus?«

Henri hob kurz den Kopf. »Nee, hinten raus, glaube ich.«

»Was?« Susewind war mit einem Satz aus dem Zimmer. Es war einen Moment lang still, dann hörten sie seinen Schrei, und er kam zurückgerannt. »Er ist weg. Und er hat den Hummer mitgenommen.«

1971

Es war ein Sommertag, an dem ich plötzlich ahnte, daß ich alt geworden war. Schon am Morgen um sechs brannte die Sonne auf die Steine im Garten. Was staubige Frösche von den Erdbeeren übriggelassen hatten, faulte an den Stengeln. Die Studentenblumen in den Rabatten an der Regentonne rochen süßlich, die Luft klebte. In den langen Schatten vor dem Haus summten die ersten Mücken. Der Gärtner spritzte die Rosen mit dem Schlauch ab und schlurfte zum Tor, um dem Milchmann die Milch aus der Hand zu nehmen, bevor sie sauer werden konnte.

In der Küche schwitzte der Boden, aus dem Kaltwasserhahn kam eine flüchtige warme Flüssigkeit. Ich ließ das Wasser über meine Unterarme laufen, die weiche Haut floh vor dem Strahl, die Sommersprossen waren zu länglichen Altersflecken auseinandergeflossen. Mein Gesicht im Spiegel blickte fremd. Ich stellte mir vor, wie Kawusabu auf dem Flughafen an mir vorbeieilen würde, ein konzentriertes Lächeln auf den Lippen, Verwunderung im Blick, wenn ich mich ihm entgegenstellte. Hallo, ich bin es doch, Mariechen. Er wäre verlegen und höflich, und ich konnte mir nicht ausmalen, was schlimmer war. Vielleicht die Höflichkeit. Das Wasser in der Spüle floß über. Mein Rock wurde naß. Die fahlen Beine, deren Anblick ich mir selbst nicht mehr zumuten konnte. Ich würde bei der Hitze Strümpfe tragen müssen. Die Wasserlache zu meinen Füßen breitete sich im Raum aus. Ich konnte mich nicht mehr bewegen. »Ich helfe Ihnen, Frau Rosenzweig«, sagte die Stimme des Gärtners hinter mir. »Es ist noch früh. Warum gehen Sie nicht wieder ins Bett?«

Das Flugzeug aus Tokio über Frankfurt, das Kawusabu ein letztes Mal in meine Nähe brachte, sollte am Nachmittag landen. Der Tag dehnte sich. Wir hatten einander fast zwei Jahre nicht gesehen, aber wöchentlich sprühende Briefe geschrieben, zwei über alle Ewigkeit erhabene Liebende, die alte Schwüre auf weißem Papier tauschten. Wenn ich an ihn dachte, dann sah ich ihn als jungen Mann vor mir, damals in Shanghai, und ich trank von meinen unendlichen Erinnerungen und fühlte mich mädchenhaft und leicht auf dem Weg zum Briefkasten.

Kawusabus ewige Ehefrau, deren Namen ich niemals erfahren habe, die mir fremd und für mein Leben unbedeutend war wie eine kostbare japanische Porzellanfigur, deren Wert nur er allein kannte, war an einem schnellen Krebs erkrankt und bald daran zerbrochen. Er hatte sie im letzten Jahr bis in den Tod gepflegt. Manchmal waren seine Briefe schwer von Erschöpfung und Sorge, er brauchte mich, und ich hatte ihn mit meiner Liebe getröstet und aufgemuntert. Die Dinge änderten sich, und ich glaubte, die Zeit sei nun auf meiner Seite.

Er war jetzt neunundfünfzig Jahre alt, kein junger Mann mehr. Mich schätzten meine Feinde auf Anfang Sechzig, und tatsächlich hatte sich mein Körpergefühl seit langem kaum verändert. Unsere Leben hatten sich einander angenähert, irgendwo im ungefährlichen grauen Bereich, und ich war glücklich, daß wir so lange beieinander geblieben waren, daß Kawusabus Enkel heranwuchsen, daß er sich anschickte, endlich zu mir in meine Generation zu kommen, wo wir beide auf ewig vereint bleiben würden. Als die Nachricht eintraf, daß seine Frau gestorben war, schämte ich mich für meine Erleichterung. Kawusabu hatte seine Fesseln verloren, nun gab es in meinen Augen keinen Grund mehr für ihn, auf der anderen Seite der Welt auszuharren. Ich war so alt geworden und immer noch so töricht wie früher.

Meine beiden Enkel waren zu zwei wilden jungen Männern herangewachsen, die mit ihren roten FIAT-Sportwagen vor der Hamburger Universität im Halteverbot parkten. Was sie dort wollten, wußten nur sie allein. Ich hatte sie ausersehen, irgendwann in einer fernen Zukunft die Geschäftsführung der Pluto AG zu übernehmen. Aber Oskar und Otto konnten nur schwer verbergen, daß sie mich lieber beerben wollten. Wir alle hofften auf eine bessere Zukunft, am besten auf ein Wunder. Einstweilen aber fuhr ich jeden Tag in mein Büro in der Innenstadt, von dem aus ich den Hafen überblicken konnte.

Neben dem Panoramafenster hing mein Feldstecher an einem Haken. Manchmal verließen Schiffe die Stadt elbabwärts in Richtung Asien, und ich träumte ihnen nach. Oder ich führte leise Gespräche mit meinem Hummer, dem Unterpfand unserer seltsamen Liebe, der all die Jahre überlebt hatte, und nun ein komfortables Dasein in einem riesigen, wandbreiten Aquarium an der Rückwand meines Büros führte. Ich weiß nicht, was das arme Tier sich im Laufe der fünfundzwanzig Jahre alles hatte anhören müssen, seit er an einem regnerischen Morgen in einer Kiste in meinem Vorgarten eingetroffen war. Kawusabus Zeichen, daß er mich noch liebte wie zuvor. »Vielleicht schreibt er heute«, sagte ich manchmal zu dem Hummer. Oder ich saß vor dem hell erleuchteten Wasserbecken und schaute ihm stundenlang zu, wie er mit langsamen Bewegungen durch sein Territorium schritt, die Fühler suchend vorgestreckt und völlig unbeirrt von allem, was um ihn herum geschah. Er war eine tröstliche Kreatur.

Einmal war ich so versunken, daß ich nicht bemerkte, wie meine Sekretärin eine Gruppe chinesischer Geschäftsfreunde in mein Büro führte, die so höflich gewesen waren, sich um genau fünfzehn Minuten zu verspäten. Ich fuhr erschrocken zusammen, denn der Termin war wichtig. Wir waren im Begriff, Teile unserer Fertigung nach Hongkong zu verlegen und standen kurz vor dem Abschluß eines Millionengeschäfts. Die Chinesen allerdings hatten offenbar Bedenken, sich auf eine langfristige Handelsverbindung mit mir einzulassen. Nicht genug, daß ich weiß war und alt, daß ich keine vorzeigbaren Söhne oder Enkel hatte und keine anderen Partner. Zudem war ich eine Frau. Sie machten kein Hehl daraus, daß diese Tatsache sie auf das äußerste beunruhigte. Mich beunruhigte, daß die Chinesen für ihre zukünftige Fertigung in ihrem neugebauten Werk noch eine andere Option hatten. Es war ein englischer Mitbewerber auf den Plan getreten, ein Gentleman mit vier adretten Söhnen. Er wollte in Hongkong Babypuppen, die pinkeln konnten, und anderes todernstes Kinderspielzeug herstellen.

»Oh«, stieß Mister Ping hervor, »Sie halten ein Tier.« Und er verbeugte sich zunächst vor mir und dann vor meinem Hummer, den ich, ich muß es gestehen, in seltenen Fällen so wie gerade aus seinem Aquarium herausnahm, um seinen glatten, warmen Panzer anzufassen, um festzustellen, ob er vielleicht schon wieder etwas schwerer geworden war. Und vielleicht auch, um meinem gepanzerten Freund einen Ausblick auf den Hafen zu bieten. Mister Ping streckte eine Hand aus und berührte die in der Luft schwirrenden Fühler. »Ich halte zwei Kanarienvögel«, sagte er dann. »Ich spreche jeden Tag mit ihnen. Und mein Bruder liebt seine Skalare.« Der Bruder verbeugte sich. Ping wies auf den anderen kleinen Herrn. »Mister Cheng hat Seeanemonen. Sie beruhigen ihn sehr.« Ich errötete und beeilte mich, den Hummer ins Wasser zurückzusetzen und meinen Blusenärmel wieder hinunter zu krempeln. »In England schauen die Menschen zu diesem Zweck in ein loderndes Feuer«, sagte Ping abfällig. »Sagen Sie mir bitte: Wie lösen Sie bei so einem großen Aquarium das Problem mit der Wasserumwälzung?«

Wir konnten den Vertrag noch am gleichen Tag unterzeichnen. Und ich war geworden, was ich immer werden wollte: Die Nummer eins in der Produktion von Scherzartikeln. Da war ich fünfundsiebzig Jahre alt. Die Jahrzehnte, die hinter mir lagen, waren so süß wie schwer gewesen, aber ich gefiel mir in der Rolle einer Frau, die ihr Leben selbst in die Hand genommen hatte.

Langsam kam ich in ein Alter, in dem ich alle paar Monate einmal auf einer Beerdigung aufzutauchen hatte, weil Freunde und Bekannte das Zeitliche gesegnet hatten. Ich besaß schwarze Kostüme für jede Jahreszeit, vorgedruckte Kondolenzkarten und hatte eine gewisse Routine im Schreiben von Trauerbriefen erworben. Sogar in unserer Nachbarschaft war es ruhig geworden. Ich war von Witwen umringt, deren Kinder und Enkel längst die Stadt verlassen hatten. Die paar Leute, die noch in unserer Straße herumliefen, gehörten fast ausnahmslos in die Kategorie Handwerker oder Hauspersonal. Sogar der Briefträger sah seiner baldigen Pensionierung entgegen. Wenn ich zu meinem Geburtstag einen Empfang gab, gehörte ich selbst schon zu den ältesten Anwesenden. Und trotzdem war ich frei von Angst. Tod und Alter, dachte ich, seien etwas für die anderen. Zum Kranksein blieb mir nie die Zeit.

Es war, als ob die Menschen in meiner Umgebung alle Pein und Plage auf sich zogen. Mein Sohn, den ich in Gedanken immer noch Karlchen nannte, war mittlerweile von seiner Frau geschieden worden. Ich hatte sie nie gemocht, aber ich verstand, daß sie nicht mehr mit ihm leben konnte, nachdem Oskar und Otto ihr Elternhaus verlassen hatten. Die Buben haßten ihren Vater und ignorierten die Mutter. Karlchen selbst jedoch schien sich niemals zu verändern. Er trieb dahin in einem Strom aus Alkohol und anderen Drogen. Er hatte seine Augenarzt-Praxis aufgegeben und sich ein kleines Haus in Italien gekauft, wo der Wein billig war und die Verwandtschaft fern. Er selbst konnte wegen seiner Kriegsverletzung nicht mehr reisen, sagte er, und Besuche verbat er sich. Alle paar Monate aber klingelte spätabends mein Telefon und er meldete sich mit schwerer Zunge, um einen seiner langen Monologe zu führen über die Ungerechtigkeit der Welt. Ich ertrug seine Klagen kaum, aber je älter ich wurde, desto mehr freute ich mich doch, seine Stimme zu hören, auch wenn er mich nur beschimpfte. Manchmal denke ich, daß wir nur in den ersten und in den letzten drei Jahren seines Lebens ein inniges Verhältnis zueinander hatten. Erst die Alzheimer Krankheit, an der er schließlich auch starb, ließ ihn seinen Haß vergessen, seine Verletzungen, und all die anderen Gründe, die sein Alkoholkonsum gehabt haben mag, und er entwickelte sich zurück zu dem heiteren kleinen Jungen, den ich einmal über alles liebte, und der mich brauchte, wie ich ihn.

Im Herbst 1953 war mein Ehemann Artur Rosenzweig nach fünfundzwanzigjähriger Abwesenheit aus der neuen Welt zu uns zurückgekehrt. Ein gebrochener Mann, der nichts anderes wollte als eine warme Unterkunft, ein kleines Salär und eine Arbeit, die ihm erlaubte, weite Teile des Tages in den Wartezimmern irgendwelcher Ärzte zu verbringen. Heute würde man sagen, daß er an einer schweren Depression litt. Damals jedoch war er allen ein einziges Rätsel. Was in Amerika vorgefallen sein mag, wie er dort gelebt hatte, was er erlitten hatte, erfuhren wir nicht.

Er hatte sich auch äußerlich sehr verändert. Die blauen Augen blickten stumpf in eine Welt, die nicht die seine war. Er war mager geworden, schreckhaft und leise und auf eine unterwürfige Art zufrieden, als ich ihm den Posten eines Ingenieurs in unserer Firma anbot. Er bezog eine kleine Dienstwohnung auf dem Firmengelände und stellte niemals irgendwelche Ansprüche. Wenn Anna und Maja zu Weihnachten mit ihrem Ehemann in Hamburg waren und wir ihn zur Bescherung einluden, kam er nicht. Sagte aber auch nicht ab. Er antwortete höflich auf alle

Fragen, aber ich spürte, daß ein Eisenring um sein Herz lag, den niemand würde lösen können. Er blieb in diesem Zustand, bis er 1962 bei einem Autounfall ums Leben kam.

Daß wir in all der Zeit auf dem Papier verheiratet waren, vergaß ich immer für mehrere Jahre, und wenn es mir wieder einfiel, erschrak ich. Als ich einmal von ihm wissen wollte, ob wir uns lieber scheiden lassen sollten, schien er die Frage nicht zu verstehen. Er stand in seinem krausen weißen Kittel im Labor und wirkte überarbeitet, obwohl er seit Monaten keine neuen Projekte betreute und alle anderen Angestellten die Weisung hatten, ihn gewähren zu lassen. Die Sonne fiel in sein Gesicht und blendete ihn, und für einen winzigen Augenblick erinnerte er mich an jemanden, den ich einmal sehr geliebt hatte. Aber dann trat er zurück in den Schatten, und sah mich mit diesem flatternden Blick an, der mich aggressiv machte, weil er mir tief traurig erschien und selbstzufrieden zugleich. »Ganz wie du willst«, sagte er dann. Ich drehte mich auf dem Absatz um und widmete mich wieder meiner Arbeit. Wenn Kawusabu nicht gewesen wäre, irgendwo in weiter Ferne, dann hätte ich es nicht ertragen.

Seit Kawusabu seinen Besuch für die ersten beiden Augustwochen 1971 angekündigt hatte, trug ich seinen Brief den ganzen Tag lang mit mir herum, und abends legte ich ihn auf meinen Nachttisch und berührte ihn mit den Lippen, bevor ich das Licht ausknipste und noch lange in die Dunkelheit hineinstarrte. Denn dieser Brief war anders als die Hunderte zuvor. Mein ewiger Geliebter war immer ein Meister im Beschreiben von Gefühlen und Stimmungen gewesen. Manchmal handelte ein Brief nur von dem Duft einer Blume, der ihn an mich erinnerte, von einem Abend, den er voller Sehnsucht nach mir im Garten seines Hauses verbracht hatte, von einem Traum.

Als sein Kosmetikkonzern Anfang der sechziger Jahre

eine neue Lippenstiftlinie nach europäischem Vorbild auflegte, schrieb er seitenweise über das spezielle Rosa, das er dafür selbst gewählt hatte und das ihn und seine Chemiker in monatelanger Arbeit zur Verzweiflung trieb. Er wollte unbedingt den Farbton meiner Klitoris treffen, schrieb er, der einmalig sei, in einem bestimmten Zustand der Erregung, er könne das aber natürlich niemandem erzählen. Oder er schilderte mir ein Buch, das er gerade las, einen Film, den er gesehen hatte, ein Fest, zu dem er eingeladen worden war. Aus seinen Schilderungen kannte ich seine beiden Söhne, als wenn es meine wären, und auch die Tochter, die sieben Jahre nach unserer ersten Begegnung in Shanghai auf die Welt gekommen war, war mir nach dem ersten Entsetzen ans Herz gewachsen, und er spürte, daß ich sie liebte, obwohl ich sie nie kennengelernt habe.

Aber dieser Brief war anders als alle anderen zuvor, und ich frage mich bis heute, wie es kam, daß ich seine wirkliche Botschaft nicht verstand. Kawusabu schrieb, daß er sich »auf seine alten Tage« eine Wohnung in Hamburg zulegen wollte, »ein Objekt«, wie er sagte. Es solle groß und hell sein, ein Penthouse vielleicht, das auf die Alster blicke, oder auf die Elbe, das sei ihm egal. Auf jeden Fall dächte er an eine zentrale Lage. Die Elbvororte, wo ich wohnte, kämen nicht in Frage. Er bäte mich, mit Maklern zu sprechen und geeignete Wohnungen schon einmal vorzusortieren. Wenn er mich dann besuchte, könnten wir die schönsten Angebote gemeinsam besichtigen. Dann folgte eine ganze Seite mit Entschuldigungen für die Mühe, die er mir damit machte.

Als ich die ersten Zeilen gelesen hatte, rannen mir die Tränen übers Gesicht. Was anderes sollte das sein als ein Heiratsantrag? Endlich. Wir waren nun beide frei, und die logische Konsequenz daraus war, zusammenzuziehen und unser Verhältnis endlich zu legitimieren. Ich war benommen vor Glück und Freude, und das trübte meinen Blick auf eine Art, die ich in den Jahren danach nicht mehr verstand. Sicher, Kawusabus Form, so etwas vorzubringen, war etwas seltsam. Aber war nicht zwischen uns seit vielen Jahren klar, daß wir uns ewig liebten? Vielleicht wollte er mich mit seinem Antrag nicht überfallen, dachte ich, und dies sei eben seine Art anzudeuten, was wir beide lange wollten.

Als das Flugzeug, das ihn zu mir brachte, auf dem Hamburger Flughafen landete, war ich die älteste der Wartenden hinter der Absperrung, und wahrscheinlich die einzige, die Angst hatte, ohnmächtig zu werden. Ich wußte nicht, ob die Beklommenheit in meinem Bauch mit der unglaublichen Temperatur zusammenhing, die an diesem Tag herrschte, mit der Freude oder mit einer Vorahnung, daß irgend etwas Ungewöhnliches passieren würde. Draußen waren mittlerweile über dreißig Grad, im Inneren des Flughafengebäudes war es dumpf wie in einer Sauna. Ich war so spät wie möglich von zu Hause losgefahren, um mich nicht unnötig der Hitze auszusetzen. Nun hoffte ich, daß das Flugzeug Verspätung haben möge, damit ich noch schnell auf die Toilette gehen und mich frisch machen könnte. Als ich atemlos am Ankunftsgate eintraf, blinkte schon das rote Licht auf der Anzeigetafel. Er war gelandet.

Ich stellte mich in die zweite Reihe hinter eine junge Frau mit Baby und hielt auf Zehenspitzen schwankend Ausschau nach ihm. Bei unserem letzten Treffen war er der erste gewesen, der durch die Zollkontrolle stürmte. An diesem Tag schien er sich jedoch Zeit zu lassen. Ich blickte in die Gesichter der Ankommenden und lächelte ihnen abwesend zu. Aber Kawusabu erkannte ich nicht mehr.

»Mariechen!« rief er und stellte seinen Koffer neben sich auf den Boden. Wir blickten uns einen Moment lang verblüfft an. Dann breitete er die Arme aus und schloß mich hinein.

Der Stoff seines hellen Sommeranzuges war kühl und glatt an meiner Wange. Das Eau de Cologne, das er jetzt benutzte, kannte ich nicht. Auch trug er seine Haare etwas länger als bisher. Sie kitzelten mich am Ohr. Er rückte mich ein Stückchen von sich ab und packte meine Schultern. »Du siehst gut aus«, sagte er. »Genau wie immer.«

»Du auch«, log ich. »Ich liebe dich.«

»Ja«, sagte Kawusabu schlicht.

Einer der Umstehenden, es war der junge Mann, auf den die Frau mit dem Baby gewartet hatte, schaute sich neugierig nach uns um.

»Ich habe im Flugzeug gehört, daß hier heute der heißeste Tag seit Jahrzehnten sein soll. Das ist herrlich. Endlich einmal Hamburg ohne Regen.« Kawusabu lächelte mich an. »Ich weiß, daß dir die Hitze nicht gefällt. Komm, wir gehen.«

»Du kennst die neue Laube in meinem Garten noch nicht. Und ich habe einen Teich anlegen lassen. Und Champagner kaltgestellt.«

»O ja, ich weiß«, sagte er. »Du hast mir von deinem Teich geschrieben.«

Er wollte jedoch lieber zunächst ins Hotel fahren und seine Sachen auspacken.

Bei all seinen bisherigen Besuchen in Hamburg war er im »Atlantik« abgestiegen, und so sollte es auch diesmal sein.

»Du weißt, daß ich ein schönes Gästezimmer habe«, sagte ich und biß mir auf die Lippen. »Ich habe es schon für dich richten lassen.«

»Was macht denn unser Hummer?« fragte er, ohne auf mich einzugehen. »Funktioniert die neue Wasserumwälzung?«

»Ja, sehr gut.«

Die Hitze vor dem Flughafengebäude war wie eine Wand. Ein schweißnasser Polizist hatte eine der beide Fahrbahnen sperren lassen, weil dort der Asphalt weich geworden war. Autos dieselten im Leerlauf, sonnengebräunte Passanten standen reglos herum und glotzten mit dem sinnleeren Ausdruck schmelzender Nougatfiguren.

»Oh, du hast ja immer noch deinen alten Porsche.« Kawusabu war bester Dinge, aber ich glaubte zu spüren, wieviel Anstrengung ihn seine Heiterkeit kostete. Sein Deutsch war schlechter geworden. Wir hatten uns zwei Jahre nicht gesehen.

Der Wagen war ihm seit jeher zu klein erschienen und zu unbequem, und er hatte mich immer damit aufgezogen. Fast hätte ich geantwortet, daß es sich in meinem Alter ja kaum noch lohne, ein neues Auto anzuschaffen. Doch ich schwieg und klappte den Gepäckraumdeckel auf. Irgend etwas war heute greifbar anders. Dann sah ich es. Kawusabu reiste mit leichtem Gepäck. Und zum ersten Mal seit Beginn unserer Liebe paßte alles, was er mit sich trug, in den Kofferraum des Porsche.

»Sieht ja fast so aus, als ob du nicht lange bleiben könntest«, sagte ich und klappte die Haube zu. Er zog blitzschnell seine Finger zurück. Meine Stimme klang bissig. Die Bemerkung tat mir sofort leid.

»Oh, doch lange genug, hoffe ich.« Er hielt mir die Fahrertür auf, ging um den Wagen herum und setzte sich auf den Beifahrersitz. Der Weg zum Hotel dauerte ewig. Die Klimaanlage sauste auf höchster Stufe und plusterte meine Frisur auf. Ich fuhr so unkonzentriert wie noch nie, und als wir auf der Alsterkrugchaussee in den üblichen Stau gerieten, hätte ich fast angefangen zu weinen. Kawusabu schien es nicht zu bemerken. Er plauderte mit mir, als sei ich eine langjährige Geschäftsfreundin, erzählte von seiner Firma, von der neuen Werbekampagne, die er für den Sommer plane und von seinem jüngsten Sohn, der eine Professur für Chirurgie in Kyoto bekommen habe. Jeder Satz tat mir weh.

»Und du?« fragte er, als wir vor dem Hotel vorfuhren. »Wie geht es dir?« Er streichelte meine Hand, die eiskalt auf dem Lenkrad lag. In diesem Moment riß der Bellboy des Hotels den Wagenschlag auf. »Wie wäre es, wenn wir uns heute abend gegen halb acht zum Dinner treffen?« Er sah mich forschend an. Der Bellboy wartete höflich. »Oder ist dir halb zehn lieber? Dann ist es kühler, und vielleicht können wir noch ein paar Schritte an der Alster spazierengehen?«

»Ja, das wäre schön«, sagte ich leise.

»Für die Wohnungsbesichtigungen ist es heute ja wahrscheinlich zu spät? Aber morgen ist auch noch ein Tag.«

Ich nickte stumm.

Er berührte flüchtig meine Wange. Dann stieg er aus und knallte die Wagentür zu, als sei dies ein japanisches Auto. Der Bellboy zuckte zusammen.

Ich raste nach Hause und feuerte die Eistorte in den Müll, die ich für seine Ankunft bestellt hatte, sein Lieblingsgebäck. Obwohl sie den Tag über im Kühlschrank gestanden hatte, sah sie demoliert aus, und die Sahnetupfer waren säuerlich geronnen.

Im Haus war es still und aufgeräumt wie im Inneren einer Pralinenschachtel. Ich hatte dem Personal für die nächste Woche freigegeben. Nun fehlten sie mir. Niemand, der mir ein Bad einließ, einen Eistee bereitete, eine Orange schälte. Ich stieg selbst in den Keller hinab und stellte das Wasser des Springbrunnens ab. Dann ging ich ins Gästezimmer hinauf, schlug die weißen Seidenlaken zurück und legte mich aufs Bett. Ich schlief sofort ein.

Gegen halb acht hatte ich mich so weit erholt, daß ich aufstehen und duschen konnte. Die Ruhe hatte mir gut getan. Die Schwellungen an den Beinen waren zurückgegangen. Ich cremte mich vor dem Spiegel im Bad mit einem kühlenden Gel ein und tupfte einen Hauch von »Shalimar« in die Kniekehlen, dem Parfum, das Kawusabu an mir liebte. Im sanften Licht des Abends sah mein Körper wieder zart und weich aus, wie immer. Aber ich spürte, daß es ein fragiles Gleichgewicht war, in dem ich schwebte. Ich brauchte viel Schlaf und eine leichte Winzigkeit zu essen, eine ganze Flasche Mineralwasser und ein zartes Make-up, um wieder die zu werden, die ich einmal war. Und es würde nicht lange halten. Ein paar Stunden, vielleicht die halbe Nacht.

Das Modellkleid aus rosa Shantungseide tat ein übriges. Es hatte einen winzigen Stehkragen und war an der Seite hoch geschlitzt. Ich saß eine Weile vor dem Frisierspiegel und forschte in meinem Schmuckkasten. Dann entschied ich mich für nichts als einen schmalen Silberreif, ein Geschenk Kawusabus zu unserem zehnten Jahrestag. Denn Gold macht alt, und Diamanten machen müde, zumindest, was die Haut betrifft. Als das Taxi vor der Tür hielt, war ich zufrieden mit mir. Er wurde schließlich auch nicht jünger. Und hatte etwas zugenommen an der Hüfte.

Es war eine wunderschöne Nacht, sternklar und samtig, und es war ein leichter, warmer Wind aufgekommen, der meine nackten Unterarme streichelte. Kawusabu wartete auf den Stufen des Hotels. Er sah unglaublich aus. Er trug einen weißen Dinneranzug, die schmalen dunklen Augen schauten so geheimnisvoll wie nie zuvor, und die Damen, die mit ihren Wagen vor dem Hotel vorfuhren, hatten keine Blicke mehr für ihre eigenen Begleiter, sondern nur noch für ihn.

Er half mir aus dem Taxi. Die Leute versuchten nicht zu starren. Und trotzdem zogen wir alle Aufmerksamkeit auf uns, wie ein Königspaar.

»Du bist die schönste Frau der Welt«, sagte er mit

halblauter Stimme und beugte sich über meine Hand. Um uns herum verstummten die Gespräche, und ich fühlte die Blicke, die mich von Kopf bis Fuß maßen. »Und ich liebe dich so sehr wie nie zuvor.« Kawusabu lächelte in mein Gesicht. »Wollen wir einen kleinen Spaziergang machen?«

Die Alster schimmerte im Licht der großen Häuser jenseits des Jungfernstiegs, im Park flanierten die Liebespaare. Wir faßten uns an den Händen und gingen mit. Die Luft war wie Champagner. Ich fühlte mich so leicht und glücklich wie lange nicht mehr. Wie töricht war ich nur an diesem Nachmittag gewesen? Warum hatte ich nicht bemerkt, daß Kawusabu müde war von der langen Reise? Daß er sich ausruhen wollte für mich, so wie ich mich für ihn? Alles, was heute nachmittag zwischen uns gestanden hatte, war nur eine Irritation gewesen. Vielleicht die Hitze. Ich drängte mich an ihn, und er schlang einen Arm um meine Hüfte. Unsere Schritte waren mühelos und genau von gleicher Länge. »Ich habe mich so auf diesen Tag gefreut«, sagte Kawusabu, »seit Jahren schon.«

Wir gingen immer weiter. Wir plauderten und versicherten einander, daß wir beide nicht müde waren, keinen Hunger hatten, daß wir immer so weitergehen wollten an diesem Abend, der wie geschaffen war für uns. »Wollen wir wirklich nicht umkehren?« Kawusabu gab mir einen zarten Kuß auf die Wange.

Ich schüttelte den Kopf. »Es ist wunderschön hier.« Die Stadt, in der ich geboren und aufgewachsen war, erschien mir fremd und wunderschön zugleich. Aber mehr noch als der stille dunkle Park zog mich ein bestimmtes Haus an, dem wir uns jetzt näherten. Bei meinen Erkundungen in Kawusabus Auftrag hatte ich eine Wohnung entdeckt, die absolut perfekt war für uns. Es war eine klassizistische Villa am oberen Teil der Außenalster. Der große Garten grenzte direkt ans Wasser, eine Kastanie streckte ihre dichten Zweige bis in die obere Etage, die zu einem luxuriösen Penthouse umgebaut werden sollte. Einstweilen allerdings war das ganze noch im Bau. Das Gebäude war völlig entkernt worden, der künftige Besitzer der oberen Eigentumswohnung konnte noch auf die Aufteilung der Zimmer Einfluß nehmen. Ich war mit dem Architekten zweimal dort gewesen, und hatte mir alles genau überlegt. Die riesige Terrasse nach Süden hin sollte ein Vordach erhalten. Die dahinter liegenden Räume würden ein einziges großes Wohnzimmer ergeben. Es war Platz für zwei Bäder, ein japanisches und ein europäisches, für zwei große Schlafräume, eine Bibliothek und für ein Gästezimmer, falls Kawusabus Kinder uns besuchen kämen. In einem halben Geschoß darunter lag die Küche mit angrenzendem Dienstbotenzimmer. Es war eine großartige Wohnung, und sie würde ein wunderbares Zuhause werden.

»Schau mal, da vorne«, sagte ich. »Siehst du das große weiße Haus? Wie gefällt dir diese Lage?«

Kawusabu war sofort im Bilde. »Oh, ist das eine der Wohnungen, die du ausgesucht hast? Ich habe schon die ganze Zeit das Gefühl, daß du mich irgendwo hinführen willst. Aber wir müssen vorher noch etwas Wichtiges besprechen.«

Ich kicherte und suchte in meiner Handtasche nach dem Schlüssel, den der Architekt mir für zwei Tage überlassen hatte. Sogar an eine kleine Taschenlampe hatte ich gedacht. Ich knipste sie an und malte mit dem Lichtschein ein Herz in das Grün, das ich für unseren zukünftigen Garten hielt.

Kawusabu zögerte. Heute weiß ich, daß dies der Moment war, in dem sich alles noch zum Guten hätte wenden können.

Ich war viel zu aufgeregt, um mich von meinem Plan abbringen zu lassen. Dutzende von Malen hatte ich diese Situation in meinen Gedanken durchgespielt. Nun war sie endlich da.

»Ist das nicht ein bißchen zu gefährlich, nachts auf einer Baustelle herumzustreifen?« fragte Kawusabu. »Ich will schließlich nicht, daß du mir von einem Gerüst fällst, jetzt wo wir endlich da sind, wo wir hinwollten.«

»Ach, wo.« Ich schloß die schwere Eichentür auf und leuchtete ins Innere des Gebäudes. »Das Treppenhaus ist ganz neu gebaut worden. Aus Marmor. Das hält noch tausend Jahre.«

Er blieb stehen, und ich spürte, daß er mir etwas sagen wollte.

»Jetzt komm doch bitte.« Ich ließ die Tür ins Schloß fallen und sprang vor ihm die Treppen hinauf. »Es wird auch noch ein Fahrstuhl eingebaut. Aber der ist erst in der nächsten Bauphase dran.«

Kawusabu folgte mir zögernd bis in die oberste Etage.

Es war ein herrliches Gefühl, in dem Raum zu stehen, der einmal das Wohnzimmer werden würde. Durch die leeren Fensterhöhlen wehte ein süßer Abendwind herein. Auf der nahen Wasserfläche glitzerte das Licht der umstehenden Villen.

»Hier kommt mein rotes Sofa hin«, sagte ich und ging ein paar Schritte in die Dunkelheit hinein. »Und hier …« Ich machte eine große Geste mit meiner Taschenlampe, »hier muß eine lange Tafel stehen für viele lachende Gäste.« Ich konnte es kaum abwarten, ihm die beiden Schlafzimmer zu zeigen. Eines hatte Morgen-, das andere Abendsonne, und ich stellte mir vor, daß man zwischen beiden hin- und herwechselte.

»Mariechen?« Seine Stimme klang müde. »Ich muß dir etwas sagen.«

Ich streckte die Hände nach ihm aus, aber er wich zurück.

»Ich wollte es dir ja erst morgen ganz in Ruhe erzählen …«

»Aber hier ist es doch ruhig …!« Meine Stimme drohte sich zu überschlagen. Was war passiert, das ich nicht bemerkt hatte?

»Du weißt, daß ich dich immer lieben werde. Und daß ich am liebsten immer in deiner Nähe sein möchte.«

»Wie das klingt. Was ist denn?« Der Betonboden unter meinen Füßen strahlte plötzlich Kälte aus. Ich fröstelte.

Ich konnte sein Gesicht nicht sehen, aber ich wußte, wie er jetzt aussah, konzentriert und ein bißchen traurig. »In Japan kann ein Mann in meiner Stellung und in meinem Alter nicht alleine leben.«

Mein Herz klopfte. Ich war seit langem an seine weitschweifigen Erklärungen zu den Grenzen zwischen unseren Kulturen gewöhnt. Und letztlich lief es immer darauf hinaus, daß die Unterschiede doch nicht so bedeutend waren, wie er sie zuerst hinstellte. Gleich würde sich alles klären.

»Ich werde im nächsten Monat heiraten.«

Ich starrte in die Dunkelheit.

»Wie du dir sicherlich vorstellen kannst, wird es keine Liebesheirat im europäischen Sinne sein. Aber es ist eine sehr nette Dame.«

»Nette Dame ...«, wiederholte ich. Er machte wieder einen seiner merkwürdigen Scherze mit mir, wie damals, als wir uns in Paris getroffen hatten, und er sich in unserer Suite vor mir versteckt hatte, bis ich weinend den Hoteldetektiv alarmierte. Wir hatten noch jahrelang darüber gelacht.

»Sie ist die Witwe eines Geschäftsfreundes«, sagte Kawusabu mit fester Stimme. »Wir müssen in den Duftwasserbereich expandieren. Ich hatte es seit langem vor. Lin kann ihre Firma nicht alleine führen, und ihre Kinder sind noch Teenager. Es ist eine gute Lösung für alle Beteiligten.«

»Ich verstehe nicht, was du sagst.« Ich ließ den Strahl der Taschenlampe in sein Gesicht wandern, und er hielt sich schützend die Hände vor die Augen. Oder lachte er? Lachte er mich vielleicht aus?

»Bitte nimm das Licht weg.« Er seufzte. »Lin hat als junges Mädchen einige Jahre in Hamburg gelebt. Ihr Vater war der japanische Konsul in dieser Stadt, und sie sagt, daß sie hier die schönsten Jahre ihres Lebens verbracht hat. Ich möchte ihr eine Wohnung zur Hochzeit schenken. Wenn nicht diese, dann vielleicht eine andere.«

Wir schwiegen jetzt beide. Ich fühlte nichts. Nur Kälte.

»Mariechen!« Seine Stimme war zärtlich und warm. »Ich weiß, daß es schwer zu verstehen ist. Aber wir sind doch auch Freunde. Nicht nur Liebende.«

»Nur Liebende! Du wertest das ab?« Ich hätte sterben mögen in diesem Moment. Aber leider geschah nichts dergleichen. Das Blut pochte wild in meinen Schläfen, und ich spürte, wie eine unbändige Wut von mir Besitz ergriff.

»Es hätte noch zwei weitere mögliche Partien gegeben«, setzte Kawusabu fort. »Aber keine dieser Frauen hätte es geduldet, daß ich eine Wohnung in Deutschland kaufe und mich dort vielleicht wochenlang aufhalte, um in deiner Nähe zu sein.«

»In meiner und in ihrer. Das ist doch lächerlich.«

»Nicht in ihrer.« Kawusabus Geduld brachte mich zur Weißglut. »Lins Kinder sind dreizehn und vierzehn Jahre alt. Sie müssen zur Schule gehen. Länger als ein oder zwei Wochen werden sie niemals hier sein. Und dann kann ich es gelegentlich arrangieren, daß ich länger bleibe. Lin wird dich kennenlernen ...«

»Und feststellen, daß ich eine harmlose Alte bin ...« Ich zitterte vor Aufregung.

»Mariechen!« Jetzt schrie er auch. »Du weißt nicht, was du sagst. Wir haben in unserer Sprache ein Wort, es heißt »gaisen«, und es bezeichnet einen Japaner, der von einer Person der weißen Rasse sexuell angezogen ist. Es ist ein schlimmes Schimpfwort, ordinärer als alles, was man ins Deutsche übersetzen kann. Ich kann dich nicht heiraten! Ich kann es niemals tun!«

Seine letzten Worte hörte ich nur noch, weil er sie in die Nacht hinaus brüllte. Ich rannte die Treppe hinunter aus dem Haus. Und dann lief ich und lief, bis die Luft in meinen Lungen brannte, bis ich besinnungslos war vor Schmerz und vor Erschöpfung. Die Autos auf der Straße bremsten mit quietschenden Reifen, als ich auf die Fahrbahn rannte. Aber sie töteten mich nicht. Leider nicht.

Eine Strecke wie diese war ich mein ganzes Leben lang mit dem Auto gefahren. Nun rannte ich, um niemals anzukommen. Aber das ruhige, rote Backsteingebäude am Hafenrand, in dem mein Büro war, schien mir entgegenzukommen, als wolle es mich schützend aufnehmen in seiner stillen Welt aus Arbeit und aus Aktenordnern. Der Nachtportier, der im Rollstuhl saß und offenbar eingenickt war, schob entsetzt seine Brille auf die Nase. Der leere Fahrstuhl mit den offenen Scherentüren gähnte mich an. Ich rannte vorbei, die Treppen hinauf.

Das Hummerbecken lag in seinem grünlichen Nachtlicht. Ich warf die gläserne Abdeckplatte zur Seite, sie zersprang in tausend Scherben. Das Wasser war kühl, der Hummer bewegte sich nicht und ließ alles geschehen. Ich haßte ihn. Ich hätte ihm am liebsten den Kopf abgerissen, aber sein Panzer war fest und hart wie eh und je. Ein Glied eines Fühlers brach im Scharnier der Bürotür ab, als ich mit ihm nach draußen stürmte. Er kämpfte mit den scharfen Scheren, Blut tropfte aus meiner Hand, aber ich fühlte es nicht.

Auf der Straße vor den Landungsbrücken herrschte fröhlicher, dichter Verkehr. Ich hörte die Musik der jungen Leute, die aus den offenen Wagenfenstern ins Freie drang. Einmal stützte ich mich auf die Kühlerhaube eines an meinen Waden bremsenden Autos. »Was ist denn das für eine durchgedrehte Alte?« rief der Fahrer. »Wo willst du denn mit deiner Puppe hin, Oma?«

Seltsamerweise war an den Landungsbrücken keine Menschenseele zu sehen. Schlafende Ausflugsschiffe schaukelten an den Spundwänden, Taue knirschten. Der Wind nahm zu. Ich lief den Pier hinaus, Richtung elbabwärts. Der Wind wehte mir entgegen. Der Hummer fuchtelte in meinen Armen. Dann war ich am Ende des Piers angekommen. Das Wasser schwappte schwer gegen den Anleger wie ein gewellter schwarzer Spiegel, auf dem man vielleicht tanzen konnte.

Es war nicht leicht, ihn loszulassen. Mit einer seiner Scheren hatte er den Stoff meines Kleides gepackt, die andere war am Kragen verhakt. Es knackte, als ich ihn losbrach. Dann flog er durch die Luft. Und landete mit einem leisen Platsch im Wasser. Ich mußte mich an einem Poller festhalten, um ihm nicht hinterher zu stürzen. Er versank sehr langsam in der Tiefe unter mir, mit den langen braunen Armen rudernd, in seinem Rückenmark wahrscheinlich nichts als Staunen.

Als ich mich umdrehte, stand Kawusabu oben an der Brücke über mir. Das Licht des Mondes fiel auf seinen weißen Anzug. Er wartete. Dann drehte er sich langsam um und ging.

Ich sah ihn nicht wieder.

Neun

30. Dezember 1999
nachmittags

Sie hörte ihn, bevor sie ihn sehen konnte. Roberta blickte in den milchigen Himmel hinauf. Der weiße Hubschrauber schien aus dem Nichts zu kommen. Er flog über die Dünenkette in ihrem Rücken heran, knatterte über die Strandpromenade hinweg und beschrieb einen großen Kreis über ihren Köpfen. Roberta duckte sich instinktiv. Er nahm Kurs auf die Wasserlinie vor ihren Augen, als suche er etwas. Das rhythmische Dröhnen der Rotorblätter wurde lauter und immer lauter. Es hämmerte in ihren Ohren. Über dem Meer flogen Möwen auf. Kleine Eisstückchen lösten sich aus dem eisigen Sand und wirbelten durch die Luft, als er zur Landung ansetzte.

»Schauen Sie nur, Frau Rosenzweig!« Roberta beugte sich tief zu Mariechen hinunter, die sich an den Lehnen des Rollstuhls festklammerte. Sie war bis über die Nasenspitze in ihren Pelz und in ein großes Wolltuch eingehüllt. Nur die Augen schauten noch heraus. Sie blickten starr. Mariechen schien sie nicht zu hören.

Roberta seufzte. In den letzten beiden Tagen hatte Mariechen Rosenzweig fast stündlich an Kraft verloren. Schon auf dem nächtlichen Rückweg von der Küstenstation in die Residenz hatte Henri sie stützen müssen. Dann konnte sie sich nicht mehr alleine ausziehen. Am Morgen des darauffolgenden Tages war sie fast nicht mehr aus dem Bett zu bekommen gewesen, und Roberta mußte sie waschen und ankleiden. »Laß sie doch in Ruhe«, sagte Susewind, als sie endlich alle beim Frühstück saßen. »Sie ist eine alte Frau, und sie hat ein Recht darauf, müde zu sein, nach all dem, was vorgestern vorgefallen ist.«

»Bei eurer Finanzkrise kann sie euch jedenfalls nicht mehr helfen. Da müßt ihr nun alleine durch.« Henri hatte schon die erste Flasche Bier in der Hand und betrachtete sie zweifelnd. »Ich finde im übrigen, daß wir uns erst einmal den Hummer zurückholen sollten. Und diesem Arschloch, das ihn geklaut hat, eine reinhauen.«

Roberta sah ihn wütend an. »Nun hör doch damit auf, Henri. Wir haben nun wirklich genug andere Sorgen.«

»Ich nicht.« Er ließ die Flasche aufschnappen und nahm einen langen Schluck. »Ich bin pupsfroh.«

Yolanda lächelte ihn an und malte mit einem Marmeladenfinger ein Pferd neben ihren Teller.

»Zum Beispiel muß Mariechen an die frische Luft.« Roberta wischte Yolandas Finger ab und fuhr mit dem Lappen über die Tischplatte. »Flossen weg!« sagte Yolanda. Seit sie sprach, war sie richtig aufmüpfig geworden. Zudem schien ausgerechnet Henris Wortschatz auf sie abzufärben.

»Also, ich geh jetzt mit ihr nach draußen. Kommt jemand mit?« Sie hatten nur alle stumm auf ihre Brötchenhälften geblickt.

Roberta fror. Mariechen zitterte. Die Eiszapfen an der Traufe des Hauses klirrten im Wind. Der Hubschrauber setzte langsam auf dem Sand auf, keine hundert Meter von ihnen entfernt. »Vielleicht ist das ein reicher Tourist, der hier Silvester feiern will«, rief Roberta nahe an Mariechens Ohr. »Oder ein geheimnisvoller Prinz, der kommt, um seine Liebste zu befreien.« Roberta kam sich selber ziemlich albern vor. »Was denken Sie, Frau Rosenzweig? Wer ist das?« Aber sie regte sich nicht.

Das dumpfe Rollen der Maschine wurde tiefer und tiefer, dann gerann der wirbelnde Kreis des Rotors zu vier einzelnen Fingern, die einander noch eine Weile unlustig nachliefen und dann ihre Spitzen senkten. Die runde Backe des Hubschraubers knackte, dann wurde sie aufgestoßen, und der Pilot sprang auf den Sand. Er hielt die Tür offen und nahm von jemandem ein Gepäckstück entgegen. Roberta blinzelte. Da sprang ein Mann auf den Strand.

Der Mann war schlank und mittelgroß. Er trug Jeans und einen weißen Daunenanorak. Die Gläser seiner Sonnenbrille blitzten. Er blieb kurz stehen und wechselte mit dem Piloten einige Worte. Dann setzte er sich in ihre Richtung in Bewegung. Der Pilot folgte ihm in einigem Abstand mit dem Koffer in der Hand.

Sein Gang war etwas steif, aber zügig. Er kam schnell näher. Schon konnte man die igelkurzen silbergrauen Haare sehen, den gebräunten Teint, den konzentrierten Ausdruck auf seinem Gesicht. Roberta schätzte ihn zunächst auf etwa sechzig Jahre. Dann siebzig. Dann vielleicht sogar achtzig, oder älter. Als er vor ihnen stand, sah er alterslos aus.

Roberta war so in ihre Beobachtungen vertieft, daß sie nicht bemerkt hatte, wie Mariechen sich langsam in ihrem Rollstuhl hochgestemmt und auf die Füße gestellt hatte. Nun stand sie aufrecht da und hielt sich krampfhaft an der Rückenlehne fest. Der Wollschal rutschte über ihre Schultern nach unten und fiel zu Boden. Ein Windhauch pustete in ihre Haare.

Der Mann nahm seine Brille ab und lächelte. Er schien Roberta nicht zu sehen.

Mariechen starrte ihn an. Roberta sah seine Augen, die Mariechen voller Zärtlichkeit musterten. Dann streckte er die Hände aus und nahm sie in die Arme.

Roberta wich ein Stückchen zurück. Der Pilot war in einiger Entfernung stehengeblieben und hatte den Koffer auf einer Sandwehe abgestellt. Nun griff er in die Tasche und zündete sich eine Zigarette an. Er nickte Roberta zu und lächelte.

»Kawusabu«, sagte Mariechen mit erstickter Stimme und schlang ihre Arme um den Hals des Mannes. Er drückte sein Gesicht in ihre Haare.

Kawusabu, wiederholte Roberta leise. Wie fremd das klang. Sie versuchte sich zu erinnern, wo sie diesen Namen schon einmal gelesen hatte.

Nun löste sich der Mann langsam aus der Umarmung und hielt Mariechen an den Schultern von sich weg. Sie schauten einander an. Die Zeit verrann. Die Spannung war unerträglich. Roberta traute sich kaum zu atmen. Die Eiszapfen am Vordach klirrten. Die fallenden Tropfen zersprangen mit leisem Klicken auf den Steinen. Es taute. Schon glitzerten kleine Pfützen im Sonnenlicht. Ein Eisvogel schwirrte über ihre Köpfe hinweg.

»Willst du mich heiraten?« fragte der Mann und streichelte Mariechens Wange.

Der Pilot trat seine Zigarette aus und wischte sich übers Gesicht. Roberta hatte einen Kloß in der Kehle. Sie schluckte.

Sie konnte die Antwort nicht hören. Aber sie sah den Glanz in den Augen des Mannes.

Dann machte sich Mariechen plötzlich von ihm los, drehte sich um und eilte ins Haus.

»Gemeinsames Dinner heute abend um acht?« rief er ihr nach.

Sie drehte sich nicht mehr um. Sie hob nur ihre Hand zum Zeichen ihres Einverständnisses. Einen Wimpernschlag später war sie verschwunden.

Roberta starrte ihn an.

»Guten Tag«, sagte er und reichte ihr die Hand. »Mein

Name ist Kawusabu. Und Sie müssen Yolanda sein. Ich danke Ihnen, daß Sie auf meine Nachricht im Brokersboard geantwortet haben.« Er sprach sehr langsam und deutlich, so, als genösse er es. »Ich habe mich sogleich auf den Weg gemacht.«

Roberta schüttelte den Kopf. »Nein, nein. Ich bin Roberta Langbein. Ich bin die, äh, ich bin eine alte Freundin von Frau Rosenzweig. Yolanda ist drinnen bei den anderen.«

»Bei den anderen Aktienspekulanten?« Er lachte. »Dann lassen Sie uns hineingehen und hören, was sie mit der Mändelchen AG vorhatten.«

Roberta spürte, wie sich ihr Gesicht rötete. »Das wissen Sie? Woher kennen Sie uns?«

»Ich kenne Mariechen«, sagte Kawusabu. »Ich kenne sie besser als irgendeinen anderen Menschen auf der Welt.«

*

Als Roberta die Küche betrat, waren Susewind und Henri in heller Aufregung. »Sie ist eben hier hereingeschossen, hat sich zwei Eier aus dem Kühlschrank geschnappt und ist dann wieder rausgerannt«, sagte Susewind. »Ist irgendwas passiert?« Er starrte Roberta an. »Du bist ja ganz erhitzt.«

»Kann man so sagen.« Sie hielt die Tür auf und ließ Kawusabu eintreten. »Darf ich Ihnen meine Freunde vorstellen, Herr Kawusabu? Das ist Hans Susewind, er ist Muschelforscher und beendet hier gerade seine Doktorarbeit.« Sie reichten einander die Hände. »Und das ist Henri. Er ist Hochseefischer.«

Henri sprang auf, streckte seine Hand aus und verbeugte sich. Roberta sah ihn stirnrunzelnd an. Fast schien es, als ob er am wenigsten überrascht war. »Frau Rosenzweig hat mir von Ihnen erzählt, Minher«, sagte er dann. »Es ist gut, daß Sie gekommen sind.«

Kawusabu nickte. »Das finde ich auch.«

Roberta sah verwundert von einem zum anderen. »Was hat sie dir erzählt, Henri?« Aber er überhörte die Frage.

»Und das ist Yolanda.« Sie hob kurz den Kopf.

Kawusabu musterte sie ernst, dann sagte er: »Sie haben mich gerettet, Yolanda, wissen Sie das eigentlich?«

»Klaro, Alter.« Sie nickte und klopfte mit der Hand auf den Tisch.

Roberta wollte zu einer Erklärung ansetzen, aber Kawusabu schüttelte leicht den Kopf und lächelte sie an. »Mein Urenkel hat sich zu Weihnachten einen Computer gewünscht. Er ist fünfzehn Jahre alt. Wir waren alle sehr überrascht, wie gut er damit umgehen kann, denn er kann nicht sprechen. Wir beide haben tagelang vor dem Schirm gesessen und das Internet erforscht. Und als plötzlich die Aktien der Mändelchen AG stiegen, war es seine Idee, eine Nachricht ins Brokersboard zu stellen. Ich glaube, Yoshi hätte gerne Ihre ...« Er zögerte und suchte in der Tasche seines Anoraks nach einem Zettel, den er langsam auffaltete. »Das steht es ja. Ihre E-Mail-Adresse hätte er gern, Yolanda. Das soll ich Ihnen bestellen. Und dies ist die seine.«

»O.k.« Yolanda nahm den Zettel entgegen und stopfte ihn in ihre Hosentasche.

»Dann haben Sie die Aktienkäufe verfolgt?« Susewind war so aufgeregt, daß er stotterte.

Kawusabu zog seine Jacke aus, hängte sie über einen Stuhl und nahm Platz. »Ich habe Mariechen damals alle verfügbaren Anteile an der Mändelchen AG geschenkt. Es war einst die Spielzeugfirma ihres Vaters. Aber die Familie hatte sie verloren.« Er zögerte. »Mariechen und ich hatten uns eine Weile aus den Augen verloren. Aber ich habe immer darauf geachtet, ob es diese Firma noch gibt. Sie war ein Symbol, verstehen Sie das?«

»Hmmm«, machte Henri.

»Und offenbar hat Mariechen die Mändelchen AG stets am Leben erhalten. Auf niedrigstem Niveau allerdings, genau an der Grenze zum Absturz, das ist typisch für sie. Eine inaktive Firma, sagt man das so? Die Aktien waren immer nur ein paar Penny wert. Damit wollte sie sagen, daß sie wütend auf mich ist.«

Henri streckte Kawusabu wortlos eine Flasche Bier hin, und er nahm sofort einen tiefen Zug. »Als ich sah, daß jemand plötzlich Panikkäufe macht und große Orders ohne Limit abgibt, wußte ich, daß da etwas anderes gekauft wird als nur eine Firma. Und ich hoffte, daß SIE dahintersteckt.«

»Aber wir wollten wirklich eine Firma übernehmen«, sagte Roberta matt.

»Ach, wirklich?« Er funkelte sie an. »Was wollten Sie denn herstellen?«

Susewind machte ihr ein Zeichen, aber sie sah es nicht.

»Also, wie soll ich das erklären ...« Sie blickte sich hilfesuchend am Tisch um.

Yolanda schluckte laut. »Wir machen neue Dosen für Medizin.« Sie brachte die Worte einzeln hervor, und es dauerte ewig, bis sie einen Satz zu Ende gestammelt hatte. »Dosen und Schachteln, die nicht mehr traurig sind. Wir machen ein Pferd für meine Tabletten, damit ich nicht mehr weglaufe. Und für seine Mutter ...«, sie zeigte auf Susewind, »... einen kleinen Krebs, damit er sie nicht tötet.«

»Und dieser Kram für die Potenz kommt in so einen echt langen dicken ...«, setzte Henri an, verstummte aber sofort wieder.

Kawusabu verschränkte die Arme hinter dem Kopf und blickte in die Runde. »Das ist eine wunderbare Idee«, sagte er nach einer Weile. »Wir können Digitalis in ein tränendes Herz füllen lassen. Und stärkenden Saft für Kinder in einen Tiger. Appetitzügler gehören natürlich in ein

Schweinchen. Und ich denke auch an die ganzen Medikamente für alte Leute. In meinem Alter hat man immer drei traurige Pappschachteln in der Tasche. Sie haben recht. Man muß diese Dinge völlig anders angehen.«

»Mariechen will, daß ihre Medizin in einen Totenkopf kommt«, platzte Roberta heraus.

Kawusabu lächelte versonnen. »Das hätte ich von ihr auch nicht anders erwartet. Aber ich denke, daß zu ihr nur eine wunderschöne Königin passen würde. Vielleicht aus schimmerndem Glas.« Er stockte. »Falls das, was sie da nimmt, flüssig ist. Meines sind leider alles Kapseln.« Er grinste. »Ich möchte, daß meine Kapseln in einer Hummerdose verpackt sind. Vielleicht helfen sie dann sogar. Aber auch das ist ein Symbol, das Sie nicht verstehen können.«

Henri grunzte.

»Leider wird das nun nichts.« Susewind nahm sich ein Glas aus dem Schrank und ließ es vollaufen.

Kawusabu prostete ihm zu. »Aber warum denn nicht? Mit der Mändelchen AG können wir doch machen, was wir wollen.« Er grinste in die Runde. Es war jetzt so leise, daß man hörte, wie oben im Haus Badewasser einlief. »Ich habe mir gestattet, mit Mariechens Mändelchen AG das zu machen, wovon ich immer geträumt habe«, sagte Kawusabu. »Feindliche Übernahme! Und nun besitze ich über sechzig Prozent an der Firma. Haha.«

»Das waren Sie?« Roberta mußte sich konzentrieren, um ihn nicht anzugaffen. »Haben Sie denn so viel Geld?«

»Jetzt nicht mehr, meine Liebe. Das war ein teurer Spaß. Und deswegen müssen wir auch dafür Sorge tragen, daß die Sache ein Erfolg wird.«

»Wir«, wiederholte Roberta tonlos.

Aber Kawusabu erhob sich, bedankte sich für das Bier und ging zur Tür. »Vielleicht kann mir einer der Herren zeigen, wo meine Räume sind. Und ich denke, wir brauchen auch ein Zimmer für den Piloten.« Er lächelte Roberta an. »Und was diese andere Sache betrifft, möchte ich zunächst mit Mariechen sprechen. Sie wird bestimmen, was wir tun. Ich habe schon vor knapp dreißig Jahren mein Kontingent an Fehlentscheidungen verbraucht. Ich kann mir keine weitere leisten.«

Damit verschwand er. Und Henri eilte ihm hinterher.

»Verstehst du das alles?« Roberta spürte, wie Susewinds Blick auf ihr ruhte.

»Alles«, sagte er. »Mit echter Liebe kenn ich mich neuerdings aus.«

*

Mariechen saß in einen Bademantel gehüllt auf der Bettkante und schnitt sich die Zehennägel. An ihrem Ohr klemmte ein Telefonhörer. »Kommen Sie nur herein, Kindchen«, rief sie, als Roberta zögernd den Raum betrat. Dann senkte sie ihre Stimme und flüsterte etwas in den Hörer. Küßchen. Einen Moment später hatte sie aufgelegt. »Meine Güte, Kawusabu und ich haben bestimmt zwei Stunden lang telefoniert. Es war alles ganz genau wie früher. Damals haben wir ganze Vermögen verplaudert. Wie spät ist es jetzt eigentlich?«

»Halb sechs, Sie haben noch viel Zeit.« Roberta setzte sich auf einen Stuhl und beobachtete, wie sie mit dem Nagelknipser hantierte. »Soll ich das vielleicht für Sie machen, Frau Rosenzweig?«

»Nein, nein, das mache ich besser selbst. Wer sich die Zehennägel schneidet, hat noch eine Weile zu leben. Und wissen Sie warum? Weil er kleine Monde produziert. Das ist doch hübsch, oder?« Sie griff in ihre Nachttischschublade und holte ein Fläschchen roten Nagellack hervor. »Als ich den eingepackt habe, hat offenbar mein Schutzengel neben mir gestanden.«

»Soll ich Sie lieber allein lassen?«

»Leisten Sie mir einfach etwas Gesellschaft. Und erzählen Sie mir, was die anderen machen.«

Roberta nickte. »Susewind ist schon dabei, ein Menü für Sie zu kochen. Henri sitzt daneben und klopft kluge Sprüche. Er will unbedingt, daß wir den Hummer befreien. Und Yolanda mault, weil sie Pilze putzen soll.«

»Reizend«, sagte Mariechen, streckte die Füße aus und bewegte die Zehen. »Ich habe zwar nicht die Absicht, Kawusabu heute nacht meine nackten Füße zu präsentieren, aber ich denke, so etwas wirkt auch durch die Schuhe hindurch. Von innen, quasi.«

»Bestimmt.« Sie zögerte. »Ich könnte Ihnen die Haare machen. Ich bin eine sehr gute Friseurin gewesen. Und ich glaube ... ähäm, ich meine, falls Sie vorhatten, die beiden Eier aus dem Kühlschrank als Packung zu verwenden ... ich glaube, das ist keine sehr gute Idee.«

Mariechen sah sie aus ihren lila Augen durchdringend an, und Roberta konnte sich nicht mehr vorstellen, weshalb sie vor diesem Blick einmal Angst gehabt hatte.

»In Ordnung«, sagte Mariechen. »Und wenn Sie vielleicht noch ein bißchen mit der Schere hantieren wollen? Ich bin der Ansicht, daß man in meinem Alter langsam auf eine Kurzhaarfrisur umsteigen könnte.«

Roberta nickte. »Wir haben das unseren Kundinnen ab fünfunddreißig immer empfohlen. Und außerdem gibt es da so eine Regel, die heißt: Je stabiler die Liebe, desto kürzer die Haare der Frau.«

»Ach, tatsächlich? Das klingt gut. Ich nehme so einen Schnitt, wie Sie ihn tragen, Kindchen, ultrakurz.« Sie machte eine kleine Pause. »Und während Sie mich feinmachen, haben wir Zeit, etwas Ernstes miteinander zu besprechen.«

Roberta spürte, wie sich in ihrem Bauch ein Gefühl von Trostlosigkeit breitmachte. Im Grunde war doch völlig klar, was Mariechen ihr zu sagen hatte. Seit Kawusabu da war, brauchte sie sie nicht mehr. Natürlich würden Kawusabus Kinder und Enkel die Mändelchen AG übernehmen, und bestimmt würden die beiden ihnen beratend zur Seite stehen. Vielleicht würden Kawusabu und Mariechen zusammen nach Japan reisen, oder wohin auch immer. Sie würden sich in ihre eigene fremde Welt zurückziehen, die Roberta nicht einmal von Ferne kannte. Und dann? Dann war der Auftrag von Roberta Langbein beendet. Mariechen würde ein paar nette Worte finden, um sich von ihr zu verabschieden. Und bestimmt würden sie einander niemals wiedersehen. Yolanda würde zu ihrer Tante nach Frankfurt zurückfahren. Henri nach Holland. Und Susewind in die Schweiz. Sie konnte seinen Namen plötzlich nicht einmal denken, ohne traurig zu sein. Roberta unterdrückte ein Schluchzen.

»Was ist denn los, Kindchen?« Mariechen nahm ihre Hand und drückte sie zärtlich. »Sie zittern ja.«

In diesem Moment konnte sie die Tränen nicht länger zurückhalten.

»Aber warum weinen Sie denn?« Mariechen streckte die Arme aus und zog sie zu sich hinunter.

Roberta fiel auf die Knie und legte ihren Kopf in Mariechens Schoß. »Ich bin so traurig, daß Sie weggehen.« Im Strom ihrer Tränen war fast kein Wort zu verstehen. »Daß dann alles ein Ende hat.«

»Psst. Es wird doch alles gut.« Mariechen streichelte ihre Haare und ihre Wangen, und ihre Hände waren fest und warm. »Nun beruhige dich, Kindchen.«

»Aber ich will hier nicht alleine übrigbleiben.« Ihr Rücken bebte. »Ich war hier so glücklich in den letzten Tagen.«

»Schau mich mal an, Kleines.« Mariechen nahm ihren Kopf in beide Hände und zog ihn dicht vor ihr Gesicht. »Niemand wird hier übrigbleiben. Und schon gar nicht alleine. Aber selbst wenn es so wäre, dann müßte man darüber keine Tränen vergießen. In gewisser Weise sind alle Menschen allein. Aber erst wenn sie wirklich erwachsen geworden sind, lernen sie, damit umzugehen.« Sie griff in ihre Bademanteltasche, zog ein Spitzentaschentuch hervor und fuhr damit ohne große Umstände über Robertas Gesicht. »Das ist überhaupt nicht traurig. Das ist normal.«

»Aber schwer.« Roberta zog den Schleim in der Nase hoch und setzte sich mit dem Po auf die Fersen.

»Na und? Dann ist es eben schwer. Aber das ist noch lange kein Grund, sich hängenzulassen.«

»Laß ich doch gar nicht.« Robertas Stimme war so leise wie ein Hauch.

Mariechen lachte auf. »Das stimmt. Das tust du nicht. Und darum, und aus einigen anderen Gründen, möchten Kawusabu und ich, daß du die Chefin der Mändelchen AG wirst.« Sie musterte sie lächelnd, wie um die Wirkung ihrer Worte abzuwarten.

Aber Roberta war so verdattert, daß sie nur die Augen aufriß und Mariechen anstarrte.

»Wir werden einen Firmensitz in Hamburg belassen und eine Dependance nach Kyoto verlegen, wo Kawusabus Familie wohnt. Wir finden, daß es dir guttun wird, wenn du einmal im Monat eine kleine Reise in die weite Welt machst.«

»Aber, aber ...«, sagte Roberta.

»Aber was? Kannst du das nicht? Ist es das, was du mir sagen willst?« Sie lehnte sich zurück und blickte gegen die Decke. »Wir sind der Ansicht, daß du diesen Posten perfekt ausfüllen wirst. Wenngleich es für einen Menschen allein zu viel ist, so eine Firma zu leiten. Das habe ich im Laufe meines Lebens verstanden. Deswegen wird Hans Susewind ebenfalls Vorstand werden. Ihr beide werdet die Firma gemeinsam leiten. Und, nebenbei bemerkt, auch gemeinsam besitzen. Kawusabu hat vorhin mit dem örtlichen Notar telefoniert. Die entsprechenden Papiere liegen ab zehn Uhr für uns bereit. Im übrigen muß ich ja noch die versprochenen Pluto-Anteile für Oskar und Otto überschreiben. Egal, was sie jetzt wert sind. Geschenkt ist geschenkt. Gleich nach der Unterzeichnung werden Kawusabu und ich abreisen.« Sie lächelte. »Wir haben viel nachzuholen.«

»Aber Susewind muß doch zurück in die Schweiz.« Das Zimmer schien sich um Roberta herum zu drehen. »Und vielleicht will er gar nicht ...«

»Er will. Kawusabu hat vorhin mit ihm gesprochen. Und wenn ich das einmal so sagen darf, er will noch einiges andere mit dir, Roberta.« Mariechen sah sie forschend an. »Oder liebst du ihn nicht, Kindchen?«

Roberta spürte, wie sie über beide Ohren rot wurde. »Ich mag ihn sehr gerne. Sogar besonders gerne. Aber ich dachte ...«

»Diese angefangenen Sätze mußt du dir aber bald abgewöhnen.«

Sie setzte sich gerade hin und atmete tief ein.

»Susewind schreibt an seiner Doktorarbeit, und ich bin Friseurin. Er kommt aus einer reichen Familie und ich aus gar keiner ...«

»Genau. Und er ist ein Mann und du bist eine Frau.« Sie lächelte. »Und du mußt dir diesen Dünkel abgewöhnen, Kind.«

Roberta stand benommen auf.

»Und jetzt müssen wir uns beeilen«, sagte Mariechen. »Ich habe heute abend nämlich ein Rendezvous.«

*

Als Roberta um halb acht nach unten kam, saß Kawusabu in der Bibliothek und nippte an einem Sherry. Er trug einen altmodischen weißen Dinneranzug und sprang lächelnd auf, als Roberta sich näherte. »Kommen Sie, setzen Sie sich zu mir und erzählen Sie mir etwas von sich.« Er wies auf einen der freien Ledersessel und ging dann zur Anrichte, um ein Glas für Roberta zu holen.

Roberta nahm zögernd den Kelch mit der schimmernden braunen Flüssigkeit entgegen. »Mariechen kommt in einer halben Stunde. Sie hat gesagt, daß sie noch eine Weile allein sein möchte.«

»Ja, ich weiß.« Er zog ein silbernes Handy aus der Tasche und hielt es in die Höhe. »Seit Susewind so freundlich war, mir sein Handy zu leihen, bin ich über alles hier im Hause bestens informiert.« Er prostete ihr zu. »Auf Ihr neues Leben als Boß der Mändelchen AG. Mögen Sie weiterhin eine glückliche Hand haben in Ihrem Leben.«

Roberta nahm einen großen Schluck. Die Flüssigkeit rann süß durch ihre Kehle. Dies konnte nur ein Traum sein. Jetzt bloß keine abrupten Bewegungen machen. Sie stellte das Glas behutsam auf das Messingtischchen neben ihr.

Kawusabu beobachtete sie lächelnd. »Mariechen hat mir viel von Ihnen erzählt.«

»Oh, sie weiß ja gar nicht so viel«, sagte Roberta und biß sich auf die Lippen. »Ich meine, wir kennen uns erst seit zehn Tagen.« Sie sah Kawusabu an. »Bis jetzt.«

Er nickte. »Sie ist eine großartige Menschenkennerin.«

Sie schwiegen eine Weile. Draußen hatte eine bläuliche Dunkelheit das Gebäude umfangen. Das Tauwasser der schmelzenden Eiszapfen rann vor den Fenstern herunter wie ein schimmernder schwarzer Schleier.

Je länger sie so dasaßen, desto mehr entspannte sich Roberta, als ob die Gegenwart dieses Mannes sie beruhigte. Sie kuschelte sich tiefer in den Sessel, streifte die Schuhe von den Füßen und zog die Beine unter ihren Körper. »Wie lange kennen Sie Mariechen eigentlich schon?« Ihre Stimme war so schläfrig wie sie selbst.

Seine Stimme war warm und leise. »Schon immer, glaube ich. Solange, wie die Wellen auf den Strand laufen, am Ufer eines jagenden Ozeans.«

Roberta hob den Kopf und blickte ihn verwundert an.

»Seit unserer Trennung vor achtundzwanzig Jahren, vier Monaten und sieben Tagen bin ich der unglücklichste Mann auf der Welt gewesen. Ich habe jeden Tag und jede Nacht an Mariechen gedacht. Und ich habe nie wieder eine andere Frau auch nur berührt.« Er stockte. »Aber schlimmer noch als die Schmerzen im Herzen ist die körperliche Sehnsucht. Jede Faser meines Körpers hat danach geschrien, geliebt zu werden. Aber es war niemand mehr da, um mich zu retten.«

Roberta überlegte, dann sagte sie: »Das kann ich mir eigentlich gar nicht vorstellen.«

»Was glauben Sie denn?« Er schenkte ihre beiden Gläser wieder voll.

»Ich weiß ja nicht, wie alt Sie sind ...«

»Bei unserer Trennung war ich Ende Fünfzig.« Er gab ihr den Kelch, und ihre Hände berührten einander flüchtig.

»Und wenn ich das richtig sehe, dann sind Sie ein sehr reicher Mann.« Sie musterte ihn kurz. »Und Sie müssen einmal sehr attraktiv gewesen sein.«

Kawusabu seufzte leise.

»Ich meine, das sind Sie natürlich immer noch ...!« Roberta nahm einen kräftigen Schluck Sherry.

Er saß da und wartete.

»Ich wette, daß es in Japan und anderswo Tausende, ach was, Millionen Frauen gibt, die sich sehr gern mit Ihnen ...« Zu blöd, daß sie schon wieder rot wurde.

»Gegen Geld, meinen Sie? Daß jemand seinen Körper gegen mein Geld eintauscht? Oder gar sein Interesse an mir? Wie langweilig.«

Roberta schwieg in ihr Glas.

»Es ist eine düstere Erkenntnis, daß die Möglichkeit des

selbstlosen Geliebtwerdens plötzlich aufhört. An einem Tag ist sie noch vorstellbar. Aber am nächsten... Schwups.« Er machte eine ausladende Bewegung mit der Hand. »Am nächsten Tag ist alles vorbei.«

»Das glaube ich nicht!«

»Das können Sie auch gar nicht glauben, Roberta, weil Sie noch so jung sind. Und weil Sie und alle anderen jungen Menschen auf der Welt sich *einer* Sache gewiß zu sein glauben: Daß nämlich der Mensch prinzipiell in der Lage ist, eine große Enttäuschung zu verwinden. Wenn sich ein geliebter Freund von Ihnen trennt, dann werden Sie um ihn trauern. Ein Jahr, oder zwei. Wenn es ganz tragisch ist, vielleicht auch fünf oder zehn Jahre. Aber dann heilt der Schmerz, und mit Sicherheit folgt nun eine Phase der Erneuerung und des Glücks. Das wissen wir. Sonst würde unsere ganze Art nicht überleben können.«

Roberta nickte. Wie traurig er aussah. Und wie jung.

»Irgendwann aber ist eine Grenze überschritten«, fuhr er fort. »Mit fünfzig Jahren, vielleicht mit sechzig oder etwas später. Jenseits dieser Grenze gibt es keinen unschuldigen Neubeginn mehr. Man ahnte es vorher nicht, aber nun weiß man es. Es ist eine grauenvolle Erkenntnis. An diesem Tag hat man das Alter der Untröstlichkeit erreicht. Wenn du versäumt hast, dein Glück im richtigen Moment beim Schopfe zu packen, gibt es plötzlich keine Seele mehr auf der ganzen weiten Welt, die dir seine Liebe um deiner selbst willen schenken würde.«

Roberta schüttelte unwillig den Kopf.

Kawusabu zog eine Uhr an einer goldenen Kette hervor und blickte auf das Zifferblatt. »Sie wollen mir doch nicht etwa erzählen, daß zum Beispiel eine attraktive junge Frau wie Sie auf die Idee käme, mich noch als Mann wahrzunehmen? Oder sich selbst als Frau, in meiner Gegenwart!« Er stockte. »Verstehen Sie mich bitte nicht falsch. Ich kann Ihnen versichern, daß ich glücklicherweise schon lange aus dem Alter der Versuchung heraus bin. Dieses ist lediglich ein philosophisches Problem. Aber eines, das es in sich hat.«

Roberta wußte nicht, ob es der süße Rausch des Alkohols war oder seine eindringliche Stimme, die bewirkte, daß sie plötzlich genau verstand, was er meinte.

Kawusabu schüttelte den Kopf. »Aber, ach, was erzähle ich Ihnen da alles? Verzeihen Sie mir, bitte, Roberta. Heute ist einfach ein magischer Tag. Und ich bin noch immer etwas müde von der langen Reise. Lassen Sie uns noch einmal anstoßen auf Ihre neue Firma, und dann gehen Sie zu Ihrem Susewind. Er wartet auf Sie. Das weiß ich.«

»Ja, ich weiß es auch.« Roberta stand langsam auf. Aber sie ging nicht fort. Sie blieb vor ihm stehen. Seine schmalen Augen waren schwarz, und er sah sie an.

Da schob sie langsam ihren Rock hoch. Die dunkle Spitze ihrer Strümpfe blitzte auf der glatten weichen Haut der Oberschenkel.

Er beobachtete sie stumm.

Sie drehte sich einmal im Kreis. Dann glitten ihre Hände langsam zwischen ihre Beine und sie öffnete die drei kleinen Druckknöpfe im Schritt. Sie zog den Stoff bis weit über die Hüften hinauf.

Sein Blick wanderte über ihren Bauch nach unten und kam auf dem exakt rasierten Haardreieck zur Ruhe.

Sie stellte einen Fuß auf seine Sessellehne und ließ ihn schauen.

Er bewegte sich nicht, und er berührte sie nicht.

»Sie sind wunderschön«, sagte er heiser. »Und ich liebe Sie für Ihren Mut.«

Roberta zog behutsam ihren Fuß zurück, und wendete sich ab, um ihre Kleidung zu ordnen. Als sie sich wieder zu ihm herumdrehte, war er aufgestanden. Sie sahen einander einen Augenblick lang an. Dann verbeugte er sich stumm.

Und Roberta verließ den Raum.

Zehn

Jahreswende 1999
Norderney

Mariechen hielt den ganzen Morgen lang alle auf Trab. Schon auf dem Rückweg vom Notar begann sie, die Aufgaben zu verteilen. Wo nun alle geschäftlichen Dinge unter Dach und Fach seien und Roberta und Susewind die neuen Geschäftsführer der Mändelchen AG waren, würden Kawusabu und sie pünktlich um zwölf Uhr mittags mit dem Hubschrauber nach Bremen fliegen können. Kawusabu sollte sofort nach ihrer Rückkehr in die Inselresidenz telefonisch alle Anschlußflüge nach Tokio buchen. Susewind, der für das Dinner, das er am Vorabend gekocht hatte, sehr gelobt wurde, sollte einen Korb mit Proviant packen, und Yolanda müsse ihm zur Hand gehen. »Keine Lust«, maulte Yolanda. »Henri will mir noch schnell Skat beibringen.«

»Und die dazugehörigen Kraftausdrücke, das weiß ich.«

Henri bekam die Aufgabe, dem Piloten mit dem Gepäck zu helfen. »Aber die paar Teile kann er doch alleine tragen, die Pflaume«, sagte Henri und fing Yolandas bewundernden Blick auf. »Und außerdem finde ich, daß Sie doch noch bis morgen bleiben sollten, Frau Rosenzweig. Ab morgen soll auch die Fähre wieder verkehren. Dann könnten wir alle zusammen gemeinsam ans Festland zurückfahren.«

»Wir könnten doch auch noch gemeinsam Silvester feiern«, sagte Susewind leise. Aber Mariechen schüttelte nur den Kopf.

Seit dem gestrigen Abend benahm sich Hans Susewind irgendwie sonderbar, fand Roberta. Er hatte Kawusabu und Mariechen das Abendessen im Salon serviert und danach die Küche aufgeräumt. Roberta hatte eine Weile bei ihm gestanden, aber er wollte nicht, daß sie ihm half, und er wollte sich auch nicht mit ihr unterhalten.

»Freust du dich denn gar nicht?« Sie hätte am liebsten die ganze Nacht lang mit ihm über die neue Firma, über ihre Pläne und über das spannende Leben, das vor ihnen lag, geredet. Schlafen würde sie ohnehin nicht können. In ihrem Kopf schwirrten die Ideen und Gefühle.

»Doch, ich freue mich«, hatte Susewind geantwortet. Dann hatte er das Küchenhandtuch über die Stuhllehne geschmissen, das Licht gelöscht und war nach draußen gestürmt. »Ich bin müde. Wir sehen uns morgen beim Notar.«

Am Morgen war seine Stimmung auch nicht besser gewesen.

»Ich glaube, daß er auf etwas wartet«, sagte Mariechen kryptisch. Aber Roberta wußte nicht, was sie meinte.

Während Roberta vor dem Schrank stand und sich bemühte, alle Kleider ordentlich zusammenzulegen und in den Koffer zu packen, lief Mariechen mit einem Papierkorb in der Hand unruhig hin und her und warf wahllos alle kleinen Habseligkeiten hinein, die noch im Zimmer verstreut lagen. Wollene Schals und Tücher, Medikamente, ein Paar Gummistrümpfe, das »Stundenbuch« von Hermann Hesse, das Kothäufchen aus der Nachttischschublade, ein Notizbuch und schließlich sogar ihr kleines Radio.

Roberta sah sie mißbilligend an. »Wollen Sie nicht wenigstens das Radio behalten?«

»Wozu sollte ich? Um in Tokio das Geschwätz der Moderatoren zu empfangen? Auf japanisch?« Sie griff nach einem kleinen Bilderrahmen, der umgekehrt auf der Fensterbank lag, und stopfte ihn hinterher. »Ich bin eben im Begriff, die größte Erfindung meines Lebens zu machen. Die Frau ohne Gepäck.« Sie kicherte und fegte mit dem Unterarm alle Gegenstände vom Tisch in den Papierkorb.

»Nicht die Spieldose!« rief Roberta. »Die ist doch so hübsch. Bevor Sie sie wegwerfen, möchte ich sie gerne haben.«

»Und was willst du damit, Kindchen? Die nächsten siebzig Jahre lang immer mal aufziehen und denken, was war Mariechen Rosenzweig nur für eine durchgedrehte Alte? Nein, die Spieldose kommt weg.«

Roberta seufzte und ließ den Koffer zuschnappen.

Mariechen blickte sich noch einmal im Zimmer um, dann warf sie sich ihren Pelzmantel über die Schultern und lief auf den Flur hinaus. »Es ist Viertel vor zwölf. Wir müssen uns beeilen.«

»Sie fliegen mit einem privaten Hubschrauber. Der wartet doch auf Sie!«

Aber sie rannte bereits auf den Treppen hinunter.

*

Der Strand war in ein taubes weißes Licht getaucht. Kein Lüftchen wehte. Himmel und Horizont waren eins. Der Hubschrauber hob sich kaum vom Hintergrund ab. Die fahlen, mit schütterem Hafer behaarten Dünen schienen sich dem Meer entgegenrollen zu wollen. Seit das Tauwetter eingesetzt hatte, löste sich der Sand aus seiner Erstarrung und rutschte in brechenden Tafeln den Hang hinunter auf die endlose Ebene. Die Luft war klamm. In der Ferne schnatterten Schwäne, dann war es wieder still.

Sie schritten stumm voran. Mariechen und Kawusabu

Arm in Arm. Dahinter Henri und Yolanda, und Roberta mit Susewind, eine kleine Prozession mit einem glücklichen Anfang und einem beklommenen Ende. Mariechen und Kawusabu liefen beschwingt, Yolanda trödelte und mußte von Henri immer wieder in die Seite geknufft werden, Susewind schien jeder Schritt zuviel zu sein. Und Roberta hatte das Gefühl, daß der schwere Sand sie festhalten wollte, wie damals, als sie ihren ersten Strandspaziergang machte und fast mit Susewind zusammengestoßen war. Jetzt wäre sie ihm am liebsten um den Hals gefallen. Er aber hatte seine Hände in die Taschen seines Parkas gestopft und marschierte mit gesenktem Kopf dahin. »Wie glücklich die beiden aussehen«, sagte Roberta.

»Was hast du gesagt?« Er sah sie nur für den Bruchteil einer Sekunde an.

Roberta bemerkte, daß seine Augen gerötet waren.

Am Fuße der Dünen blieb Mariechen plötzlich stehen und wendete sich zu ihnen um. »Der Pilot hat die Anweisung, den Rotor anzulassen, wenn wir uns nähern. Also verabschieden wir uns lieber jetzt, bevor uns die Ohren abfallen.« Sie zögerte. »Und bringen wir es hinter uns.«

Roberta spürte den Kloß in ihrem Hals und hoffte, daß sie als erste an der Reihe wäre, aber das war sie nicht. Mariechen und Kawusabu nahmen nacheinander Yolanda und Henri in die Arme, dann drückten sie Susewind, und er wischte sich mit einer Hand über die Wangen.

Der Motor des Hubschraubers startete genau in dem Moment, als Mariechen die Arme für Roberta ausbreitete. Sofort zerzausten sich ihre Frisuren. In Robertas Ohren dröhnte es. Mariechen lächelte und drückte sie mit einer flüchtigen Bewegung an ihren Pelz. Dann hob sie noch einmal grüßend die Hand, hakte Kawusabu unter und wendete sich zum Gehen.

Roberta sah sie durch einen Schleier aus Tränen verschwinden. Die beiden hageren Gestalten, wie sie eng aneinander gedrückt und erhobenen Hauptes durch den Sand schritten, wie sie kleiner wurden und zarter.

Roberta schluckte. Susewind stand so dicht neben ihr, daß sich die Ärmel ihrer Jacken berührten. »Übrigens …«, setzte Roberta an.

Susewind drehte sich sofort zu ihr hin. »Ja?« Sie mußten schreien und einander auf die Lippen starren, um überhaupt etwas zu verstehen.

»Ich habe noch einen Wunsch frei«, schmetterte Roberta. »Du erinnerst dich an unsere Wette mit dem Hummer, oder?«

»Klar. Und was wünscht du dir?« Er rief ganz dicht an ihrem Gesicht.

Roberta war sich sicher, daß man ihre Stimmen noch am anderen Ende der Welt hören konnte. »Einen Kuß!«

»Ich habe dich nicht verstanden!« Er brüllte so laut, daß sie seinen Atem fühlen konnte wie eine Böe.

Henri sah sich verblüfft nach ihnen um und tippte sich dann mit dem Finger an die Stirn.

»Einen Kuß von dir!« Die Laute brannten schon in ihrer Kehle.

Da nahm Susewind ihren Kopf in beide Hände und gab ihr einen langen süßen Kuß.

»Hey, hört doch mal auf mit dem Quark«, rief Henri und puffte Susewind mit der Faust an die Schulter. »Sie winken noch.« Henri zog ein großes gelbes Taschentuch hervor und schwenkte es durch die Luft. »Huhu! Auf Wiedersehen!«

Sehr weit waren sie noch nicht gekommen. Vielleicht müssen sie zwischendurch stehenbleiben und sich verschnaufen, dachte Roberta. Dann sagte sie es laut. Sehr laut und fügte hinzu: »Sie hat doch mal erzählt, daß früher immer Grausteins Vater gekommen ist, um sich von ihr zu verabschieden. Vielleicht sollten wir ihn noch anrufen. Vielleicht würde sie das freuen.«

»Wie bitte?« rief Susewind und neigte sein Ohr an ihren Mund.

»Ach, laß mal, ich mach das schon!«

Susewind zuckte mit den Schultern und sah sie fragend an.

Roberta nahm ihr Handy aus der Tasche und wählte Grausteins Nummer. Er war sofort dran. »Mariechen fliegt gerade weg«, brüllte sie in die Muschel ihrer hohlen Hand. »Ich dachte, du willst ihr vielleicht Lebewohl sagen!« Sie hatte keine Vorstellung davon, ob er bei dem Lärm etwas verstanden hatte. Sie hielt sich das andere Ohr zu und horchte in das kleine silberne Gerät hinein, konnte aber von seiner Antwort nur Bruchstücke verstehen. »Seeteufel sowieso gerade gesattelt«, war eines davon. Dann hörte sie nichts mehr.

»Ich glaube, Graustein kommt noch vorbei«, rief Roberta. Susewind verstand anscheinend nicht ein Wort. Nur Yolanda sah sie erschrocken an.

Mittlerweile hatten die beiden Alten etwa zwei Drittel ihrer Strecke bewältigt, und nun war klar zu sehen, daß sie immer langsamer wurden und immer öfter stehen bleiben mußten. Roberta wäre am liebsten zu ihnen gerannt. Aber Susewind hielt sie eisern im Arm. Auch Yolanda konnte die Spannung offenbar nicht länger ertragen. Sie schlenderte in Richtung Osten davon, blieb manchmal stehen und schaute und ging dann langsam weiter. Bald hatte sie sich genauso weit von Roberta entfernt, wie Mariechen und Kawusabu.

Nun öffnete sich die Tür des Hubschraubers, und der Pilot sprang heraus, um den beiden entgegenzugehen. Sie blieben wieder stehen. Roberta sah, wie Kawusabu gestikulierte. Dann nahmen sie den Piloten in die Mitte und hakten sich beide bei ihm unter. Sogar aus dieser Entfernung konnte man noch sehen, daß seine Schritte von künstlicher Kürze waren, so als führte er zwei kleine Kinder durch einen Park. Aber sie schafften es. Roberta blickte zu Boden, als der Pilot Mariechen in den Hubschrauber hob. Als sie wieder aufsah, saßen anscheinend alle Passagiere auf ihren Plätzen. Der Rotor dröhnte in immer höherer Frequenz, aber der Hubschrauber bewegte sich nicht.

»Er muß noch einen Check machen«, rief Susewind und gab Roberta einen Kuß auf die Wange. »Das dauert.«

»Ja, ich weiß.« Sie blickte den Strand hinunter, um nach Yolanda zu schauen.

Dann sah sie es. Über die Dünenkette im Osten kam ein riesiges graues Pferd herangeprescht mit einem großen schwarzen Reiter darauf.

»Da kommt Graustein!« rief Roberta. »Auf Seeteufel!«

Yolanda hatte ihn schon vor ihnen bemerkt. Sie rannte ihm entgegen, schnell wie der Wind und wild mit den Armen fuchtelnd.

»Was hat sie denn?« schrie Susewind. »Da stimmt doch etwas nicht!«

Henri stand mit zusammengekniffenen Augen da und starrte in Richtung Dünen. Dann rannte er plötzlich ebenfalls los. »Halt an!« rief er. »Nicht weiter!«

Roberta spürte, wie ein Schauder über ihren Rücken kroch. Das Dröhnen der Maschine wurde lauter und lauter. Sand und Muscheln wirbelten unter den Kufen des Hubschraubers, dann stemmte er sich zentimeterweise vom Strand hoch. Die Luft in ihren Ohren tobte. Aber es mischte sich noch ein anderes Geräusch in das Donnern der Motoren. Ein helles Sirren, wie Peitschenhiebe, schlagende Flügel, ein Schwanengesang. Ein heller Fleck erschien hinter dem Fenster des Hubschraubers, der langsam abdrehte. Mariechens Gesicht? Eine winkende Hand? Vielleicht nur ein Schatten. Roberta wußte es nicht.

»Oh, mein Gott!« Susewinds Stimme überschlug sich zu einem Schrei aus Panik und Eis. »Die Schwäne. Graustein hat die Schwäne aufgescheucht!«

Ein Schwarm von zwanzig oder dreißig Vögeln flatterte in wilder Angst den Strand hinunter und nahm Kurs aufs Wasser. Der Pilot zog den Hubschrauber ganz leicht in die Höhe, so als sei er besorgt um sein wertvolles Gut.

Sie kamen von hinten, keine dreißig Meter über dem Strand, und er konnte sie nicht sehen. Die weiße Masse ihrer schwerfälligen Körper schien einen Moment lang in der Luft über der Scheibe der wirbelnden Rotormesser zu stehen, immer noch zu Tode erschrocken von dem wild dahinjagenden Pferd, unschlüssig, ob der Sog der wetzenden Flügel des fremden dicken Vogels Gutes verhieße oder vielleicht nicht. Roberta öffnete den Mund zu einem Schrei.

Der Hubschrauber stieg weiter auf. Die weiße Wolke der Schwäne zerfaserte, färbte sich rosa. Das Brüllen des Motors erstarb, aber er schnurrte noch, leise und drohend. Die Blätter des Rotors verharrten wie vom Donner gerührt, eines der Messer stellte sich auf und schnitt in die riesige weiße Metallkugel des Rumpfes wie in ein Käsebällchen. Große rote Federn schneiten auf die Wasserfläche hinab. Der Hubschrauber stand regungslos in der Luft. Er senkte seine Nase, wie um nach unten zu schauen. Roberta fühlte, wie zwei starke Arme sie ergriffen und zu Boden rissen. Schon wollte sie den Kopf wieder aus dem Sand heben. Da zerriß eine gleißende Explosion die Luft. Ein Feuerball von der Größe der Sonne schien durch den Himmel zu rollen, stand eine Ewigkeit lang über dem Meer. Dann stürzte der Hubschrauber ab. Er zerbarst über dem flachen Wasser, wie ein Wesen aus Schaum, in einem See aus brennendem Blut und aus Federn. Es zischte und rauchte. Die Flammen erkundeten die Wasseroberfläche, nippten an den kleinen Wellenkämmen, ließen sich von den größeren trinken. Dann versanken auch sie. Wrackteile pendelten in der auflaufenden Flut. Die Zeit stand still.

Sie lagen im Sand. Roberta hatte das Gesicht in Susewinds Armbeuge vergraben. Sie glaubte zu versinken.

»Ihr müßt aufstehen«, sagte die Stimme von Henri nach einer Weile. »Es ist kalt!« Er hatte Yolanda im Arm, die tränenüberströmt war. Von Graustein und seinem Pferd war nichts mehr zu sehen.

Oben auf der Promenade erklang ein Martinshorn, dann ein weiteres. Zwei schwere Feuerwehrwagen rumpelten den Weg zum Strand hinunter und jagten dann mit Vollgas zur Wasserlinie. Männer sprangen aus den Wagen. Einer stürzte sich sofort ins Wasser, ein anderer pflanzte eine Absperrung aus roten Fähnchen in den Sand, ein dritter kam im Laufschritt auf sie zu und rief schon von weitem, daß sie sich der Absturzstelle nicht nähern dürften. Der Mann hatte ein rundes rotes Gesicht und lustige Augen. »Die verdammten Schwäne«, rief er. »Das gleiche ist hier vor fast vierzig Jahren schon einmal passiert.«

Henri zog Roberta auf die Füße, dann reichte er Susewind eine Hand. »Wir können nichts mehr tun. Außer weiterleben, vielleicht. Laßt uns lieber zurückgehen. Und dann so schnell wie möglich von hier abhauen.«

Susewind zögerte und wendete sich an den Feuerwehrmann. »Es waren drei Menschen in dem Hubschrauber.«

Der Feuerwehrmann nickte. »Das wissen wir alles. Frau Rosenzweig und dieser alte Japaner. Aber um den jungen Piloten ist es echt schade.« Er wackelte traurig mit dem Kopf. »Das kommt davon, wenn man zu hoch hinauswill. Ich finde immer, man soll lieber auf dem Erdboden bleiben.«

Roberta spürte, wie Susewind die Fäuste ballte. Aber Henri nahm ihn beim Arm und zog ihn fort. »Laß ihn. Er weiß es nicht besser.«

»Aber wir«, sagte Yolanda leise.

*

Am Abend saßen sie noch eine Weile bedrückt in der Küche beisammen und tranken fast eine ganze Kiste Bier. Aber als die ersten Silvesterböller durch die Straßen krachten, zog sich jeder auf sein Zimmer zurück.

In dieser Nacht schlief Roberta in Susewinds Armen wie eine Verletzte. Sie lagen angezogen auf dem Bett. Auf dem Boden neben ihnen die fertiggepackten Taschen. Susewinds Habe, die sie eilig aus der Küstenstation geholt hatten, füllte fast das ganze Zimmer, und es roch nach Salzwasser und getrockneten Seesternen. Manchmal schreckte sie hoch, und er strich ihr die schweißnassen Haare aus dem Gesicht. Dann wieder glaubte sie, Mariechens schnarrende Stimme zu hören. Oder der Wind sang, und sie fürchtete sich.

»Wenn ich Graustein nicht angerufen hätte, könnten sie noch leben!« Ihre hervorgestammelten Worte wurden in einem Strudel von Schluchzen und von Tränen ertränkt.

Susewind drückte sie fester an sich. »Rede dir das bloß nicht ein. Du hast keine Schuld daran. Ich denke noch nicht einmal, daß Graustein etwas dafür konnte. Oder sein Pferd. Oder gar die Schwäne. Es gibt keine Schuldigen.«

»Aber der Wind! Hör doch nur. Da sind Stimmen!«

Er streichelte ihren Rücken, bis sie wieder in einen unruhigen Schlaf fiel.

Als der Morgen graute, klopfte Henri. Er sei am Hafen gewesen, rief er durch die geschlossene Zimmertür. Die erste Fähre sollte am Mittag um halb zwei abfahren. Die Männer von der Reederei seien aber nicht ganz sicher, ob sie bis ans Festland durchkämen, denn der Wind habe auf Ost gedreht, und es würde wieder kälter werden.

Roberta war sofort wach. Aber sie fühlte sich wie im Fieber.

»Das kommt, weil du in Klamotten geschlafen hast«, sagte Susewind zärtlich. »Ich lasse dir ein Bad ein. Danach wirst du dich besser fühlen.« Eine Viertelstunde später saß sie unglücklich in der Badewanne und plätscherte lustlos mit den Händen. Susewind war nach unten gegangen, um Yolandas Tante anzurufen, damit Yolanda am Festland in Empfang genommen werde würde. Henri hatte schon am Vorabend mit seiner Frau telefoniert. Sie würde versuchen, ihn in Norddeich abzuholen.

Roberta hielt es nicht aus, alleine zu sein. Sie kletterte aus der Wanne und zog sich eilig an. Dann ging sie nach unten, wo die anderen schon in der Lobby saßen, eine Reisegesellschaft, die wartete. Susewind bot an, Brote für alle zu schmieren, aber sie schüttelten nur die Köpfe. Der Vormittag dehnte sich. Yolanda hatte die Kopfhörer ihres Walkmans aufgesetzt und starrte gegen die Wand, doch als Roberta sich einmal nah zu ihr hinbeugte, bemerkte sie, daß das Gerät ausgeschaltet war. Henri tigerte im Raum auf und ab. Seine Unruhe war kaum zu ertragen. »Vielleicht gehen wir schon mal los«, sagte er, als um zwölf Uhr die Kirchenglocken läuteten. »Auf dem Schiff wird es sicherlich voll sein.« Sie sprangen sofort auf. Susewind verstaute das Gepäck auf einer Handkarre, und Henri bestand darauf, seine leere Hummerkiste wieder mitzunehmen. Yolanda ließ sich unwillig nach draußen führen. Roberta schloß die große Eichentür des Hauses zu und legte den Schlüssel in einen der beiden Pflanztöpfe vor dem Portal.

Draußen schien die Sonne und tauchte den Ort in ein gleißendes Winterlicht. Der Schnee war bis auf ein paar Reste an den Hausmauern geschmolzen, der Wind wehte stürmisch und frisch. Die weißen Fassaden blitzten, auf den Straßen flanierten eingemummelte Menschen und riefen einander Neujahrswünsche zu. Kinder warfen Böller vor die Füße der Passanten. Ab und an standen Einheimische in Grüppchen beisammen und unterhielten sich. Roberta hörte Fetzen von Gesprächen über das Hubschrauberunglück, über die Bergung, über das Fernsehteam, das noch heute erwartet würde. Es war, als hätte es mit ihrem Leben nichts zu tun.

Henri und Susewind zogen den Handwagen, Roberta lief hinterher und hielt die zahlreichen Gepäckstücke mit den Händen in der Balance. Yolanda trödelte. Manchmal bemerkte Roberta, wie ihnen Blicke folgten. Eine Frau wünschte ihnen im Vorübergehen alles Gute.

Sie gingen an der langen Fensterfront eines Restaurants vorbei. Auf den Tischen brannten Kerzen, festlich gekleidete Menschen führten Gläser und Gabeln zum Mund und schauten dabei interesselos nach draußen. An einem der Tische trugen die Gäste große weiße Hummerlätzchen um die Hälse. Der Wirt stand im Smoking an ihrem Tisch und nickte grüßend hinaus, als sie vorbeigingen.

»Moment mal«, rief Henri plötzlich und ließ den Griff des Handwagens los. »Der Pinguin da hinter der Scheibe ist doch das Arschloch, das unseren Hummer geklaut hat!«

Roberta seufzte. »Eigentlich bin ich ganz froh, daß wir uns nicht auch noch um ihn kümmern müssen.«

»Ich auch«, sagte Henri. »Aber diese Süßwasserratte soll ihn auch nicht haben. Los, ihr kommt alle mit.«

Er hielt ihnen die große Glastür mit den Messingbügeln auf, und sie folgten ihm zögernd über einen weichen roten Teppich. Im Inneren des Restaurants herrschte festliches Geklapper, es war warm, und es duftete nach Braten. Roberta ärgerte sich, daß ihr das Wasser im Munde zusammenlief. Sie mußte laut schlucken und täuschte ein Hüsteln vor. An den umstehenden Tischen verstummten die Gespräche, Servietten betupften Münder. Der Restaurantbesitzer kam auf sie zugeeilt. Von der Unterwürfigkeit, die er noch vor drei Tagen in der Küstenstation an den Tag gelegt hatte, war jetzt nichts mehr zu spüren. »Tut mir furchtbar leid für die Herrschaften«, sagte er würdevoll und ließ seinen Blick zu Yolanda wandern, die sich eben ein Häppchen von einem Beistelltischchen in den Mund stopfte. »Ohne Reservierung haben Sie keine Chance.«

Henri zog langsam seine Lederjacke aus und legte sie über einen freien Stuhl an einem fast besetzten Tisch. Ein Mann stand empört auf, blickte Henri an, und setzte sich betreten wieder hin. Henri krempelte langsam die Ärmel seines Hemdes hoch. Roberta griff nach Susewinds Hand.

»Mach Platz, du Pfeife.« Henri schob den Restaurantbesitzer langsam zur Seite.

Der Restaurantbesitzer rang die Hände. »Bitte verlassen Sie sofort mein Haus!« Er flüsterte es fast.

»Das machen wir, wenn wir hier fertig sind«, flüsterte Henri zurück.

Und dann sahen sie ihn. In der Mitte des Raumes hockte in einem kleinen, hell erleuchteten Aquarium der Hummer. Er füllte es fast vollständig aus. Oben ragte ein suchender Fühler über den Rand. Auf einem Tisch daneben war ein meterlanger Grill aufgebaut. Auf einem Rechaud siedete ein riesiger Topf mit Wasser.

Henri näherte sich dem Aquarium. Griff ins Wasser und holte den Hummer heraus. Das Tier schien in den letzten Tagen wieder gewachsen zu sein. Henri mußte es mit beiden Händen packen, er hielt es vor seinen Bauch, und es reichte ihm vom Kopf bis zu den Knien. Die Scheren fuchtelten durch die Luft. Von einigen Tischen erklangen unterdrückte Schreie. Roberta spürte, daß sie lächelte.

»Wir gehen«, sagte Henri leise. Roberta schnappte sich seine Lederjacke. Yolanda ließ im Vorbeigehen noch zwei Kanapees mitgehen.

Einen Augenblick später standen sie alle wieder auf der Straße.

»Und was willst du nun mit ihm anfangen?«

Henri zuckte die Schultern und stopfte den Hummer in die Kiste. »Mal sehen.« Er nahm seinen Hosengürtel ab und schlang ihn um die Kiste. »Fressen können wir ihn auch selber.«

Yolanda sah ihn interessiert an.

Er grinste. »Aber das machen wir nicht.«

*

Die Fensterscheiben der Fähre waren von innen beschlagen, Hunderte von Menschen drängten sich auf dem Vorschiff und auf dem Anleger. Koffer wurden von Hand zu Hand gereicht, ein Kinderwagen die Gangway hinunterbugsiert. Auf den Pollern hockten Möwen und blickten nach Süden.

Sie besetzten den letzten freien Fenstertisch, und Yolanda legte sofort ihren Kopf gegen Henris Schulter und schlief ein.

»Sie wird mir fehlen«, sagte Henri leise und legte seinen Arm um sie. »Und ihr beide auch.«

Roberta schluckte.

»So bescheuerte Typen wie euch hab ich noch nie kennengelernt.« Er hüstelte. »Was wollt ihr jetzt eigentlich anfangen?«

In diesem Moment tutete das Signalhorn der Fähre, die Leinen wurden losgeschmissen, die Motoren brüllten auf, das Schiff drehte seine Nase zum Festland hin und glitt langsam in die Fahrrinne hinaus. Roberta blickte teilnahmslos auf die winkenden Menschen auf dem Anleger. »Weiß nicht«, murmelte sie und griff nach dem Taschentuch, das Susewind ihr hinhielt.

»Mit Mariechen und Kawusabu zusammen hätten wir das Ding ganz schnell auf die Beine gestellt«, sagte Susewind. »Aber ohne sie ist es kein großmütiges Geschenk mehr. Es ist eine Chance, nicht mehr und nicht weniger.«

Allein die Erwähnung der Namen löste bei Roberta einen neuen Tränenstrom aus.

»Wir sollten alles noch einmal überdenken.« Susewind war anzumerken, daß er das Gespräch möglichst schnell in sachliche Bahnen lenken wollte. »Zunächst einmal muß Yolanda ihre hunderttausend Mark zurückbekommen. Als nächstes müssen wir ein Konzept für die Firma machen. Und auf jeden Fall einen Teil der Aktien wieder verkaufen, um Kapital zu schöpfen. Dann bräuchten wir natürlich ganz schnell Partner aus der Pharmaindustrie ...«

Henri stöhnte. »Ich meine doch nicht die verdammte Firma. Ich meine, was ihr beide jetzt anfangen wollt. Wohin fahrt ihr jetzt? In die Schweiz?«

Roberta sah ihn erschrocken an.

Susewind druckste. »Das müssen Roberta und ich noch in Ruhe besprechen. Ich meine, ich glaube ...« Er griff Robertas Hand und drückte sie wie ein Schraubstock.

Henri sah zum Fenster hinaus. »Dann komm mal langsam in Fahrt, Alter. Wir sind gleich am Festland.«

Susewind folgte seinem Blick. »Ja, das stimmt«, sagte er dann. Roberta rutschte unruhig auf ihrem Platz hin und her.

Aber Henri ließ nicht locker. »Ich hab meiner Frau damals schon nach einem Tag einen Heiratsantrag gemacht«, sagte er und rückte Yolanda an seiner Schulter zurecht. Der Aquamarin an ihrem Hals blitzte.

Susewind stöhnte verhalten.

»Ich meine, es geht mich ja nichts an, aber ich finde, ein Mann muß doch wissen, was er will.« Er nickte Roberta aufmunternd zu. »Hab zwar keine Ahnung, was Frauen an diesen intellektuellen Kackern interessant finden, aber wenn man schon auf so jemanden steht, dann ist Susewind doch eigentlich o.k., oder?« Er zögerte einen Moment, und es war ihm anzusehen, daß er sehr intensiv nachdachte. »Im Prinzip, meine ich.« Er musterte Susewind. »Würde mal schätzen, er ist bestimmt ein treuer Ehemann.« Die Fähre vibrierte. »Und ein guter Vater für eure Kinder. Doch, das ist er bestimmt.«

Susewind wand sich. Roberta war mittlerweile bis über beide Ohren errötet.

»Außerdem«, fuhr Henri fort, »muß ich doch mal sagen, daß du wirklich ein süßes Mädchen bist, Roberta. Wenn ich nicht schon verheiratet wäre …«

»Nun hör doch endlich auf!« Susewind war vor Wut ganz weiß geworden. »Was willst du eigentlich von mir hören, du Arsch? Daß Roberta und ich uns lieben? Das tun wir allerdings.«

An den umstehenden Tischen stießen die Leute einander an. Einige grinsten.

»Oder willst du wissen, ob wir heiraten wollen?« Jetzt brüllte er fast.

»Ja«, sagte Henri bescheiden. »Das würde ich echt gerne wissen.«

Nun war es ganz still im Salon. Nur die Schiffsmotoren schnurrten. Alle Blicke ruhten auf Susewind. Sogar Yolanda hob den Kopf und sah ihn interessiert an. Roberta wäre am liebsten unter den Tisch gesunken, aber da stand schon die Kiste mit dem Hummer.

Susewind atmete tief ein, dann drehte er sich auf der Sitzbank ein Stückchen zu Roberta und sah ihr ins Gesicht. Sofort entspannten sich seine Züge. Sie lächelten einander an.

»Willst du mich heiraten?«

Roberta nickte stumm.

»Das gilt nicht«, soufflierte Henri, »du mußt es *sagen*!«

»Ja«, sagte Roberta Langbein. Und was sie sonst noch sagte, ging im Applaus der Menge unter.

*

Auf dem Molenkopf in Norddeich standen die Abholer in Zweierreihen. Kinder hüpften und winkten, jemand hatte ein Transparent mit einem Willkommensgruß entrollt, sogar ein Spielmannszug war aufmarschiert und intonierte einen Walzer. »Mensch, da ist ja meine Alte«, rief Henri, als sie die Gangway herunterkletterten. »Und meine beiden Prinzen!« Er winkte so heftig, daß ihm fast die Hummerkiste aus den Armen rutschte.

»O Gott, da hinten steht Oskar.« Roberta klammerte sich an Susewinds Arm und hoffte, daß er sie nicht mehr erkennen würde.

»Hab ich mir schon gedacht, daß der hier noch auftaucht. Ich denke, er muß wegen Mariechen noch einiges regeln.« Susewind drückte sie fester an sich. »Willst du, daß wir zusammen zu ihm gehen?«

Sie schüttelte den Kopf. In diesem Moment drängte sich ein junger Mann durch die Winkenden und tippte ihr auf die Schulter.

»Entschuldigen Sie, sind Sie Frau Langbein? Mein Name ist Timm. Ich mach Zivildienst. Ich komme, um Yolanda abzuholen. Ihre Tante läßt sich entschuldigen. Sie hat es nicht mehr rechtzeitig geschafft.« Er ließ seinen Blick über die Köpfe schweifen. »Wo ist sie denn?«

Yolanda grinste und streckte ihm die Hand hin. »Ich bin ich«, sagte sie.

Der junge Mann musterte sie bewundernd. »O hallo. Ich dachte, du bist ... ähäm.«

»Behindert?« fragte Yolanda. Sie formte jedes Wort einzeln. »Ich bin nur ein bißchen langsam.« Sie strahlte ihn an. »Du siehst aber nett aus.«

»Und du erst einmal!«

»Kommt mal hierher!« rief Henri und fuchtelte mit den Armen. »Ich will euch meiner Familie vorstellen.« Sie drängten sich durch die Menge, hin zu einer großen blonden Frau, die Henri fest umschlungen hielt. »Das ist Olivia«, sagte er stolz. »Und das sind meine beiden Söhne!« Die Kinder hatten den Gürtel der Hummerkiste gelöst und waren eben im Begriff den Deckel abzuheben. »Den hat euer Pa euch mitgebracht!« rief Henri stolz. »Wir bauen ihm zu Hause ein großes Meerwasserbecken.«

»Mal sehen«, sagte Olivia streng.

»Ja, mal sehen«, echote Henri glücklich und streckte die Hand nach Yolanda aus. »Und das ist Yolanda!« Olivia lächelte, dann breitete sie die Arme aus und schloß einen nach dem anderen in die Arme.

»Vielen Dank!« flüsterte sie in Robertas Ohr, und Susewind konnte sich kaum aus Olivias Eisengriff befreien. Sie redeten alle zugleich und umhalsten einander. Immer mehr Passanten blieben stehen und äugten neugierig in die Hummerkiste. Die Musikkapelle schmetterte eine Polka. Plötzlich bildete die Menge einen großen Kreis um sie. Ein zweiter Kreis schloß sich um den ersten, die Leute in der hinteren Reihe wippten auf Zehenspitzen, einige nahmen ihre Kinder auf die Schultern, andere wiegten sich im Takt der Musik.

»Tanzen!« rief Yolanda und zog Timm in die Mitte des Kreises. Henri und Olivia hatten jeder ein Kind auf den Arm genommen und hüpften eng umschlungen. Die Zuschauer klatschten im Rhythmus, Stiefel stampften über den Steinboden. Und Roberta ließ sich in Susewinds Arme sinken und tanzte mit ihm im Kreis herum.

Da begann die ganze Welt sich um sie zu drehen. Sie lachte und sie sah in lachende Gesichter. Das weiße Schiff umlief sie in einem ewigen Kurs, die Möwen segelten große und immer größere Zirkel bis tief in den blauen Himmel hinein.

»Schaut mal nach oben«, rief Henri, und alle Blicke folgten dem seinen.

Weit über ihnen brummte ein kleiner weißer Hubschrauber. Er schien einen Moment lang in der Luft zu verharren, dann drehte er ab nach Norden.